走近大儒孙奇逢

心盈◎著

河北大学出版社
·保定·

ZUOJIN DARU SUN QIFENG

走近大儒孙奇逢

心　盈　著

出 版 人：朱文富
选题策划：赵金虎
责任编辑：王红梅
装帧设计：傳薪BOOKS DESIGN
责任校对：王亚薇
责任印制：常　凯

封面题字：孙居超

图书在版编目（CIP）数据

走近大儒孙奇逢 / 心盈著. -- 保定 ：河北大学出版社，2021.12
ISBN 978-7-5666-1940-2

Ⅰ. ①走… Ⅱ. ①心… Ⅲ. ①散文集-中国-当代 Ⅳ. ①I267

中国版本图书馆CIP数据核字(2021)第239014号

出版发行：河北大学出版社
地址：保定市莲池区七一东路2666号　邮编：071000
电话：0312-5073033　0312-5073029
邮箱：hbdxcbs818@163.com　网址：www.hbdxcbs.com
经　　销：全国新华书店
印　　制：保定市北方胶印有限公司
幅面尺寸：185 mm×260 mm
印　　张：14.5
字　　数：230千字
版　　次：2021年12月第1版
印　　次：2021年12月第1次印刷
书　　号：ISBN 978-7-5666-1940-2
定　　价：58.00元

孙奇逢像

三日 孝友堂记

吾家无有堂也自吾弟武城宰築一室三楹有数椽草庵
於其上鹿伯顺额之曰孝友东海刘幼孙书之远近观友
因而堂之也吾兄弟四人姻戚朋友饮於斯食於斯终其身共
以此號為堂来十三年矣庐舍墙垣十颓八九鞠地荒
已而未记之間億谱子癸过予予適过江村就蓟鹤嶺子
萼继细久谓先仲兄曰不意微君尚有如此之洞萧堂
竹深曰此武城宰堂也子癸曰武城宰而有此堂也傑
不忘吾堂矣因过孫齋書處望其所居之室曰前闲所闲今
闲矣时鹤嶺方欲过予予美止之曰入孙先生之门登

孙奇逢手迹

让热爱燃成永恒的光芒

——《走近大儒孙奇逢》写作缘起

严格来说，这本书是一个意外，一个美好的意外。我原本的写作计划，是一部长篇，为大儒孙奇逢立传。在向这个目标前进的过程中，我一本又一本地读古籍资料，一篇又一篇地写学习体会文章，有的是孙奇逢的小故事，有的是读书的思考感悟，有的是结合日常生活的心得体会……这些文章凝聚了我很多心血，收集整理出来，孙奇逢的人生经历和学术思想、圣贤智慧清晰可见，历历在目。我的步伐也在不断的读与写中离孙奇逢越来越近，于是就有了这本书——《走近大儒孙奇逢》。那么孙奇逢是谁呢？我又为什么想到要写这样一个历史人物呢？

我的家乡容城，是一个小小的县，总面积只有三百多平方公里，八个乡镇，一百二十七个村，在中国众多动辄几千平方公里的县中，真的是一个弹丸之地。所以古有俗语："南京到北京，小县属容城。"但是地方小，不代表默默无闻。恰恰是这样一个小地方，却是地处京津冀中心地带，人杰地灵，"何物一撮土，多生千古人"。容城自古名贤硕儒众多，英才辈出，"容城三贤"（元初诗人、理学家刘因，明代忠臣杨继盛，明末清初大儒孙奇逢）即是其中的杰出代表。

我是容城县八于乡南河照村人。2017 年 4 月 1 日，中共中央、国务院印发通知，决定设立河北雄安新区。我的家乡容城县和安新县、雄县，这三个紧邻的县及部分周边地区成为全国瞩目的地区，迎来了全国各地的建设者和游客，家乡先贤的知名度也陡然提升。身为容城人，我觉得有责任有义务，去深入学习宣传家乡的先贤，为容城历史文化做点事情。那么"容城三贤"，我要学谁呢？三位先贤各有其历史贡献和思想光芒，都令人敬仰。我经过慎重思考，选择了孙奇逢作为自己学习的目标。早在 2015 年第一次校勘容城三贤文化研究会会刊的时候，我就对孙奇逢印象最为深刻，最喜欢这位高寿先贤。那时候我还只有一些很粗浅的想法，觉得他的经历那么坎坷，可心态和修养却那么好，贡献那么大，境界那么高，这种人生智慧不正是我需要学习的吗？如今想来，真正需要学习的东西远不止此。

基于这样一种朴素的家乡情怀，2018 年 7 月底，我给自己定了一个宏伟的目标——我要为先贤孙奇逢立传。说干就干，我首先联系了两位孙氏后人，一位是容城县北城村的孙奇逢十三世裔孙孙居超老师，一位是河南省夏峰村的孙奇逢十五世孙孙敬洲老师。容城是孙奇逢的故里，是他出生、成长，度过了六十多年的地方，是他“始于豪杰”的地方；而河南夏峰村则是他晚年定居的地方，是他著述最丰厚、弟子最多的地方，是他“终以圣贤”的地方。两位孙老师对我的宏大计划很支持，满腔热忱、尽心竭力地帮助我。8 月底，在他们的建议下，我买了很多书，开始专心研读。一开始真的很枯燥乏味，一个字一个字地查，我克服畏难情绪，一点点地啃繁体竖排无标点的古籍资料，逐步积累知识，培养语感。读着读着，我被深深地吸引了——被中华优秀传统文化的博大精深吸引，被圣贤硕儒的学识修养、胸襟境界吸引，被古籍中无尽的智慧和宝藏吸引。而征君先生孙奇逢，也让我越来越仰慕。我为孙奇逢立传也从最初因为一腔热情和责任感变成了一种深深的热爱，这种热爱，将在我生命中放射永恒的光芒。

孙奇逢，字启泰，号钟元，直隶保定府容城县北城村（今河北省容城县北城村）人，生于明万历十二年（1584 年），卒于清康熙十四年（1675 年），享年九十二岁。“始于豪杰，终以圣贤”的他，其一生完美地实现了儒家“立德、立功、立言”三不朽的境界，成为我国历史上杰出的学者、思想家、教育家，与黄宗羲、李颙并称“清初三大儒”。这样高寿的先贤，又生活在明末清初的动乱之际，他的故事一定惊心动魄而又瑰丽多姿。深入了解其人生智慧与精神气节、学术思想后，敬慕之情油然而生。

最初想为孙奇逢立传仅是凭着满腔的热情，真正接触才发现事情比想象中的要难许多。以前写点诗歌、散文、小说，毕竟是自己熟悉的生活和语言，还不是很难。如今面对全然陌生的领域，一本又一本的古籍资料，很厚重，很难懂，尤其是理学家的学术思想，专业性很强，而我的古文基础却很薄弱。另外，我工作和家务都很繁忙，时间和精力不足，身体也不强壮，常常累倒……放弃的理由很多很多，能坚持下来的理由却只有一个，那就是热爱。

为了这份热爱，我克服了很多困难。没有时间，就利用洗脸刷牙的时间听讲课录音；利用一切排队和等待的时间看书——陪家人看病、下乡时等同事聚齐、开会前、购物排队、高铁站等车、火车上，甚至做饭的间隙；睡前脑子里要构思，要回想白天所学；腰疼的时候趴在床上看书，压得胳膊疼了就躺下举着书看或是用手机写体会文章……很多人问我：你这么忙，是怎么看了这么多书写了这么多文章的？这就是答案了。

在学习的过程中，我坚持每个字、每个词都要弄通弄懂，每个标点都要弄清楚，因为古籍资料一旦断句不当，就无法得出正确的文义。最初，我每天都有各种疑问，孙居超老师、孙敬洲老师，还有很多师友都给了我很大的帮助。慢慢地，疑问越来越少，知识积累得越来越多，越来越感到传统文化的广博与深厚。在此，对帮助过我的各位师友一并表示感谢。

“无文化传承，无雄安未来”，我希望通过自己深情讲述一代圣贤大儒的传奇经历和卓越成就，为朋友们提供深入浅出的讲解、生动形象的故事、独到深刻的感悟，将孙奇逢的相关学术思想、事功气节与日常生活结合起来，在理学家与普通读者之间搭起一座桥梁，帮助读者以圣贤境界提升个人修养，用圣贤智慧破解人生难题，从而达到自我成长的目的。阅读圣贤，学习经典，弘扬优秀的传统文化能够增强我们的文化自信，更好地助力现代城市发展，助力雄安新区规划建设。

因基础薄弱，学识浅陋，书中错漏之处在所难免，敬请方家批评指正。

心盈

2020 年 6 月 8 日

目　录

第一辑　学宗阳明　心学魅力

《清史稿》载："奇逢之学，原本象山、阳明。"孙奇逢弟子、官至工部尚书，被尊为"理学名臣"的汤斌在《征君孙钟元先生墓志铭》中说："四方学者不谋而合，曰：'夏峰，今之河东姚江也！'"夏峰，指孙奇逢；河东，指薛瑄；姚江，指王阳明。孙奇逢为学"以慎独为宗，以体认天理为要，以日用伦常为实际"，这与王阳明心学"心即理""知行合一""致良知"的理念高度吻合。心即理，深造自得，都强调向内探求。慎独，指独处时也要遵守道德准则，这和良知其实是一样的。每个人都有良知，良知任何时候都有，众人面前有，独处时也有，关键是要按良知的要求去做，即要"致"，体认天理，以日用伦常为实际，知行合一，躬行实践。在教育理念上，孙奇逢也和王阳明一致，因材施教，讲究兴趣是最好的老师。

决胜千里的阳明心学与雄安大儒孙奇逢

明正德十四年（1519 年）七月，一个集美貌、才情、智慧、贤德于一身的传奇女子娄素珍将华贵的衣服用丝线密密地缝合在身上，投鄱阳湖自尽。娄素珍，宁王朱宸濠（明太祖朱元璋第十六子宁王朱权五世孙）的正妃，世称娄妃。将她打捞起来并礼葬的，是一代心学大师王阳明。这件事对王阳明的震动极大，其心学精髓“致良知”至此更加圆融成熟。

王阳明（1472—1529），字伯安，明代著名的理学家、教育家。他在朝美政，在野美俗；上马为将，下马为师；用内圣开出外王，用外王成就内圣。其思想学问、功业事迹，完美地实现了儒家政治理想“修身、齐家、治国、平天下”，做到了“立德、立功、立言”三不朽，达到了张载“为天地立心，为生民立命，为往圣继绝学，为万世开太平”的高度。

王阳明去世几十年后，直隶保定府容城县出了一位圣贤人物，他就是被誉为“北学宗师”的一代硕儒孙奇逢。孙奇逢学尊阳明心学，与王阳明的经历和成就有很多相似之处。他虽从未步入仕途，在明末外敌入侵之际，亦能上马为将，守卫家乡；清初南迁河南夏峰村，亦能下马为师，耕读著述，授徒讲学，“始于豪杰，终以圣贤”。在学术思想上，他说：“某幼而读书，谨守程朱之训，然于陆王亦甚喜之。”“阳明《传习录》不可一日不在几案也。”至晚年，还专门“录姚江语数则，粘座右”。可见其对阳明心学的尊崇。六十七岁时，南迁途中，孙奇逢登大伾山，特意写诗“高卑一任沧桑变，细读阳明王子碑”。八十三岁时，耿保汝等弟子登大伾山，孙奇逢年老体弱，无法一同登山，还特意写诗嘱弟子们读阳明碑：

昔过大伾曾记胜，尚留短句在孤亭。山光似有招予意，筋力衰迟车转停。山不在高水不深，至今禹迹尚堪寻。阳明碑在犹宜读，助尔高谈畅尔襟。

能让孙奇逢如此推崇且念念不忘的王阳明究竟有多厉害，又有着怎样的人生经历？其实，王阳明的一生充满了坎坷磨难。少年王阳明已有远大志向，世人理想都是读书登第，他却说读书是为了做圣人。什么是圣人？那当然不是为了自己的功名利禄，而是为了天下苍生。为达到这个目标，王阳明远赴边塞游历考察，渴望建功立业；遍览群书，儒释道广泛涉猎，想从中寻找真正利国利民的思想精华。

十八岁那年，新婚不久的王阳明携妻子回老家余姚，过江西上饶。船停广信，王阳明拜谒了著名理学家娄谅。彼时王阳明还是一个寂寂无闻的年轻人，娄谅却很欣赏他，成为他的精神导师。师徒二人都不会想到，三十年后，娄谅的孙女娄素珍，会与王阳明有怎样的交集。面对王阳明要成为圣贤的志向，娄谅明确告诉王阳明“圣人可学而致之”，坚定了王阳明学为圣人的决心。娄谅受他的老师吴与弼“自得于己，向内用力”的影响，“以收放心为居敬入门，以何思何虑、勿忘勿助为居敬之要”。“收放心”是指收回放逸丢失的本心。“何思何虑、勿忘勿助”是指不要有各种杂念，不要靠外界来帮助你提高道德品质修养。这种向内探求的治学方法对后来遭遇贬谪的王阳明帮助极大，也最终促成了他的心学诞生。

但心学的诞生注定是艰难曲折的，“天将降大任于斯人也，必先苦其心志，劳其筋骨，饿其体肤，空乏其身，行拂乱其所为，所以动心忍性，曾益其所不能”。在学为圣人的道路上，王阳明经历了很多坎坷。他最失败的一件事情是“亭前格竹”。那时候思想界占统治地位的是程朱理学，王阳明要学为圣人，自然先要学朱熹。程朱理学恪守的治学理念是“格物穷理”。格，就是探究。万事万物都是天理的呈现，要今日格一物，明日格一物，穷尽世间万事万物，才能得到真理。父亲后院里有片竹林，为了参透程朱理学的真谛，王阳明便从格竹开始。他面对竹子，细心观察，认真思考，七天七夜，结果是积劳成疾，大病一场，也没格出什么成就来。是王阳明不够聪明颖悟？他十岁时就曾作诗《蔽月山房》：

山近月远觉月小，便道此山大于月。
若有人眼大如天，当见山高月更阔。

能写出这样广博开阔、深具哲理的诗，足见其思维敏锐，境界高远。所以格竹失败让王阳明开始用审视的目光看待程朱理学，不像当时的人们那样唯程朱理学是尊。随波逐流很容易，坚持自我探索总是艰难的。

等到孙奇逢生活的时代，程朱理学作为封建皇权政治的官方哲学更是根深蒂固，以至于孙奇逢在还没有正式学习程朱理学的时候，在其乡试的闱卷上，房师韦石麟写上了这样的批语“疾徐丰约，一准程朱”。可见孙奇逢虽未读程朱书，但在父辈师友影响下已初窥理学门径。在这种情况下，敢于突破僵化的现实，另辟蹊径，反抗权威，是非常难得的。

在经历了一些弯路之后，王阳明遇到了他一生中最大的不幸，也是最大的幸，阳明心学从此大放异彩。明武宗正德元年（1506 年）冬，王阳明因上疏触怒权宦刘瑾，被杖四十，谪贬至贵州龙场。这里不仅少数民族杂居，语言不通，而且毒蛇、巫蛊遍布，还有从其他地方流窜而来的悍民盗匪，环境极其恶劣。据说最初王阳明和仆人没有房子，住在山洞里，早上醒来仆人的脸竟然被野兽啃掉了半边。能活下来可真是命大。怎样战胜这么巨大的困难？靠格竹那样向外探求的方法肯定是不管用了，阳明心学第一大法宝由此登场：心即理，吾性自足，不假外求。这一著名事件被称为“龙场悟道”。

对于“吾性自足，不假外求”，孙奇逢有深刻的体会。他特意告诫弟子：“人人具足不待外求，唯不知此之为贵，日营营逐逐，求之于外，所谓抛却自家无尽藏，沿门持钵效贫儿，亦可怜矣。”当听到弟子耿保汝于阳明心学颇有所悟的时候，孙奇逢喜而作诗：“千里徒行气未降，读书喜尔得姚江。龙场三载成何日，博得良知一满腔。”

被孙奇逢评为“此之为贵”的心学第一大法宝缓解了王阳明在龙场的艰难处境。居夷处困，王阳明一个人在石窟里静坐，苦苦思索，没有人际关系，没有琴棋书画，没有外力可以拯救自己，若是圣人处此，当如何？静坐中，他将五经重新默背，于三十七岁写下其第一部哲学专著《五经臆说》，其“心即理”的哲学思想贯穿全书。“天下无心外之事、无心外之理”，发明本心，吾性自足，不假外求。求之内心，每个人内心都有自己的固有情感，有一套是非标准，“发之事父便是孝，发之事君便是忠，发之交友、治民便是信与仁”。内心平静，自有其道德意识与判断力，将内心的主体性调动起来，则无往不胜。正因为心学强调个体的自由和主观能动性，王阳明始终保持昂扬的乐观精神，修炼出强大的内心，不被恶劣的条件打败，将艰苦的环境变为自己的精神乐园。悟到心学第一个法宝的王阳明在龙冈书院招收“诸夷子弟”，亲自主讲，弟子云集，龙冈书院盛极一时，对推动和发展贵州乃至西南地区的文化教育事业厥功至伟。

对于龙场悟道这一艰难的过程，孙奇逢在跟朋友谈论“动心忍性”的时候特意说：“富贵人亦有忧患，得意时亦有拂乱。但无志人受磨折便倒，有志人受磨折便奋。舜说诸人皆能自树，方能承天。故阳明龙场万死一生，良知才得出头，其所经动忍者深矣。”

时任贵州提学副使席书钦慕王阳明的学识和对当地百姓做出的业绩，率诸生拜王阳明为师，聘请他主讲贵阳文明书院。在与席书的交谈中，针对当时士人死读经书，只知科举登第，远离人伦日用的严重弊端，王阳明提出“知行合一”之说。从“心即理”的内在逻辑展开，既然外物之理都在内心，“行”的准则与道理也在内心，“行”就蕴含在“知”中，因此两者是辩证统一的。“行”以“知”为指导，“知”以“行”为验证，这就像我们所熟知的“实践是检验真理的唯一标准”。将理论与实践结合起来，不要疲于奔命，穷索义理，理学家不是书呆子，要从修身齐家的日用伦常、洒扫应对进而为国家、社会服务的具体实践中求得天理，发现真知。

这一点孙奇逢在日常生活中践行得很充分，他教育弟子们说：“有人苦家务之难者，曰陆象山当家三年，自谓于学有进。此正可想‘施于有政，是亦为政’，全是孝友真切实际处，莫徒作米盐凌杂细碎观也。”在家孝顺父母，友爱兄弟，并把这种风气影响到政治上去，这也就是从事政治呀，不是非要做官才算从事政治。日用伦常对社会风气的影响不能仅仅看作柴米油盐的日常琐细，这种影响是非常重要的。

“知行合一”之说有力地批判了当时很多儒士只知袖手谈心性、只读圣贤书不做圣贤事的弊端。关于知行合一的重要性，孙奇逢更是时时强调：“理学亦非口头讲说。古人知一分，行一分。今人知十分，行不得一分。全要在躬行上理会。”“言知便在行上，不能行，何以谓之知？阳明子知行合一之论，既详且确。”在《答定园问》中，他将“知行合一”提到了一个更高的高度：“阳明知行合一之说，圣学全功也。”

龙场悟道、贵阳讲学之后，王阳明度过了几年仕途顺利、“日与门人游”的太平日子。正德十一年（1516年）起，经兵部尚书王琼荐举，王阳明升官外任的同时，开始了一连串剿匪平叛的日子，也奠定了他杰出政治家、军事家的地位，其赫赫事功光耀史册。正德十一年（1516年）至正德十四年（1519年），短短几年，王阳明平定谢志山、池仲容等人的暴动，平漳南象湖山和南赣衡水、桶冈，平三浰，又用四十三天神速平定了宁王朱宸濠处心积虑准备了多年的谋反叛乱。这些剿匪平叛之事之所以声名赫赫，震惊朝野，因为大多是积累了很多年的难题，王阳明却一一攻克，而且很神速，还能解决后续问题，让人民安居乐业，不能不说是创造了一个又一个奇迹。这些奇迹都是在他的心学引领下完成的，而他的心学第三大法宝“致良知”，也在一次又一次平乱之后更加成熟。

孙奇逢在答友人问“应处不合，初亦详慎，后竟有悔此。何也？”时说：“此正吾知未致耳。知未莹彻，疑似相蒙，错误乘之，阳明一生得力全在此处著手。知之明，故应之当，莫看的容易。”

多次平叛，王阳明体悟很深：好好的百姓，怎么就会当土匪呢？他们内心没有良知吗？不是的，他们最初肯定不是这样的。谁不想做个好人、良民呢？可是良知容易被现实中各种各样的私欲、恶习遮蔽。孙奇逢在与弟子耿保汝谈话时慨叹：“明明德只因私欲隔断，人人有此全体大用，人人迷失了，良可痛惜。”无论是胜利者还是失败者，都有良知。只是若不身体力行，良知只是一种隐性的道德存在，被遮蔽得越久就越不容易察觉，更严重的就完全丧失了良知，因而要努力致良知。致，是至的意思，即体认、推行、实践。良知只有去用，才是真正有了良知。

王阳明剿匪时首先是攻心，用各种各样的方法、计谋唤醒土匪的良知。良知没有彻底泯灭的，能够归降的，都给一条生路；拒不投降的，才大开杀戒。但是面对着满山满谷的尸首，王阳明是非常痛心的，他甚至后悔自己给土匪的时间太少了，也许再多一些时日，还会有更多土匪的良知能够被唤醒。娄妃投湖自尽一事更让王阳明对致良知有了深切的感悟。

宁王朱宸濠与娄妃曾有一段非常幸福的日子。娄素珍才情不凡，朱宸濠很喜欢她。彼时娄素珍刚刚嫁给朱宸濠，她通过写诗描述新婚燕尔的生活：

春　游

春晴并辔出芳郊，带得诗来马上敲。
著意寻春春不见，东风吹上海棠梢。

宁王叛乱之时，娄素珍曾多次劝阻，并作诗：

题《采樵图》

妇唤夫兮夫转听，采樵须是担头轻。
昨宵雨过苍苔滑，莫向苍苔险处行。

但当时宁王已经被权力的欲望冲昏了头脑，遮蔽了良知，听不进娄妃劝告。眼见战马嘶鸣，叛乱开始，娄妃痛心地作诗一首：

送　别

金鸡未报五更晓，宝马先嘶十里风。
欲借三杯壮行色，酒家犹在梦魂中。

诗中说朱宸濠反叛不过是一场梦。果然，宁王起兵虽声势浩大，但他遇上了几百年才出一个的王阳明，很快被生擒。朱宸濠非常后悔，感叹说："昔纣用妇人言亡天下，我以不用妇人言亡其国，今悔恨何及！"

宁王被捕后，娄妃投江自尽。死前赋诗：

西江绝笔

画虎屠龙叹旧图，血书才了凤眼枯。
迄今十丈鄱湖水，流尽当年泪点无。

宁王追悔莫及，向王阳明请求礼葬娄妃，而且在狱中，"每饭必别具馔祀之，言及，辄叹曰：'负此贤妇也！'"王阳明一边感叹娄素珍不辱老师门风，是一代贤妃，并对此痛心不已，一边惋惜宁王也有良知，可是兵败后才醒悟，太晚了。若是宁王能够时时不忘致良知，老师娄谅的孙女娄妃肯定也能够继续幸福地生活，不至于投江而死；王阳明和宁王双方的军队也就不会死掉那么多士兵；江西百姓也不会遭遇这一场大动乱，受这么多苦了。可见权力若没有良知的监督，掌权之人不致良知，是多么可怕的事情。

其实王阳明平定宁王之乱时，并没有被任命此事，但是若等皇帝圣旨，必定贻误战机，他以良知引导行动，敢于挺身而出，将祸患一人挡下。平乱之后，果然受猜疑、遭忌妒、被诋毁，甚至一度危机重重，上至皇帝、中至大臣、下至阴险小人，各种阴谋伎俩更让王阳明看到了致良知的重要性。王阳明以心学的强大与智慧完美应对化解了横亘在自己面前的凶险。大道即人心，万古未尝改。只有做到己立立人，己达达人，社会才能祥和，才能仁。孙奇逢亦曾在《日谱》中特意强调，“阳明谓其弟子曰：‘你私意萌时，这一知处便是你的命根。’愚谓学者千言万语，都不济事。只能克去己私，迁善改过，便是立命功夫。”

回余姚老家讲学六年后，嘉靖六年（1527 年），王阳明又奉命平定思田之乱。出发之前，弟子钱德洪、王畿问学，王阳明在府中天泉桥上吟了四句：“无善无恶心之体，有善有恶意之动。知善知恶是良知，为善去恶是格物。”这就是有名的“四句教”，是为“天泉证道”。

无善无恶心之体：心作为客观存在的主体，是没有善恶的，然而就心体而言，它又是清明莹彻的，是至善的。孙奇逢在答景乾祯问时说：“阳明无善无恶心之体，谓意未尝动，心无所著，不止无恶，并未有善，乃至善也。”后来在他九十岁高龄时，答弟子问，又说：“阳明教旨，无善无恶心之体。无善无恶，无恶之可言，并无善之可言，乃至善也，正是未发之中。”

有善有恶意之动：意是指意念，意念一动，心就动了，就会向善或是向恶。对于善恶都是“意之动”，本为一物，孙奇逢说：“人心止此天理，恰恰中乎天理，便是善。不中乎天理，便是恶。不是有一个善，又有一个恶。两物对举，只在人克念罔念间耳。”

知善知恶是良知：当善恶已经存在的时候，分清善恶就非常重要。要有判断力，能分出何为善、何为恶。判断力就在人的良知，人人都有良知，良知自有是非标准。关于这句话，孙奇逢是这样解说的：“当起念时，或善，或不善。虽昧独知，知其善，扩而充之，勿使遏抑。知其不善，遏而止之，勿使匿伏。知善知不善，知也；扩充遏止，即行也。此谓知行合一，时时刻刻勿忘勿助而已矣。”

为善去恶是格物：这里的“格物”已不单单是程朱理学的研究万事万物，人类对自己、对他人、对社会的一切行为活动都应该“为善去恶”。

对王阳明的“四句教”，孙奇逢曾这样详细阐释其含义与内在联系：人有性、有情、有才，当浑然未发时，无才之可见，并无情之可言，只有一至善而已。故曰：“无善无恶心之体。”其发也，则情生焉，虽未见才，而有善有恶，便非浑然之体。故曰：“有善有恶意之动。”既动矣，而善中有善，恶中有恶，善之情无尽，恶之情亦无尽。必须吾炯然不昧之良知以辨晰之。故曰：“知善知恶是良知。”既知善必为善，既知恶必去恶。善恶情之发露，而为善去恶，则才之效灵也。故曰：“为善去恶是格物。”物格正己。而物正者也，是学问之终事。格至事物而穷其理，是学问之始事。

“四句教”还充满了“有”“无”之间的辩证法、社会角色与个人修为之间完美融合的深刻内涵。“有”可以理解为儒家的入世，是儒家的社会关怀和道德义务；“无”可以理解为心的宁静和超越。有无之境融合，既入世立德立功，又寻求内心的洒脱无碍。服务国家、回报社会是应该的，顺便收获了名和利，但名利不是目标，内心不被外物迁累，才能无欲则刚，真正强大。

说完“四句教”，王阳明就抱病启程赴广西，次年即平乱成功，并将长期作乱、朝廷无计可施的八寨、断藤峡匪患彻底荡平。此时的王阳明，心学体系完备而成熟，由内圣而外王，真正做到了攻无不克，决胜千里。

此次平乱之后，王阳明于返程途中因严重的肺病逝于江西南安。临终前，弟子问他有何遗言，他说：“此心光明，亦复何言。”王阳明的一生虽历经坎坷，却因其心学而光辉灿烂。

心即理、知行合一、致良知，这三大心学法宝打破了朱熹制度严格、礼俗全面的架构，开发创造个人力量，尊重人性，提倡个性解放，勇于表达自我，影响了社会各方面的发展。比如明代后期的艺术创作就呈现出自由表达、异彩纷呈的局面。孙奇逢对王阳明的历史地位给予了很高的评价：“阳明忠孝节义，功业文章，世庙称为有用道学。”“阳明王子，明之大儒，当世学者推为孟子之后一人。”孙奇逢最好的朋友、定兴江村的鹿善继更是对王阳明推崇备至，孙奇逢九十岁高龄时这样回忆：“承元公者，吾友鹿江村以为定属之姚江……则阳明之学，将大明于天下，断不至沉沦于后世，庶足慰江村四十年特达之知矣。”果然如鹿善继和孙奇逢所言，阳明心学不仅对中国产生了广泛影响，还远播欧美，对东亚、东南亚影响更大。日本明治维新，就是心学先导。阳明心学对于现代社会寻求自我发展，开启正能量，规范社会道德，共建和谐社会，重振文化自信，都具有重要意义。

因材施教——“圣贤版”的课堂教学

出来上班，柔风暖阳扑面而来，家门口的银杏又写满一树的金语，舞成一地的蝶飞，心中雀跃：哇！爬山的天气！可是，连续的忙，没时间……看到久违的和暖天气，四十多岁的我尚且想要做自己喜欢的事情，何况孩子们呢？于是想到读《传习录》时，明代心学大师王阳明的一次课堂。

我们都知道，乐学爱学是学习的高境界。最怕孩子不学、厌学，现在生存压力这么大，学习更是至关重要。学校、老师、家长，谁不想孩子学习出类拔萃？恨不得一天变成四十八小时，多多地学，用力地学，甚至拼命地学，可怎样才能有更好的效果呢？

我们的老师、家长，只要看到孩子不听课、不写作业、不用功，就如临大敌，苦口婆心，“棍棒”（目前来说打在身体的少，精神的多）交加。在王阳明看来，这样的教学是让孩子把学校视为监狱，“彼视学舍如囹狱而不肯入，视师长如寇仇而不欲见”，那怎么行呢？人都是有天性的，强行违背甚至扼杀人的天性，那绝不是好的教学。

让我们穿越到五百年前，来看一个教学场景。

时值盛夏，天气炎热，王汝中、黄省曾向他们的老师王阳明请教学问。

王阳明不谈学问，先是手握折扇对他们说：“你们用扇。”

省曾赶紧站起来，毕恭毕敬地说：“学生不敢。”

王阳明微微一笑：“圣人之学，不是这等捆缚苦楚的，不是装作道学的模样。”

汝中灵窍顿开：“老师老师，我看‘仲尼与曾点言志’一章就是您说的这个意思。”

王阳明笑眯眯地点头，对啦！你们看这一章，圣人是何等宽宏包含的气象！老师问学生们的志向，有三个学生赶紧整理形象，恭恭敬敬地回答。至于曾点，飘飘然不看那三个同学一眼，自己却鼓起瑟来了，这是何等狂态啊！等到说自己志向的时候，又不正面回答老师的问题，都是一派狂言。这要是伊川先生，可能就要斥骂起来了，但圣人不仅不怪、不管，反而称许他，圣人的胸襟气度那是什么气象啊！圣人教人，不是要束缚他都做一样的人。若是狂者呢，便从狂处成就他；狷者呢，便从狷处成就他。人的才气怎么可能都一样呢？

那么，曾点是如何回答自己志向的呢？这就是那句著名的话："莫春者，春服既成，冠者五六人，童子六七人，浴乎沂，风乎舞雩，咏而归。"这不就是我们的小康目标吗？表面上看，曾点答非所问，实际上，曾点描述的和睦美好的景象才是一个国家最好的状态。

而伊川，即著名的"二程"中的程颐，是典型的严肃古板的道学先生。程颐有个哥哥，叫程颢，为人和蔼可亲。因为兄弟俩都是理学大家，后人将他们合称"二程"。据《宋名臣言行录》记载，二程小时候，跟随赴外做官的父亲到汉州，借住在寺庙里，"明道（程颢）入门而右，从者皆随之；伊川（程颐）入门而左，独行……盖明道和易，人皆亲近；伊川严重，人不敢近也"。

宋哲宗元祐元年（1086 年），程颐以布衣受诏，任崇政殿说书，给年幼的哲宗皇帝讲课。小皇帝就是小孩子，哪里能老是规规矩矩的。春和景明的一天，小皇帝看到长出新芽的柳枝柔嫩可爱，顺手折了一枝，哪料想刚折下来，程老师就看到了，严肃地训了他一顿。可能人家小皇帝要编个草帽戴戴呢，这一来让程老师给吓回去了。程老师标榜的是极端严肃、没有喜怒哀乐的状态，偏偏他自己真能做到。王阳明在这里特意提到伊川先生，这位程颐老师与孔子形成鲜明的对比，然而事实证明，孔子是杰出的教育家。

王阳明的教学模式直追孔子，教学效果显著，由他光大的心学风靡全国，势不可挡，唤醒和激发了很多人的良知和主观能动性。在王阳明逝世五十多年后，直隶保定府容城县北城村一个叫孙奇逢的人出生了。十四年后，少年孙奇逢与定兴的鹿善继在忠愍祠（祭祀明代忠臣杨继盛的祠堂。杨继盛，谥忠愍）定交。之后，孙奇逢在他的好友鹿善继的影响下，对阳明心学产生了浓厚的兴趣，思想学术及为人处事都深受其影响。明朝末年，孙奇逢勇救东林、保卫容城、守御五公山……赫赫事功也向王阳明看齐。清朝初年，圈地令下，六十多岁的孙奇逢率宗族乡党南迁河南夏峰村，筑兼山堂，讲学授徒也多用这种“侍坐”的教学模式，与弟子们沟通交流，讲习探讨。他的弟子遍布全国，有高官，有醇儒，有农民，也有贩夫走卒，他一视同仁，和蔼可亲，根据每个人的不同特点而进行教导。“与人臣言忠，与人子言孝，与人弟言悌”，不管是什么样的人，与征君先生说上几句话都很有收获。有人说，孔子离我们太远了，想象不出他是什么样的，看看征君，就知道孔子的样子啦！孙奇逢也因此被民间美誉为“北方孔子”，清道光八年（1828 年）从祀孔庙。

不仅对弟子如此，对自己的孩子们，孙奇逢也能做到各尽其才。有的孩子擅长种地，那就做一个好耕者；有的孩子适合读书，那就做学问或是走仕途；有的孩子喜欢医学，那就悬壶济世……他说：“亲师取友，安顿身心，是目前紧要功课。如望雅既体弱，不能耽劳，若悠优涵咏谨疾课儿，便是学问。韵雅酬应之暇，章句不废，便是学问。洤孙洒扫应对，客至捧茶，读书习字，便是学问。”

因材施教，这就是古圣先贤一直秉持的教学理念。愿我们今日也能正确看待不同的孩子、不同的学生，包括不同的自己，依各自所长，成就更好的人生。

真正高明的卦是这样算的

公元 1499 年，二十八岁的王阳明在大明京城考中了进士。同一年，二十岁的朱宸濠在江西省继承了宁王爵位。这两个人谁也不会想到，二十年后的 1519 年，两人会有一场精彩纷呈的对决。

事情还要从 1517 年说起。这是明朝正德十二年，正月，王阳明千里迢迢奔赴江西赣州剿匪，因当地匪患严重影响百姓生活，严重威胁政府统治。路上，王阳明回绍兴省亲。省亲期间，他拜访了一个特殊的人物——当地名贤王思舆。两个人一番秘密交流之后，王阳明走了。王思舆掐指一算，信心满满地对人说："王阳明这次要做的事必定成功。"人家问他："你怎么知道的?"会算命的王思舆说了一句话，却让人感觉不太信服，成功有这么容易吗?

1518 年农历三月初八，仅仅一年零三个月之后，王阳明彻底平定了南赣匪患。

1519 年农历六月十五日，在多年的隐忍、谋划后，宁王朱宸濠声势浩大地起兵造反。1519 年农历七月二十七日，仅仅四十三天之后，王阳明就将他生擒了。四十三天是个什么概念?放到现在，可能觉得时间也不短，高铁、飞机那都是很方便的。可是在几百年前的明代，明武宗朱厚照知道了宁王造反，被手下人怂恿御驾亲征，还没走多远宁王就被俘了。皇帝一郁闷一生气，让王阳明把朱宸濠放了，他再捉一回，可见王阳明平叛有多么神速。那是不是宁王太好打了呢?

彼时宁王已经准备了很多年，他像朱家先祖一样，雄心壮志、聪明智慧都是不缺的，而且有谋士，有大队人马。宁王一反，地方官吓坏了的也不少。但王阳明吓不坏，他是专门来吓别人的。他才不跟宁王硬拼，他派人伪造了宁王手下人通敌的书信，掉落在宁王能看到的地方。有人不以为然："这能管用吗?"王阳明说："你先说宁王会不会怀疑?”“肯定会。”“他一起疑心，事儿就成啦!”当然，王阳明的策略不只这一招，但攻心始终是他最厉害的招数。

回过头来我们再看王思舆当时的回答：“吾触之不动矣。”我怎么都不能触动他，所以我觉得他要做的事一定能成功。名利、生死都不能使其动心，在其位，谋其政，有坚定的信念和为国为民的良知，而不是把事功作为自己的目标，这样以不变应万变，是建功立业的基石。事实证明，他的卦算对了。

要做到“触之不动”，完全心静，并不容易。孙奇逢阐释动静之间的辩证关系时说：“先儒所云一动一静之间，天、地、人之至妙者。此语急宜理会。盖‘静’之一字，殊未易言，而动中习静，尤未易致。《易》曰：‘艮其背，行其庭。’艮背者，心止其所而得静也。行庭者，心行而不离乎静也。”孙奇逢年少中举，后来屡试不第，就以王阳明“以下第动心为耻”来警醒自己。明末孙奇逢守卫容城，守御五公山，与强大的清军作战，虽处劣势而不慌不乱，终于取得了胜利，亦与王阳明“触之不动”一致。

后来王阳明讲学时对弟子说：“当初和宁王决战时我军处于劣势，很多人都不知所措。我下达命令火攻，结果说了四次，身边的人才回过神来。可见面对重大险情，慌乱失措是人之常情，要能做到无论什么情况都惊动不了内心，才能成功。”作为王阳明的好朋友，王思舆对他非常了解：从小好学，熟读兵书，演练排兵布阵，长大后精研学问。连考两次进士失败，别人落第都痛哭，他却说，人都以下第为耻，我以下第动心为耻。有了这些素质和能力，再加上“触之不动”，王阳明又怎么会不成功?这才是真正高明的卦。

不一样的“三字经”，与心随行

说起“三字经”，我们脑海中马上浮起的句子一定是：“人之初，性本善。性相近，习相远。苟不教，性乃迁。教之道，贵以专。……”宋代王应麟的《三字经》朗朗上口，谁都能背出几句，可你知道还有另一篇不一样的“三字经”吗？

它是明代心学大师王阳明的家训：

> 幼儿曹，听教诲：勤读书，要孝悌；学谦恭，循礼仪；节饮食，戒游戏；毋说谎，毋贪利；毋任情，毋斗气；毋责人，但自治。能下人，是有志；能容人，是大器。凡做人，在心地；心地好，是良士；心地恶，是凶类。譬树果，心是蒂；蒂若坏，果必坠。吾教汝，全在是。汝谛听，勿轻弃。

相较一千多字的《三字经》，王阳明这篇家训（又称《示宪儿》三字诗）仅九十六字，篇幅短小，明白晓畅，易于诵读。这篇家训字字珠玑，浓缩了一代心学大师为人处事的大智慧以及对后辈的殷殷期冀。

既是《示宪儿》，那王阳明当然是给一个叫“宪儿”的孩子写的了。宪儿是谁？缘何称此文为家训呢？明正德十年（1515 年），四十四岁的王阳明还没有儿子，他的父亲王华做主，将他的侄儿王守信的第五子王正宪过继给王阳明，这一年，王正宪八岁。八岁的男孩已很难管教，王阳明发现这个宪儿远远不是自己理想中的孩子，心里很沮丧。可是，人家已经当了你的儿子，又不能退回去。他的弟子提醒说，老师您不是教我们知行合一，学问要在事上磨炼吗？如今正是施展您的心学魅力的大好时机啊！王阳明心想，是啊，整天教弟子们知行合一，遇到事才能长进，现在正是考验我的时候！于是从此用心教导王正宪，并逐步产生效果，宪儿越来越向好的方向成长。

王阳明写这篇《示宪儿》的时候，王正宪十一岁，正处于人生中的大好时光，学习的黄金阶段，而王阳明却无法尽到一个父亲的陪伴义务。自从王正宪八岁那年给他当了儿子，第二年他就开始被派往南赣地区剿匪，与家人难得相聚。第四年，王阳明的叔父来赣州看望他，叔父回家之际，王阳明写了这样一纸家训托叔父带回家。

据我看来，这篇三字诗主要从以下几方面着手教育孩子：读书习礼，自律容人，心地品德。在王阳明看来，读书的最大作用不是考科举，而是从读书中学习孝悌、谦恭、礼仪等比考试更重要的内容。一个人最难做到的是自律，儒家讲“慎独”，就是独处时能够达到很高的道德水准，就像在众人面前一样，那才是真正的君子。“节饮食，戒游戏；毋说谎，毋贪利；毋任情，毋斗气；毋责人，但自治。能下人，是有志；能容人，是大器。”从饮食上入手管好自己，从贪玩处下功夫管住自己，进而不说谎，不贪利，不任情，不斗气，责怪别人之前先问问自己做得好不好。能甘居人下，藏着的是大志气；有容人之量，才是大器之人。韩信能忍胯下之辱，蔺相如能容廉颇，是这两方面典型的代表。而做人最重要最根本的一条，则在心地品德。人就像树上的果实，心是蒂，蒂坏了，果实就掉了，做人就失败了。养护好这个“蒂”，言行不违良知，凡事皆致良知，果实才甜美。

短短九十六字，却是圣贤大智慧。名为“示宪儿”，其实适用于每一个孩子，甚至每一个成人。真正做到了这样的“三字经”，无论多么喧嚣动荡的尘世，内心都能拥有泰山般的安宁。

一百多年后，孙奇逢在孙氏祖先传承的家风基础上，总结提炼了“家规十八则”，同样言简意赅，充满为人处世的智慧，成为孙氏家族的行事准则。几百年来，孙奇逢“家规十八则”作为《孝友堂家规》（孝友堂为容城孙氏堂号）的经典内容，不仅对孙氏家族产生了深远影响，而且因孙奇逢是著名的思想家、教育家，其治家理念也带动影响了很多家庭，同时对现代社会提倡注重家庭、注重家教、注重家风有着积极的意义和价值。

附：家规十八则

安贫以存士节，寡营以养廉耻；

洁室以妥先灵，斋躬以承祭祀；

既翕以协兄弟，好合以乐妻孥；

择德以结婚姻，敦睦以联宗党；

隆师以教子孙，勿欺以交朋友；

正色以对贤豪，含洪以容横逆；

守分以远衅隙，谨言以杜风波；

暗修以淡声闻，好古以择趋避；

克勤以绝耽乐之蠹己，克俭以辨饥渴之害心。

眼界明亮的密码

从前，有一个人在花园里除草，花园很大，杂草很多，他干了半天，累得腰酸背痛，汗也湿透了衣裳，还是没能将杂草清除干净。他忍不住生气地说：“为什么花这么好看却很难养，草这么难看却长得到处都是。唉，这世道，真是善美难培养、黑恶难铲除啊！”

他的老师听到了他的抱怨，笑了：“你也没有培养善，也没有铲除恶呀！”这人一听更生气了：我不辞辛劳浇灌花朵，不吝力气铲除杂草，怎么就没培养善没铲除恶了？老师还是微笑：“善恶怎么能只看表面呢？你想在花园赏花，花善草恶。那如果你想种一片草坪呢？忽然草坪上长出一棵玫瑰花，很健壮很艳丽，刺儿也很扎手，你还觉得花善草恶吗？你还会浇灌花然后去除草吗？”这个学生似有所悟。老师又说：“所以呀，善恶只是你自己这么认为。就比如一块黄金，是好是坏？”学生眼睛发亮：“黄金，好东西呀！给我给我。”老师微微一笑：“那要是这块黄金在你肚子里呢？”学生大骇：“那我不要了！”

老师发现学生听进去了，继续深入，“你之所以生气，是因为把事物分成了好坏善恶，就有情绪了，心情被事物牵着走了。这样，不仅你认为恶的会让你生气，你认为善的也会主宰你的情绪。就像黄金，因为你喜欢它，拥有就高兴，万一丢了，就一定懊恼不已。它已经成了你情绪的主人，你都成了它的奴隶了，还怎么快乐和幸福呢？”弟子若有所思地说：“既然这么分善恶不对，那我就不除草了。”老师说：“草长在你的花园里，它妨碍你赏花了，你就可以拔掉呀！只要不想着它是恶的，不和它对立，不被它控制情绪，就好了。”弟子终于明白了，事物本身没有善恶之分，善恶都在我们心里，以善为出发点，每个人都可以有不同的选择，人家周敦颐就不去除自己窗前的杂草。

推而广之，当我们不用自己的私心去评判外物时，外物就不能控制我们。外物都有其自身存在的道理和发展的规律，我们不必把它们放在心上，只需做好自己；能让心灵安宁，以良知主宰自己，胸怀随之宽广平和，眼界随之开阔明亮。

这个老师，就是心学大师王阳明；学生，是他的弟子薛侃。

对于善恶的这种转换和辩证关系，孙奇逢对弟子耿保汝等人讲论时说："吾人一日之间，念虑迁转，主宾纯驳，不知凡几。然非有一个善，却又有一个恶来相对也。阳明所谓善恶只是一物，本体上才过当些子，便是恶了。肫然不杂一念，恰恰合乎天理，当乎人情。……我辈既立拔俗之志，念之善恶岂容自昧。善者急为长养，恶者急为克治，独知独修，正在此处用功，全不靠著外面。"

善恶只是一物，都在我们心里。心的本体不纯正，就容易滋生恶。所以一定要长养善，克治恶，从本心良知处用功。

心学大师的“寓教于乐”

初春，阳光渐暖，各色草木都睡醒了，伸伸懒腰，舒展眉眼，开始萌发新的枝叶。这时候，来了两位园丁。园丁甲，浇浇水，摸摸头，转圈看看，长歪了的扶扶正，一起读读诗，学学礼，做做游戏，夸奖一番大家长得很努力，有进步，走啦。各个草木小朋友高高兴兴继续生长。园丁乙，过来一看，这胳膊腿都伸哪去了？捆上！这叶子好像形状不对，摘了！什么？口渴？还不到喝水的规定时间，不给浇水！都给我一起背书！背不过来的不许晒太阳！经过一番严格管理，所有的草木低眉顺眼，十分整齐，园丁乙满意地走了，剩下草木小朋友们像被关监狱似的，在风中凌乱，不想再生长了。

这景象是不是有点眼熟？不错，孩子们就是初春刚刚萌发的草木，园丁自然就是老师和家长。那么，甲和乙，谁的做法好？五百年前，明代心学大师王阳明就给出了答案。他说：“大抵童子之情，乐嬉游而惮拘检，如草木之始萌芽，舒畅之则条达，摧挠之则衰痿。今教童子，必使其趋向鼓舞，中心喜悦，则其进自不能已。譬之时雨春风，沾被卉木，莫不萌动发越，自然日长月化；若冰霜剥落，则生意萧索，日就枯槁矣。”适应儿童“乐嬉游”的天性去教育，使其喜悦鼓舞，就像草木萌芽之际遇时雨春风，会长得更好；违背儿童的天性，摧挠其身心，就像给草木以冰霜一样，致使其生机萧瑟，日渐枯槁。可见乐学的重要性。

这段话出自王阳明《训蒙大意示教读刘伯颂等》（原文附后）。训蒙，即教育儿童；教读，就是老师，刘伯颂是教读之一，王阳明单把他提出来，应该是教导主任，管理教学工作的。明正德十三年（1518年）王阳明平定赣南反叛后，在当地建立社学，邀请老师教育儿童，以繁荣当地教育事业。在离任时，他生怕这些老师像园丁乙那样，不懂得乐学的重要性，于是特意撰写了教学条规《训蒙大意示教读刘伯颂等》，与他的《教约》合称《社学教条》。

无独有偶，王阳明之后，被誉为“北学宗师”的教育家孙奇逢也对“乐学”境界有着极深的体悟。

孙奇逢，生于明万历十二年（1584 年），卒于清康熙十四年（1675 年），为我国明末清初著名的理学家、思想家、教育家，被誉为“北学宗师”。孙奇逢的一生，是学习的一生，无论饥寒交迫，还是战乱流离，他始终在学习，直到生命的最后一刻还在讲论学问。他对于乐学的境界是最有发言权的。他说：“学问不长进，只为眼前看得没趣味，故冷冷淡淡，不肯下手做功夫。若真如饥而食、渴而饮，自然驻足不得。”大人和孩子是一样的，也要对学习有趣味才行。没有体验到学习的快乐，学得很没劲，提不起兴致来，学问又怎么会有所长进呢？对待学习没有热情，自然也就不会真正下功夫用心去学。如果对学习特别有兴趣，能够快乐学习，从学习中获得成就感幸福感，那么学习就像一个人饿了忍不住要吃饭，渴了一定要大口喝水一样，想停都停不下来，真的如饥似渴，这才是学习的高境界，学问才能长进。

孙奇逢以诗书为乐，他说读未读书，如交新友；读已读书，如遇故人。真正把读书当作与朋友在研讨、交流，又怎么会厌倦呢？孙奇逢自孩童开蒙，至耄年亦是晨星即起，深夜不休，“一编孔孟彻宵旦”。他说：“若悠悠忽忽漫常度此岁月，此日因循，过后追悔，回天无力，挽日无戈，岂不可惜。”他自己这么乐学，教导弟子时，也以让弟子能乐学为目标。和一般单调古板的理学先生不一样，孙奇逢的教学让人如沐春风，让人能够逐步喜欢学习，快乐学习。他的弟子耿介在《夏峰先生像赞》中写道：“我向视道，邈乎难亲。今见夫子，近在一身。乾行不息，元气浑沦。静重岳立，温蔼阳春。时雨所至，鼓舞若神。岂有奇特，日用彝伦。文理密察，笃挚深醇。卓彼两程，合为一人。唐虞持敬，洙泗言仁。夫子诏我，千古如新。”耿介说自己本来觉得宇宙万物之道是离自己很远、很难亲近的学问，如今看到孙老师，原来“道”是这么的近，就在老师身上。老师的教导，就像温蔼阳春，又像滋润万物的细雨，鼓舞人心。其实老师所教也没有什么奇特啊，就是日用伦常，就是“敬”与“仁”的学问，但好的老师能让学生身心愉悦，努力向学。

清康熙二年（1663 年）四月初四，著名思想家、书法家、医学家傅山来到夏峰村与孙奇逢会面，为其母求墓志铭。傅山不喜欢呆板的理学家，以为孙奇逢也是这样的，但见面之后，竟是大喜过望，以前的看法马上消失。《霜红龛集》卷三十九有一则杂记：“顷过共城(即辉县)，见孙钟元先生，真诚谦和，令人诸意全消也。其家门雍穆，有礼有法，吾敬之爱之。”兼山堂一派雍穆，其乐融融，孙奇逢以其个人魅力令傅山敬之爱之。

可见真正好的教学，不是枯燥乏味，不是严厉捆绑，而是从亲近浅显处入手，让人喜欢学习，逐步达到乐学的境界，自然学有所成。

附《训蒙大意示教读刘伯颂等》原文：

古之教者，教以人伦。后世记诵词章之习起，而先王之教亡。今教童子，惟当以孝、弟、忠、信、礼、义、廉、耻为专务。其栽培涵养之方，则宜诱之歌诗以发其志意，导之习礼以肃其威仪，讽之读书以开其知觉。今人往往以歌诗、习礼为不切时务，此皆末俗庸鄙之见，乌足以知古人立教之意哉！

大抵童子之情，乐嬉游而惮拘检，如草木之始萌芽，舒畅之则条达，摧挠之则衰痿。今教童子，必使其趋向鼓舞，中心喜悦，则其进自不能已。譬之时雨春风，沾被卉木，莫不萌动发越，自然日长月化；若冰霜剥落，则生意萧索，日就枯槁矣。故凡诱之歌诗者，非但发其志意而已，亦所以泄其跳号呼啸于咏歌，宣其幽抑结滞于音节也。导之习礼者，非但肃其威仪而已，亦所以周旋揖让而动荡其血脉，拜起屈伸而固束其筋骸也。讽之读书者，非但开其知觉而已，亦所以沉潜反复而存其心，抑扬讽诵以宣其志也。凡此皆所以顺导其志意，调理其性情，潜消其鄙吝，默化其粗顽，日使之渐于礼义而不苦其难，入于中和而不知其故。是盖先王立教之微意也。

若近世之训蒙稚者，日惟督以句读课仿，责其检束而不知导之以礼，求其聪明而不知养之以善，鞭挞绳缚，若待拘囚。彼视学舍如囹狱而不肯入，视师长如寇仇而不欲见，窥避掩覆以遂其嬉游，设诈饰诡以肆其顽鄙。偷薄庸劣，日趋下流。是盖驱之于恶而求其为善也，何可得乎？

凡吾所以教，其意实在于此。恐时俗不察，视以为迂，且吾亦将去，故特叮咛以告。尔诸教读，其务体吾意，永以为训，毋辄因时俗之言，改废其绳墨，庶成“蒙以养正”之功矣。念之念之！

第二辑　燕赵之士　一代豪杰

河北自古为燕赵大地，有着悠久的历史和丰厚的人文底蕴。燕赵慷慨悲歌之士品行高洁，凛凛正气，激励着后人矢忠正义，保家卫国。明朝末年，党派纷争，士大夫多尚空谈，朝堂之上几无可用之臣。战乱来临，“平时袖手谈心性，临危一死报君王”，更有甚者，四散奔逃，变节投敌。孙奇逢少有大志，年轻时即维护正义，不畏强权，与矿监、税监做斗争，勇救好友梁如星；魏忠贤阉党迫害东林诸贤，又不畏生死，挺身营救，义助完“赃”；清军入侵，他率众保卫容城、守御五公山……赫赫事功光耀史册。著名思想家黄宗羲赞孙奇逢“燕赵悲歌慷慨之风久湮，人谓自先生而再见”。

少年孙奇逢访亲定生平

明神宗万历十二年（1584 年）十二月十四日，孙奇逢出生在直隶保定府容城县北城村，从此开始了他九十二年的非凡人生之旅。“始于豪杰，终以圣贤”，生活于明末清初动乱之际的孙奇逢，一身正气，学识渊博，著作等身，弟子遍天下，成为一代理学大家，被誉为“北学宗师”，与黄宗羲、李颙并称清初三大儒。

孙奇逢家学渊源，从小在父亲的教导下刻苦读书。十四岁那年，他随父亲去走亲戚，到容城县北河照村拜谒祖母的族人杨补庭。杨补庭看到少年孙奇逢相貌俊朗，神清目明，彬彬有礼，颇为惊喜，想测测这孩子遇事如何应对，就出了一道社会政治军事题考他：“如果我在一座被四面围困的城里，外没有援兵来救，内没有粮草可用，眼看陷入绝境，非败不可了，你觉得这时候应该怎么办呢?”孙奇逢想都没想，应声而答：“效死勿去!”孙奇逢这句话出自《孟子·梁惠王下》：“世守也，非身之所能为也，效死勿去。”也就是说，宁可死在城里，也不会投降的！杨补庭一听，大喜过望，这孩子书读得好！会背？这可不是重点，重点是杨补庭欣赏少年孙奇逢的凛然正气，胸怀磊落如光风霁月，因而情不自禁对孙奇逢的父亲大贺：“这孩子，将来肯定错不了!”

杨补庭何许人也？他就是名震天下的“明朝第一谏臣”杨继盛的儿子。杨继盛，字仲芳，号椒山，谥忠愍。孙奇逢出生的时候杨继盛因死劾奸党严嵩已经被害二十九年了。但是杨继盛为官清正、造福一方、为民除害、刑场就义、死而不倒的诸多传奇经历早已广泛流传，在他的家乡容城县更是被人们尊崇敬仰。杨补庭的这种英烈之气即来自他老爸杨继盛的遗风——杨继盛在狱中曾写下给两个儿子的遗书，谆谆教导，从报国、为人、处事、齐家等诸多方面都给了儿子很好的教育。杨继盛英勇就义后，夫人张贞督促儿子应尾、应箕刻苦学习，每逢初一、十五和重大祭祀节点，都让两个儿子双手高举椒山遗嘱，跪在椒山公灵牌前虔诚背诵，日常生活中则默默施行。杨继盛的精神深深融进了后辈的骨血。孙奇逢从小便很思慕杨继盛和容城县另一位先贤——元初理学家刘因，他要立志学成报国，家乡的仁人志士都是他学习的榜样。

汤斌、耿极等所辑《征君孙先生年谱》是这样记载这件事的：

> 万历二十五年丁酉十四岁，入邑庠。父命同仲兄季弟从长兄学。一日，先生随父肯轩公谒杨补庭。补庭为忠愍公子，先生大母族也。见先生，奇而爱之。因问曰："设使我在围城中，外无救兵，内无粮草，应如之何？"先生应声曰："效死勿去！"补庭为肯轩公贺曰："此子足卜终身矣！"

读了这段记载以后，我就有一个疑问，杨继盛有两个儿子——杨应尾、杨应箕，那么杨补庭是谁呢？补庭一定是字或者号，是应尾还是应箕？为弄清这个问题，我先后请教了孙奇逢的后人和杨继盛的后人，都未得解。后查阅相关资料，也多是与《年谱》记载相似，均未给出明确介绍。

补庭是谁呢？这个问题一直萦绕在心，直到 2019 年春节期间，我伏案整理孙奇逢十三世裔孙孙居超先生提供的古籍资料《大清畿辅先哲传》第十卷"师儒传"，终于解开了长久以来的疑问。其中明确记载：

> 孙奇逢，字启泰，号钟元，容城人。幼承家学，与兄奇儒、奇遇，弟奇彦，皆砥砺名行，为庠序所推。年十四，补博士弟子员，谒同里杨继盛子应尾。应尾猝然问："假在围城，内无粮草，外绝救援，将若之何？"对曰："效死勿去！"补庭叹曰："吾定子生平矣！"

《大清畿辅先哲传》为清末民初徐世昌主编，徐世昌长于史学，民国三年（1914 年）担任清史馆总纂，编纂《清儒学案》。其治学态度端恭严谨，则杨补庭是椒山公长子杨应尾无疑了。杨应尾曾任顺天府治中，仕至尚宝寺丞。应尾为官耿介，正直敢言，时人称赞："有儿如此，椒山先生有后了。”

孙奇逢一生都很仰慕刘因和杨继盛，而他的祖母杨安人是杨继盛的再从侄女，也就是说，杨安人的父亲与杨继盛是同曾祖，对于杨继盛的儿子应尾、应箕，孙奇逢应该叫舅祖。这样的亲戚关系不远，所以孙奇逢应该和舅祖的接触很密切，深受杨继盛遗风的影响。他是在家乡先贤精神的濡染滋养下长大的，崇尚节义，勤于治学，处世唯德。著名思想家黄宗羲赞美孙奇逢：“燕赵悲歌慷慨之风久湮，人谓自先生而再见。”传统儒家以“立德、立功、立言”为三不朽，而历检孙奇逢的德行、著述和事功，亦足以当此三不朽。他的一生正像少年时回答杨应尾的问话一样，凛然正气，光风霁月，做到了德比先贤，无愧天地，与刘因、杨继盛合称“容城三贤”，深受后世敬仰。

孙奇逢仗义救好友，梁如星峻节耀史册

公元 1607 年，明朝万历三十五年的冬天，当时的容城发生了一件大事。

事情的源头还要追溯到明万历二十四年（1596 年）。面对连年的战争，国库入不敷出，明神宗派出许多宦官充当矿监、税监，在全国各地以征商开矿为名，搜刮钱财，以补亏空。这些太监本来应该在皇宫里当差，如今一旦放出，给予实权，老百姓还有好日子过吗？太监们被委以这样的重任，没有制约机制，横征暴敛、巧取豪夺那还是轻的了，更有很多私设刑罚无恶不作之人，因而各地民众开展了多次反矿税监的斗争。

回到万历三十五年冬天的容城。时年三十六岁的容城举人梁如星，还有一个姓薛的秀才等几名乡绅，因秉持正义冲撞了这些被派下来“收税”的宦官。以薛珰为首的宦官们竟对几个文弱书生大打出手，鞭子、棍子齐上，可怜几个手无寸铁的知识分子被打得遍体鳞伤，随后又被关押起来。此时，一个人的出现及时挽救了梁如星。

这年九月，二十四岁的孙奇逢在父亲墓旁结庐而居，守孝三年期满，刚刚回到家中居住不久，即遇到如此忍无可忍之事。慷慨豪迈、血气方刚的孙奇逢不畏强权，与几个乡绅团结起来为梁如星等人申冤。他满腔激愤地上书知县：“异哉梁孝廉薛茂才之事！天理王法真是大变！夫薛珰，一小竖子耳，余皆小竖子之奴隶耳！遂敢鞭棰孝廉，幽囚士子于奉诏入试之日，尚可谓有世道哉！阉人之炽恶，斯文之丧气也。明公风教攸握，值此非常异恶。察其主谋者何人，党恶者何人，严讯而置之法，庶秽污刑余之徒犹知有朝绅，犹知有天宪，则扶文抑暴之功高于千古矣！”

义正词严，激扬文字，真是字字千钧，掷地有声，鲜明地提出了

“扶文抑暴”的主张。正如孙奇逢在文中所说，“阉人之炽恶”，但他知其炙手可热，知其凶恶残暴，仍然不顾安危，路见不平拔刀相助，所以孙奇逢后来成为“范阳三烈士”之一，“始于豪杰，终以圣贤”，这是后话了。这次，幸亏有孙奇逢仗义执言，梁如星等人最终“事得白”，被解救了出来。而梁如星，作为此次事件的受害者，他后来怎么样了呢?

梁如星，先世也是小兴州人，明朝洪武初年迁徙至容城小里村。始祖梁泽，入赘城东李氏，就在这里安家了。梁泽的儿子梁铎，分派白塔村。其子梁文玉，孙子梁诗，曾孙梁景先。梁景先是一名秀才，在县里主管教育。梁如星就是梁景先的儿子，也可说是家学渊源了。

梁如星生来聪慧，人称神童，十一岁能文，十五岁见知于县令。江左彦曰：“容城科目，必此子矣。”十六岁入县学，但家贫不能读书，就在其外祖父北城村的赵氏家里居住。梁如星的童年可谓颠沛贫苦，但他志向远大，勤学不辍。中举人后，却惨遭太监羞辱。这样的坎坷磨难非但没有打倒他，没有消磨他的意志，反而激发了他勤奋努力欲为国家兴利除弊的决心。他与孙奇逢为友，互相砥砺。

后来，梁如星考中进士，先是在郓城任知县，“剔厘兴除，多有善政”，为老百姓做了很多好事。此后，梁如星辗转多地为官，正直清廉，政绩卓著。他的好友孙奇逢曾为他这些经历做了概括记述（凡提到梁如星即以“公”敬称）：

> 乙卯，山东岁饥，杀人劫家。公搜仓请赈及劝助，约得谷万石，煮粥食贫者，缓征以俟，民无流移。丙辰内艰归，郓人为建祠勒碑。宦囊萧瑟，至不能营葬事。服阕，补阳信，值两绅构讼，虚词四五十纸，各惩其家人健讼者，一并归结，以一小戒，而寓大惩。事贤友仁，阳信皆德之。
>
> 己未丁外艰。壬戌，补河南光山县。时山东寇变，驿递改由光山界，邻楚黄啸聚满山谷，一日警报数至。公率家僮星驰抵任，即议修缮，严保甲，洁己爱人，与民休息，凡一切令行禁止。人之德公，皆如治郓与阳信焉。
>
> 甲子乡试分较，得士称盛。乙丑以治行征授广西道御史，巡视城工。时魏忠贤用事，疏入，多不当旨。丙寅，差查刷光禄寺，一年例当满，屡差监礼太庙、社稷坛、天坛、皇陵，以覃恩加级中议大夫，

冬月巡视东城。戊辰告病回籍，修家祠、立神主，为父建乡贤坊于家庙之前，又修集贤亭于天宁寺，后为诸士读书会文之地。

辛未病愈，补江西道御史，寻差巡按贵州。值土司安氏初平，水西争地，诸苗观望，日报苗变，与抚臣朱燮元，宽严相济，完数十年未了之钦件，清数十处不结之盗狱，兴乡约保甲以化民，备兵饷要塞以固圉，重葺阳明祠以兴学。自此西南半壁，始知汉家威仪矣。癸酉，监视乡闱，严革从前通同之弊。离省至平溪，气血俱枯，上疏病辞，不允。甲戌回道，即有抚赈陕西之差，原发银六万，义助银八千，面援手给，饥民得沾实惠，活者不啻十万人。乙亥，升潞安道参政。时知府某，好刚使气，与王府相争，纵兵挟官，钱粮专擅，公与抚军定经制，而兵始无哗。丁丑，升山西按察使，边防河防，报无虚日。公宿城头御暴，与诸道府县共之。戊寅转河南右布政，管守道事，未几升左布政。流贼愈炽，粮饷不敷，前官布政司脱欠二百余万，俱责见任催补。公为人受过，罚俸至十五级。

壬午，贼围汴，公守东南，长五里余，四百余垛。贼游卒攻甚力，公率家丁铳箭击之，得捷。贼既散去，九月克归德，十月复来攻汴，公与谭都司死力御之。贼遍掘城堑，四面围布月余，兵民饿死强半，杀人相食。贼复乘势力攻，土人争决河灌贼，河决冲城，南北门人死无算。周藩与各官皆避去，公避于封邱，又避于延津。会巡方御史苏某赈饥，御史黄某荐公三次守城功，年虽老，宜优以京卿衔，赏银三十两。公亦具疏，老难入觐，始得归里。

至此，梁如星的仕途才告结束。从这些纪实文字中可以看出，他的一生，为官清廉，爱民如子，不为政绩，只为百姓，深得民众拥护爱戴。回到家乡，与乡人相处，他则亲近贫士而疏远豪富。当官四十年，“田不过数顷，宅第一区，朴俭无华”，“好鼓舞后进，尝买书送宝藏社中，又每为同社佐酒”。（宝藏社，孙奇逢祖父孙臣在北城村创立的学社）其为人行事，多古燕赵之风。享年八十九岁。

在那个昏暗的时代，就像好友孙奇逢一样，梁如星，不惧权贵，不畏磨难，以自己星星一样的光辉，让历史多了些亮色。

赴白沟生死擦肩

东方渐晓，晨曦微露。一个身形颀长的中年人正急匆匆赶路，心焦如焚的他抬手擦了一把额头的汗，遥遥望见东南方向挺拔峻伟的大雄山（亦名望山）在广袤平原的怀抱里正在慢慢醒来，黛色山形若隐若现。旁边的小雄山也不甘示弱，如呼如携，如顾如望。他知道自己即将到达白沟河。正是盛夏，小麦成熟的季节，旭日彤云，麦香满野，他顾不得欣赏这美丽的乡间晨景，俊朗的双眉紧紧蹙在一起，脚步如飞，满脑子都是正在被押解上京的好友和胜算难料的解救方案。

同一天，北京城。年过半百的魏忠贤仍然身体健壮，精力旺盛。他急匆匆地去找天启皇帝的乳母客印月，密谋如何对付东林党榜首人物。这是明朝天启五年（1625 年），经多年排除异己培植势力后，以魏忠贤为首的阉党向曾经创造了“众正盈朝”局面的东林党人举起了屠刀。

同一天，北京城，诏狱。杨涟被污受贿两万两，行贿者是此前已被处决的熊廷弼。魏忠贤想得很简单，死无对证，又有花样繁多的酷刑，人都不是铁打的，还不马上认罪伏诛？但他没想到的是，东林党人的骨头比铁还硬。昏暗潮湿的牢房中，杨涟被拷打到下颌脱落，牙齿也全都被打光了，满嘴鲜血，体无完肤。但只要喉咙还能发声，他的骂声就没停止过，骂声传到魏忠贤的耳朵里，他焦躁得马上去找客氏商量对策。客氏曾经在魏忠贤不忍加害于己有恩的前司礼监秉笔太监王安的时候，以一句“而欲遗患也”帮他坚定了杀死王安的决心。大牢中的杨涟骂累了，想到阉党杀心已炽，自己不怕死，但也不能这么不黑不白地死，于是用破烂滴血的手挥笔写下《告岳武穆书》，字字浸血：“此行定知不测，自受已是甘心”，“涟一身一家其何足道，而国家大体大势所伤实多！……”

颀长清瘦的中年人终于赶到白沟河，坐上了驶往对岸白沟镇的船。白沟河岸是当时重要的水陆码头，每日清晨，船流如织，大大小小的商船形态各异，漆金描朱，五色斑斓，争相往来，一派繁忙，成为远近闻名的容城一景“白沟晓渡”。今天的商船似乎比往日要少，河面上也少了一些喧闹热烈，反而有几分沉闷。中年人蹙眉寻思，不知阉党缇骑一路有没有祸害百姓？商船少了是因为有外出避难的人家吗？一路担忧，心事重重之中他径直来到了关押左光斗的地方。两个孔武健壮的锦衣卫校尉正在守门，见状喝问道：“来者何人？”面对这骇人的场景，中年人神情泰然，微微一笑，昂首抱拳：“在下容邑北城村人，姓孙名奇逢，字启泰，左佥都的朋友，特来为佥都送行，烦请二位通报以进，不胜感激。”两人对视一眼，这就是大名鼎鼎的孙奇逢？听说他一向以孝行和文章学识闻名，此刻独自跑来见这样的要犯，真够胆大的。

就在前一天，孙奇逢接到了自己的学生、白沟处士张果中的口信，得知左光斗被押解进京，途经白沟，想和孙奇逢见面。家人朋友闻讯惊骇不已，纷纷劝阻孙奇逢不要在这个节骨眼儿往枪口上撞；劝阻不成，就又纷纷计议择体壮好武之人随孙奇逢前往白沟，以防不测。孙奇逢也不分辩，只在夜深后一个人悄悄出发，一早就赶到了白沟。也正因他单人赴险，差役缇骑都觉得没什么问题，他才顺利见到了左光斗。此时，容城县东牛村胡向化也不顾危险专程赶来，与孙奇逢一起在缇骑的包围之下与左光斗相会议事。

五十一岁的左光斗从家乡桐城一路被押解而来，虽被折磨得形销骨立，白发苍髯，但精神很好，斗志昂扬。他紧紧握着孙奇逢和胡向化的手，不顾缇骑在侧，破口大骂魏忠贤，只是想到父母，不禁悲从中来，痛哭失声：“我被逮出门，一人生死不足惧，八十岁老父母一痛绝地，让人情何以堪！”孙奇逢喟然长叹：“观杨公狱中情形，只怕此行凶多吉少，佥都须早做主张。”左光斗沉思收泪，谢过孙奇逢，转身对胡向化说：“我被逮捕之后，人们都躲避开了。胡公肯来看我，已经看出咱们的友情坚牢，不惧祸患，接下来可不能再劳烦您了。”力劝胡向化回去。

当天夜里，孙奇逢与左光斗两人月下商议，左光斗从容地说：“当权派肯定要置杨大洪（杨涟，号大洪）于死地。大洪死难，我辈岂能独生？”孙奇逢黯然神伤，沉吟半晌，将自己的想法和盘托出：

“想当年众正盈朝，国家是何等气象！而今阉党擅权，皇帝不明就里，魏忠贤与客氏为一己私利肆意陷害拒不与之合作的东林党人，眼看国家被阉党折腾得乌烟瘴气，正义之士死，不单是伤几个人的性命，那是在伤国家的元气啊！元气伤多了，国将危难。所以要尽力保全东林诸贤，不是贪生怕死，是为国为民着想。听说奉圣夫人客氏的弟弟客光先曾说：‘被捕的这些人可都是名人贤士啊！我想让我娘跟我姐姐说说，或许还能救他们。’……”孙奇逢话未说完，左光斗便怒发冲冠：“向妇人女子求情？那还算什么大丈夫?!”孙奇逢早就想到这点了，也知道这方法对于把名节看得比命还重要的杨、左诸人来说是下下策，可惜这下下策几乎是唯一之策，再没有更有效的解救方案了。孙奇逢沉重地点点头，默然不语，心中一一记下左光斗的嘱托。

夜深了，孙奇逢挥泪拜别左光斗，心情沉重地踏上回容城的归程。渡过白沟河，走过晾马台，月下麦田静默着，路上一个行人都没有了，远远的几个村庄还有几点灯烛的微光，静谧的夜色中只听得到夏虫的鸣叫。他放慢脚步，心中还在思忖如何解救杨、左诸友，听说魏忠贤找不出东林党人的毛病，就诬陷他们受贿，追赃甚严。诸公清廉为官，囊空如洗，虽然知道阉党之意不在“完赃”，但竭尽所能筹些银两，若能凑得所诬赃银数量，阉党别无借口，或可有救？即使明知这样的想法有点天真，但这也许是最后的方法了。

在缇骑刀下，生死关头走了一遭，孙奇逢想的不是自己的安危，而是在危难之中，如何解救东林诸贤。后来，他奔走筹措，义助“完脏”，与鹿正、张果中被誉为“范阳三烈士”。

勇救东林，义声震天下

明天启乙丙年间，宦官魏忠贤窃取朝廷权柄，诛杀异己，左光斗、魏大中等东林名士相继被诬陷入狱。他们和鹿善继、孙奇逢都是好朋友，还没押解到白沟的时候，魏大中的儿子魏学洢先赶到了，父有难，子来救，面对阉党凶焰，魏学洢就像当年缇萦上书一样令人感动。

魏学洢这个名字凡对中学语文课本有印象的都不陌生，他就是课文《核舟记》的作者。精彩细腻的描写刻画和对劳动人民的由衷尊重赞赏让很多人都记住了魏学洢这位年轻的作者。可惜，这样一个才华与情怀兼具的不可多得的人才却惨遭横祸。魏学洢面对父亲被迫害逮捕，悲痛万分，心急如焚，带着父亲的两份手札，一份给鹿善继的儿子鹿化麟，一份给孙奇逢，手札的内容主要强调一件事——覆巢之下无完卵。言外之意即是已知此次无生路，向好友托孤。周顺昌派人一路护送魏学洢，也有信给鹿善继，信中他对鹿善继说："世事已如此不公，真让人百感交集啊！像魏大中这样清廉节俭得过分的人，竟也难逃诬陷。他被逮捕的时候，家乡父老数以万计为他痛哭于路，将道路都给遮蔽了。他家里一贫如洗，当地士绅为他凑了点路费，才算能走了。此情此景，连抓捕他的锦衣卫士兵都被感动了。现在他的大儿子魏学洢随父亲一起进京，一路上人们避之唯恐不及，无人能伸出援手，想要倚仗您来庇护，更是寄厚望于孙孝廉（孙奇逢十七岁中举，是为孝廉）。我觉得两位都是以千古圣贤为榜样的，一定能妥善照顾魏学洢，让魏大中能够生还，回归乡里，不致酿成汉朝宋朝诸贤被害的祸端。跟您两位也是心照不宣，无须多言，我提起笔来真是惨然肠断！……"这封信言辞恳切，字里行间更是透露着对鹿善继和孙奇逢的信任与感激。

当时孙承宗守榆关，鹿善继参赞军务。左光斗、魏大中与鹿善继、孙奇逢都是至交，所以鹿善继的父亲鹿太公（鹿正）不顾凶险，毅然在家里为魏学洢安排住处，悉心照顾。为什么不在孙奇逢家里住？这个就要看实际情况了，鹿善继家境殷实，房屋多，孙奇逢则不然，家里经济拮据，人口又多，后来鹿善继辞官归里，孙奇逢常带子侄辈来鹿善继家共学共住，因而他说自己“一年强半在江村”。从学术意义来说，鹿善继是理学名儒，拜师求学者众，江村因而成为北方学术中心。

左光斗也派人送来两封信，分别给孙奇逢和鹿化麟。他知道这件事的难度，信中强调：“两位都是道义之人，这件事所关非小，必须有一个人亲自到关门请孙阁老帮忙才行啊！”当时孙奇逢要主持营救，走不开，于是派自己的弟弟孙奇彦和鹿化麟一起入关门，送上自己给孙承宗的书信。信中说：“这些被逮捕的君子，都是正直之士，是朝廷中的直臣，如今惨遭诬陷，凡是有良知的人，谁不为之扼腕痛惜呢？当年的卢柟（字次楩，河南浚县人，明代嘉靖年间的著名诗人和辞赋家），只是一个莽撞的人，因为礼数不周得罪了知县，被投入狱中。他的好朋友谢榛（字茂秦）听说卢柟的惨况后，带着卢柟的著作到北京求见达官贵人。谢榛先是朗诵卢柟的诗赋，后哭诉道：‘卢生真是遇到了天大的冤枉啊！他活着的时候，你们不帮着他平冤昭雪；他死了之后，再写什么像哀悼贾谊那样的辞赋也就没有什么用处了。’在谢榛的真情感染下，在刑部任职的王世贞也帮助谢榛一同为卢柟奔走、辩白。经过一番努力之后，卢柟终于得以无罪释放。李献吉（即李梦阳）被宦官刘瑾逮入诏狱的时候，何仲默给杨文襄（即杨一清）写信，请他伸出援手，而康德涵（康海，刘瑾同乡）为了救人，甚至不顾自己的名声，去拜访刘瑾，救出了李梦阳。左、魏等人的品行就像李梦阳一样，不是卢柟比得上的。而我只是一介书生，无由哭诉，比起谢茂秦来，可真是惭愧呀。您的功德名位，就像杨文襄一样，您若能斡旋此事，一定比德涵更强啊！……”这封信言辞恳切，字字千钧。孙承宗看完信，与鹿善继、孙奇彦、鹿化麟日夜商议营救方案。他料想给皇帝上书也会被魏忠贤扣下，到不了皇帝手里，就想了个办法，以入朝向皇帝上报军情为由，要去皇帝身边解救东林党人。孙承宗是天启皇帝的老师，很有威望，跟皇帝感情也很好，按说这点面子还是有的。可惜孙承宗督师山海关，陪在年幼皇帝身边的是魏忠贤，又借皇帝乳母客氏的力量，早就获得了皇帝的宠幸。魏忠贤听说了这件事，非常恐慌，半夜绕着皇帝的御床一个劲儿哭泣，说孙承宗带着三万人马要来清君侧，他肯定活不了啦。皇帝本来就喜欢、信任魏忠贤，虽然他还念着孙老师对自己的恩情，但是被魏忠贤哭烦了，可怜这位魏公公平时劳苦功高，就下了一道诏书，严令孙承宗回去，不得觐见。孙承宗的计划失败了，到了通州就被迫回去了。

左光斗被押解京城，白沟是南北通衢，必经之路。左光斗先给孙奇逢的第一个弟子、白沟的张果中写了一封信，希望能见见孙奇逢。张果中家住白沟，之前左、魏两位的家人都往来于他家，两家行李也放在他家。张果中冒着生命危险，收留、安置两家的家人，还四处奔波营救。而孙奇逢此时与左光斗见面，在锦衣卫虎视眈眈之下，无异羊入虎口，但孙奇逢二话不说，赶赴白沟。

左光斗被押解路过白沟的第二天，魏大中也被押解过来。魏大中也想通过张果中来传递消息，想在白沟停留半天，与孙奇逢见一面。可当时张果中正为营救左光斗而走关门探消息，魏大中请求锦衣卫士兵给自己点时间，这些士兵不像押解左光斗的那些人好说话，怎么都不肯，立逼着继续前行。魏大中气得大声斥骂，但也无可奈何，只好怏怏而去。当时孙奇逢刚从白沟回容城，正有事与魏学洢商议，不知魏大中正路过白沟，因而错失了见面机会，没想到此后竟再也见不到了。

当时左、魏下狱后，被诬陷贪赃，魏忠贤的奸党许显纯严刑拷打追赃。魏学洢伤心欲绝，日日哭泣，食不下咽，枕不安眠，一定要进京打探消息，又苦于没有可安顿的地方，于是化名金子陶，带着两个仆人进京。孙奇逢嘱托自己的二哥孙奇遇和他一同前往。快到京城了，危险也越来越大，魏学洢暂时先留在良乡，孙奇遇和一个仆人先入京城，住在孙奇逢多年的好友牛俊臣家。魏学洢的仆人前往狱中探消息，早出晚归，将身份隐藏得很好，人们都不知道他是魏家的仆人。直到有一天，仆人去见锦衣卫王莅民，王莅民早已洞悉一切，对他说："你让你的小主人自己来吧！我已知道他住在良乡。只是都城缉事诸役戒严，不能明说。"魏学洢听到这话，立即前往京城见王莅民。王莅民平素与左光斗、魏大中相交甚厚，因而知无不言，言无不尽。魏学洢回来对孙奇逢说："王君可真是四海之内有胆魄的真正男子汉！亏他冒着生命危险从中多多周旋啊。"

最终阉党给左光斗定了追缴赃款二万，魏大中五千，并限期上缴。若从两人南方的家里送来，一时半会儿也到不了，何况魏大中家尤其拮据，清廉至此，罪名竟是贪赃，可悲可叹，可见明末政治环境已经黑暗到了何种程度！但只要有一线希望就不放弃，孙奇逢和鹿正、张果中一起倡导人们义助完“赃”。鹿太公年老之人，仍然不遗余力一起筹划，指挥子孙全力营救。

孙奇逢为此次东林诸贤之祸所写《乙丙记事》，详细记下了当时人们凑钱替左、魏完“赃”的实情，谁出多少，共得多少，都记载得一清二楚，但是唯独不写自己怎么出资的。孙奇逢家里不富裕，但是朋友有难，他总是倾囊而出，后来他率众抵抗清军总是先将自己家所有的粮食拿出来供大家一起吃，可见其慷慨豪迈之风。这次他不仅拿出家里仅有的一点钱，据汤斌在《征君孙钟元先生墓志铭》中的记载，连孙奇逢妻子杨孺人都将娘家父亲接济自己的钱拿出来了。可惜捐助银两还没送到京城，左、魏已经在狱中被害身亡。魏学洢这位儒雅重情的年轻人，看到父亲惨不忍睹的样子，心痛不已，一路号泣扶柩回乡。但阉党并未停止所谓“追赃”迫害，魏学洢被抓进浙江的监狱，不久就含恨去世，年仅二十九岁，一个优秀的人才就这样泯灭了。

在魏忠贤阉党制造的腥风血雨中，从鹿太公起，所有正义之士捐资义助“完赃”，往来京城营救，都冒着生命危险。京城之中有人指着鹿太公说：“鹿封君为左家敛银若干，恐不利。”亲友们也常常劝阻，都说太危险了。鹿太公对孙奇逢说：“左、魏二位，和我儿子向来是道义之交。如今因急难来投奔，我却怕有祸端而畏惧躲避，不仅仅是我为人所不齿，更让儿子何以立于天地之间？我曾见古人以死殉义，一直很仰慕。如今若有事就躲避，实在愧为男子汉大丈夫！”孙奇逢说：“这事儿拼命去做了，那就没什么不可做的了。如今尽心尽力，以后就不会再后悔。”

过了一年，周顺昌又被逮捕了。这时候孙承宗因屡受阉党猜忌打击而辞职还乡，鹿善继也就一同离开山海关，回到定兴老家。周顺昌的好友朱祖文（字完天）带着周顺昌的两封信分别给鹿善继和孙奇逢。信中说儿子同来但中途患病，就让他回去了，如今只有一密友朱完天，托付两位好友照管朱完天。根据左、魏二人下狱的经验，朱完天直接去找王莅民，结果王莅民没在京城，而周顺昌也被诬坐赃五千。周顺昌和魏大中一样贫困。这次，除了鹿太公和孙奇逢，鹿善继又详细筹划，挪移借贷。朱完天从京城回来病倒了，孙奇逢派自己的弟弟孙奇彦，鹿善继派仆人赵顺，一起将凑的钱送到京师，而周顺昌已被杖杀于狱中。孙奇逢悲痛地说：“诸君子皆当世第一流人，致命遂志，自足照耀今古!”

孙奇逢在《乙丙记事》一文中，不仅将营救三君子的前因后果详尽记述，并将捐资义助之人、提供住宿之人等都一一备载，还在文章末尾将出力最多、奔波最苦、气节最烈之人做了一番总结。

这些人有鹿太公、鹿善继、鹿化麟祖孙三代，有孙奇逢的二哥孙奇遇、弟弟孙奇彦，有白沟的张果中及其弟果正，还有杨光夔、杨光契、王拱极、杜濂、朱完天……这些人，面对阉党凶焰，都是将生死置之度外，都有震撼人心之处。这篇《乙丙记事》洋洋洒洒五千多字，我细读了好几遍，孙奇逢记下了营救过程中几十人的付出，唯独对自己着墨最少。开头说“余不佞，素辱左、魏之知”，点明了自己和东林诸贤是朋友；然后就是上书孙承宗，还有与左光斗白沟见面，这算是详写的；接下来就说鹿太公什么事都与孙奇逢相商，王拱极去给左光斗送钱的时候，孙奇逢代他在他家陪同客人。此外，就只一一列举别人都是怎么做的，怎么令人敬仰，不提自己的付出了。实际左、魏、周三人之事从左被捕到周被害，再到护送棺柩、安顿家属，将所筹之金按名单返还……历时至少一年多，经冬历暑，奔波劳碌，这期间从始至终一直在坚持的最重要的组织者是鹿正、孙奇逢和张果中，三人因此被誉为“范阳三烈士”，义声震天下。而记载此事的孙奇逢，却一直在让功于众，于豪杰之外，尽显圣贤风范。

从“猪龙河”到“潴龙河”

“前面就是高阳了，咱们快到啦!”孙奇逢对身旁的儿子孙立雅说。想着很快就能见到那个满腹文韬武略的前辈英雄，立雅的眼神中满是敬仰。旁边的鹿善继神色凝重，一声长叹：“可惜，值此敌军迫境、动荡不安之际，孙阁老却被迫家居，英雄无用武之地，国家堪忧啊!”三个人都沉默了，孙奇逢即将与老友相聚的喜悦被异族入侵而国家却积贫积弱的忧愁冲淡。

这是明崇祯九年（1636 年）的正月。定兴的鹿善继、容城的孙奇逢及其长子立雅，一起到高阳为孙承宗祝寿。

孙承宗，字稚绳，号恺阳，生于明嘉靖四十三年（1564 年）正月，生平严于持己，凛然正气。天启皇帝赞他“汉之诸葛，唐之裴度”。在内忧外患摇摇欲坠的明朝末年，孙承宗当关四年，即“复九大城，四十五堡，招练精兵十一万，进军四百里，敌退七百里……”（《督师阁部太傅孙文正公墓志铭》），力挽狂澜。可惜被多方掣肘，使其不得尽其才，终赐闲里居，回到高阳县家中。崇祯九年，孙承宗七十四岁，孙奇逢和鹿善继专程赶来为他祝寿，孙承宗高兴得将他们留下住了十天，几个好朋友相约以后每年都要聚一次。

鹿善继，字伯顺，号乾岳，生于明神宗万历三年（1575 年），敢作敢为，忠正节义。天启年间，孙承宗督师山海关，鹿善继参赞军务，两人既是上下级，又因志同道合而为友。孙奇逢，生于明万历十二年（1584 年），比鹿善继小九岁。孙奇逢十四岁那年，与鹿善继在忠愍祠定交。两个人“以圣贤相期勉，不为口耳章句之学”。明天启年间，鹿善继约孙奇逢过塞上，孙奇逢在那里住了三个月，遍观形胜，议论纵横，颇多真知灼见，深得孙承宗赏识，想让他留在军中，可惜孙奇逢因各种原因不想出仕。

2019 年 3 月 24 日，我随“雄安作家看雄安”活动采风团走进龙化。龙化原是高阳县的一个乡，如今划归安新托管，归入雄安新区。想到高阳，就想到孙承宗，想到鹿善继、孙奇逢，想到明崇祯九年（1636 年）他们的那次聚会。当时孙承宗住在高阳县城，鹿善继由定兴出发，到容城会合孙奇逢及其长子立雅，过安新，进高阳。有朋自远方来，不亦乐乎！内忧外患之下，山河破碎，只有好友相聚，才能让人倍感欣悦。孙承宗盛情款待，“设榻为十日留”，白天带三人在高阳县境内游赏，夜晚秉烛畅谈，“或谈文章，或谈经济，或谈理学”。对这片倾注了自己无限心血的家乡热土，他的桑梓情深溢于言表，留下不少脍炙人口的诗作。如：“淀开延福下圈头，水拥于堤半不流。最是壅城河两岸，隔年风送钓鱼钩。”再如：“寂寞孤舟乱水涯，古堤残垒几人家。老农枯坐浑无事，日看清风送浪花。”这些诗作让我们看到了一位忠烈英雄对家乡的满腹温情，家乡风景在他笔下如一幅美丽的画。高阳的一草一木、一水一土都在他的心中，对于猪龙河的调皮任性，他更是了如指掌。

猪龙河，相传为古时猪化成龙而得名（此次采风地点“龙化”名字的由来即是源自猪龙河）。古人有诗咏猪龙河：“一壑龙幻开，湛然清见底。斯道同其源，昼夜恒不止。羁怀耿无寐，静言堪化理。往者过复读，宣尼亦斯旨。”可见“靠水吃水”，猪龙河畔的人民对这条河充满了深厚的感情。只是传说中这条由猪精拱成的河并不总是友好的，闹起脾气来，常常给沿岸老百姓带来灾难。孙承宗在朝为国事奔波，在家则为家乡人民办实事。他曾多次在龙化乡的各个村庄考察，着力治理穿越高阳县的三条河流——猪龙河、土尾河和马家河的水患。

多年前，我读《明朝那些事儿》，就极为佩服孙承宗，作者当年明月评价孙承宗，说他是一个几近完美的人——军事家、政治家、文学家、思想家，出将入相，忠孝节义，几乎满门殉国。他的一生，是英雄的一生。我有幸作为孙奇逢故里容城人，沿着容城先贤的足迹走进他的忘年好友孙承宗故里，敬仰之情油然而生。孙奇逢的弟子、清苑县的高鐈亦曾来过高阳，其咏高阳古城的诗作“复绝高阳氏，城犹淀水边。残墉花饮露，老树乌啼烟。一帝尊千古，三黄世后先。驱车生旷想，元气喜绵绵”将高阳县的地貌特征与悠久的历史描写得十分生动。可巧，采风团的师友们乘坐的大巴车在连续两次被限宽掉头之后，只好绕行高阳县城，后在到达西良淀村之前又被限宽一次，大家下车步行一段，使得时间大大延长。安新县作协阿民主席后来戏说这几次被限宽："来龙化的路上，我们先由龙化成了猪，但是我们终于到了，然后再由猪化成龙……"他的豁达幽默引得众人会心而笑。当阿民老师在限宽的路上跟大家说不要影响心情的时候，我却觉得这是在给我机会重温历史上先贤们的足迹吧！遥想当年，战火频仍，交通不便，三个好朋友好不容易才相聚，孙承宗喜之不胜，言此情此景当有青梅煮酒。鹿善继在为孙承宗祝寿时赋诗一首：

入座春风娱景明，年年此日祝先生。
四边有使询安否？九鼎于身系重轻。
且向江湖藏剑影，闻从玉兰听书声。
也知绿野膺全福，望治苍生另有情。

三个人都心系国家，恨不得粉身碎骨以保国家安宁百姓安居。但现实却是，清军一次次进犯，明朝越来越招架不住。这样"入座春风娱景明"的时刻多希望能永驻，相约每年一会的愿景多希望能实现，"年年此日祝先生"。可惜就在这一年的七月二十七日，鹿善继守定兴，城破殉国。两年后，崇祯十一年十一月初十日，孙承宗守高阳，城破殉国。这竟是三人最后一次聚会。二十四年后，孙奇逢为孙承宗写墓志铭，结尾这样称颂他：

于惟阁部，一代伟人，头头第一，广大无邻。文志亹亹，靡坚弗摧，亿万斯言，和者其谁？两次当关，敌弗敢入，危而复安，仆而复立。元臣殉义，视死如归，二十余口，形惨音徽。总由知学，见道分明，毁誉不摇，得失不惊。予也腐儒，公实携之，张仲孝友，有感于诗。功垂今古，德配地天。千百年后，云旋月娟。当与公之子孙，世世共守斯阡！

如今，近四百年的时光过去了，这片英雄的土地依然流传着很多孙榜眼（万历三十二年，孙承宗考取进士第二名，为榜眼）的故事。除了那些国家大事上的大智大勇大忠大烈，孙承宗心系高阳百姓、热爱家乡风土的情怀也让人感佩不已。他在写给渔民的诗中说："呵冻提篱手未苏，满船凉月雪模糊。画家不解渔家苦，好作寒江钓雪图。”字字句句是对贫苦乡民的热切关注与深沉同情。

高阳是文化古城，龙化乡亦是文化积淀深厚的地方，此次高阳之行，能深刻感受到古城高阳深厚的人文底蕴，时时处处都能得到优秀传统文化的熏陶。“国祚重兴后，人才应运生”，这片英雄的土地从古至今人才辈出，但能够施展才华的社会环境却是自古难求。孙中山先生说：“人既尽其才，则百事俱举；百事举矣，则富强不足谋也。”

龙化乡很多村庄地处潴龙河沿岸，当潴龙河还是“猪龙河”的时候，它是很不安分的。当年孙承宗为家乡治理水患的时候一定在想，如果能让像猪龙河这样任性的河都服服帖帖地为老百姓服务就好了。许是为了慰藉英雄的爱民情怀吧，后来猪龙河就改称潴龙河了。和那条摇头摆尾经常闹脾气的“猪龙”不同，“潴”的字意是“水积聚的地方”，一字之差，脾气全消。听一位老师讲，猪龙河具体何时改名潴龙河，没有准确时间。光绪年间的《畿辅通志》还记载为猪龙河，说明改名是在光绪年间或以后。因为民国年间的《高阳县志》记载为潴龙河，也可以说是民国年间改的名吧。而明朝末年的那些灾难，何尝不似这猪龙河，皇权亦是号称龙，可惜明君难遇，昏聩的倒不少。国家不治，害如水患。封建皇权制下让人望而兴叹无可奈何的很多事，还是要人民当家做主才能改变。

虽然潴龙河畔的村庄历史上多受其扰，历经苦难，村民们却于苦难中练就了很多谋生的本领，并始终具有龙的乐观精神。在孟仲峰村委会的院子里，有一个废弃了的戏台，现在被高楼大厦对比着显得不大，但可以想见从前的繁华。看到上面堆满了麻山药，深深感受到龙化乡人民的勤劳朴实。从小在田地间长大，我对田间劳动的辛酸苦辣深有体会，麻山药是很费事很耗时的一种农作物。而这里的人民，除了种地，水乡的各种活计亦无所不通。在车上，有文友曾指给大家：看，这就是潴龙河！循声望去，它早已没有了原先的大脾气，受北方地区普遍干旱的影响，它也不再波涛汹涌，我们只看到浅浅的水洼。水患为害，干涸亦不美。如今，雄安新区设立，环境比以往任何时候都重要，潴龙河也将真正像它的名字吧，蓝绿交织、水城共融的目标让我们期待一条气质温婉、清澈丰美的潴龙河。

走过历史的烟尘，这片古老的土地又迎来新的发展机遇。作为龙的传人，化龙腾飞的路上，我们一直在蓄积力量。祝福龙化，祝福高阳。

家乡保卫战

明崇祯九年（1636 年），皇太极改国号为大清，清朝正式建国，风头正劲，野心勃勃。随后清军越过长城继续对明朝发动攻击，深入畿辅地区，很多地方都陷落了。

容城是一个小小的县，弹丸之地，离北京只有一百多公里，又是一马平川的地形，自然难逃清军视线。当时正值容城县令任满调离，新县令刘允禧于七月十三日刚刚到任，马上将容城县的绅士们召集到一起开会，会议内容只有一项："一切刑名钱谷俱不必问，大家惟当专意城守。"县令发话，中心议题明确，大家立即着手准备御敌。

当时的容城城墙是土城墙，不幸遇上阴雨连绵，坍塌过半。刚刚上任的刘知县和巡捕常慎独各捐钱十千，又多方筹措，雇觅民丁，抢修坍塌的城墙，七日七夜便重新修好。

刚刚修好，七月二十日，敌人大军压境，刘知县邀文武绅士齐聚演武亭，祭炮誓神，相期死守，人心踊跃，士气高涨。全城的人不管是官绅还是黎民百姓，都有自己负责把守的地方，绅士募夫捐粟，人人争先。得道多助，失道寡助，全城百姓同仇敌忾，敌人就很难得逞了。

孙奇逢最初没在县城，他住在自己的老家北城村，但是他名气大，早在十几岁少年时就以志向远大、才华出众闻名，二十多岁以孝友闻名，四十岁时又不惧阉党勇救东林党人，以节烈闻名……刘知县刚刚到任就听说了容城县有这样一位与刘因、杨继盛齐名的贤德之才，立刻亲顾茅庐，请孙奇逢来共同保卫县城。孙奇逢二话不说，马上出发，而且将家里能去的人全部带上了，有哥哥孙奇遇、弟弟孙奇彦，还有奇志、奇竖以及子侄辈度雅、立雅、量雅、维雅、奏雅、抱雅、望雅、念雅等三十多人一起入城，分守西北角楼一带。虽然容城来了个好知县，全城人士气高昂，但战争是残酷的，明朝在对清作战中早就处于弱势，一个家族竟然出动三十多人一起去守城，还是坍塌最为严重的西北角，孙氏家族家风醇笃、尚义重节可见一斑。

七月二十二日下午，清军未到，土匪先至。“忽城外大呼敌至，妇女惊溃蜂拥入城。比孙尔聪等捉获倡乱者讯之，乃良乡土贼薛奎等二三十辈为敌先驱，吓人逃匿而肆抢掠者也。”乱世之中，强盗土匪总是比平时多，还充当敌人的先锋。知县将这些人一一法办，更加谨慎小心地守城。

七月二十三日，敌人锋芒更加迫近，县城南北门都紧闭，只留西门出入。在各扼要之地安设炮石及万人敌等重武器，人人心里都绷紧了弦，随时准备迎战。

七月二十四日上午，果然有骑兵五六十人自西北急驰而来，直扑西城。西城已被阴雨所浸坍塌十三丈之长，常巡捕捐资募夫一夜修筑，连泥都还没干呢！敌人虎视眈眈，认为这里有隙可乘，集中进攻西门。崔竟、崔爆、崔良桂率众抛石，击中一名敌人摔落马下，敌人占不到便宜，什么都顾不上要了，赶紧逃跑。这天夜里，敌人在县城周围四面安营，火光烛天，闪烁不绝。

七月二十五日上午，又有数百骑兵自西南至北门直登民屋，箭如雨下，城上用炮石弓弩击射，敌人又暂时藏匿起来，图谋夜攻。而县城周围四关义兵喊声、炮声震彻于外，城墙之上反而偃旗息鼓静静地等着，给人虚实莫测之感，敌人竟一动不敢动。

七月二十六日，清军增加了兵力，有铁骑数百直冲南门和城东一带，但城上防守森严，无隙可乘，不敢直攻。

二十七日、二十八日敌人故作远遁状以懈怠容城人的斗志，但实际上却潜伏在围城四周。知县愈加戒严，发放仓米牛酒让城夫战士吃饱喝好，准备打一场恶仗。而全城人士无不奋厉，以一当百，连老弱童稚都抢着搬石运砖，充满了乐观的战斗精神。

七月二十九日，敌人鳞集城下，遍插招旗，攻掠四关。

八月初一日，敌人将兵力增至数千，在城墙架设云梯数十，直奔南城而来，自寅至巳，箭如飞蝗。城上兵士奋勇百倍。有身上被箭射中而不回的，有脸都被火烧了而不避的，弓弩礌石齐发，人人奋不顾身。又用巨炮击烧敌人，敌人死伤甚众，始终攻不下来。忽听西门炮声不绝，敌人载着数车席苇膏火等物来烧西门。门是木头做的，片铁都没有，形势危急。幸亏护城河上桥已先断，乡宦孙煌在城门内预设了一座大将军炮，将这门大炮堵住西门向外开火，敌人死伤无数。铅丸飞到数里之外，声势震裂，敌人惊惶失措，后悔不迭，立即拔营撤退，又不甘心，放火烧毁了西关大片民房才退走。

至此，清军围困容城整整七天七夜，终于以清军败走，容城胜利而结束。这次清兵劫掠京畿地区，周边县城纷纷陷于敌手，惨遭蹂躏，只有容城守住了，一方百姓得以保全。当时直隶巡抚张其平以孙奇逢守御有功向朝廷荐举，奉旨取选时加一级用；时任恤刑员外郎胡向化也以孙奇逢守御才能举荐，奉旨取选时加一级用，但孙奇逢都婉辞不就。

容城丙子之战七昼夜的详情，有赖于孙奇逢的记载，我们才得以看到当年容城士民同心守城的景象。在孙奇逢记载此事的《丙子城守记》的结尾，他对这次战争做了一个详尽的总结，并记下了战争中的功臣以及牺牲的烈士们：

> 是役也，管理南门一面主之者，司训郭拱极，举人孙尔帧、郭固，边人素习边事。孙亦爽直有干略，故能临事镇静，足以却敌。辅之者生员宋允璜、胡或、孙尔祚等。时乡人王尚贤素从祖帅剿流寇，适归自河南，从城头击入八箭而八中。商人吕高射死敌二，快手王从富射中敌二，承差张廷射中敌一，僧人海慧放炮击死敌二，获盔甲、弓矢及大箭数千枝。其奋勇当先被敌射死者则张登榜、石邦言、杨守魁、杨才也。
>
> 管理西城一面主之者，则乡宦孙煌、举人杨存忠，辅之者则生员张应先、侯保张维德等。临敌射中敌人者则生员蔡启祥、蔚云会、张文涛等。其奋勇当先被敌射伤而犹指骂抛石悲愤而死者，则孙尔祺。其临敌制胜，倡言关帝显圣，鼓舞人心，则巡捕常君之力为多。刘印君坐北面呼动全城。司铎举人赵仝符暨举人陈述志为之辅。东面则武举梁烛、举人梁可埴、贡生薛茂桂、梁可培暨生员李鸣起、崔毓秀、李曰炳等。
>
> 总之，印君神闲气定，才敏心灵，原足以办敌，而赵陈又能左右其不逮，则共闻共见，人仰煊赫之绩。而不见不闻，谁识曲突之功？嗣是而议饷养兵，以武举贾凤梧为统领，县学先捐俸以为倡，而乡绅好义如梁君炳暨弟烛，子可培、可埴；胡君向化暨子彧，各助金募夫，

急公恐后。故孙君煌暨子尔祯，薛茂桂、陈述志、杨存忠暨余不肖兄弟虽囊空亦不敢不勉。而本县生员宋允璜、崔毓秀等及武秩李承荫、承差张廷义、民田有荣、商人安凤鹏等共竭心力，多者数十金，贫者亦不下一二金。时江阴游客缪琏亦捐钱一万文，一时凑金四百有余。而以不肖兄弟暨孙璜司出纳焉。且兵戈抢攘之时不废礼乐俎豆之典，真可谓樽俎折冲从容制胜者矣！

祀事毕，又于南城为文设祭，以慰死事之灵，盖不啻生死同体也，赏罚允谐乎！人情激劝时出于意外，我辈共在孤城之中，自切同舟之义，环顾邻封，焚掠杀戮，宁不惨然。在西南者非借他处无瑕，安能一隅制胜？在东北者既借彼处奏绩，勿以两地生嫌。总借仁侯厚徼天幸。敌一日不能殄灭，我一日须当戒严。各蠲意见之偏，共游和衷之域，此不肖逢所深望，切祝于父母师长暨我戚友者也。

齐心协力是制胜法宝。这上面记载的每一个人，都全心全意抗敌，发挥各自的特长和优势，分工明确，各负其责，互相支持，保卫家乡。还有一个鼓舞士气的细节，是出奇招以少胜多的关键，那就是常巡捕“倡言关帝显圣”。清军是八旗铁骑，大举进攻，而容城守军没有什么正规军，乡人、乡宦、生员、举人、贡生，甚至僧人都来了。这么七拼八凑起来的人怎么跟训练有素、骁勇善战的清军对抗？必须出点奇招了。常巡捕往关帝庙转了一圈，有主意了，见人就大喊：“关老爷显灵了！来保卫容城了！容城必胜！”人家问他你咋知道，他说：“关老爷显灵，帮着咱们打仗，不信你看他都出汗了！”众人一看，关帝塑像果然出汗了。一传十，十传百，大家都深信关帝保佑，容城必胜！人人慷慨激昂，以一敌百，这样的信心和士气可是敌人没有的，所以这一招起了很大的作用。当然，在阴雨绵绵的天气，关帝“出汗”很正常，干燥才不对了，重要的是怎么利用好这潮湿。大家把关帝画像挂在城头，个个都以一当十当百的，这阵势在积贫积弱的晚明时期，真是清军难以见到的，从士气上胜负已分。而孙奇逢全家三十多口人，一起守最危险的地方，他是记载这次战争的人，我们却看不到他描述自己的战功，这也是容城保卫战能够胜利的精神内核——事来鼎力相助，事成却又让名于上、让功于众的圣贤风范。

对于临时来容城避难的人，孙奇逢也不忘记下他们的功绩，“以避难来容，竭力捍御，应并录以志”，还要将“一时同心，患难之义，若四境烈女节妇勇士义民有关风化者，俟另为编辑”。言出必行，后来，孙奇逢果然又编著《取节录》一书。而此次守容有功之人，尤其是牺牲的烈士，孙奇逢特意上书县令一一奏明，并给出建议，应怎样祭葬，怎样旌表，怎样附祠同祀……而且对于饥寒交迫的守城之人，孙奇逢也心细如发，请求动支公饷扶贫济困。还有像孝妇刘文举之妻张氏、孝子赵廷桂等人，孙奇逢说他们“贫困欲死”，可见生活艰难到了何种程度，孙奇逢心疼他们，请求县令将从土匪手中截获的衣物给他们几件御寒，也是旌表其有德。细节决定成败，孙奇逢完美诠释了什么是“得道多助，失道寡助”。

> 临川周士旭精数学，偶偕缪琏避难，卜容得吉，因寓于容。鹿封公正亦自江村携家来容，其孙解元化麟率家僮数人日夜与余兄弟同栖西北角楼，因而举室得全。伯顺公则独慷慨著节于定兴，岂非天哉！涿州诸生陈述古暨弟遵古，子锐、鋐，定兴诸生许启祥、秦命封、王来宾、霍锦、颜诰，新城诸生李贺暨弟贯，张文斐暨弟师伊、师衡，文韬，皆以避难来容，竭力捍御，应并录以志。一时同心，患难之义，若四境烈女节妇勇士义民有关风化者，俟另为编辑。

历史是最好的教科书。综上所述，容城保卫战的胜利有自上而下（刘印君坐北面呼动全城……）的勠力同心，众志成城（我辈共在孤城之中，自切同舟之义。……在西南者非借他处无瑕，安能一隅制胜？在东北者既借彼处奏绩，勿以两地生嫌）；有拿出全部积蓄还要积极筹措资金的义无反顾（共竭心力，多者数十金，贫者亦不下一二金）；有知人善任，分工合作、各展所长的合理布局（管理南门一面主之者，司训郭拱极，举人孙尔帧、郭固，边人素习边事……）；有誓死捍卫家乡的英勇无畏（其奋勇当先被敌射死者则张登榜、石邦言、杨守魁、杨才也……其奋勇当先被敌射伤而犹指骂抛石悲愤而死者，则孙尔祺）；有提振士气的急中生智（其临敌制胜，倡言关帝显圣，鼓舞人心，则巡捕常君之力为多）……而孙奇逢率众守险却不居功，“敌一日不能殄灭，我一日须当戒严”的战略眼光，都显示了他卓越的军事指挥才能和组织领导才能，为日后守御五公山、结寨自保打下了坚实的基础。

结寨五公山

树边平野接晴霞，脚底清江走白沙。
方外道人留客住，门前尘世倩山遮。
自惭烂赏无多暇，更有行窝第二家。
烟雨两坡皆古木，兴来便作上天槎。

刘因，字梦吉，号静修，元代雄州容城人，著名理学家、诗人，他曾专程到易县五公山寻访五大夫遗迹，于山下洪元宫留下这首诗。三百多年后，明崇祯十一年（1638年），在刘因的家乡容城，有一位豪杰之士循着他的足迹也来到了这里，并成功组织了五公山守御战，打退了清军的进攻，这位有着杰出军事才能的人就是孙奇逢。事情还要从崇祯九年（1636年）孙奇逢保卫容城说起。

孙奇逢的一生跨越明清两个朝代，自然是要在战乱之中度过的。年轻时候的孙奇逢，不仅少年中举，学识过人，更是从社会黑暗中看到了明朝大厦将倾的现实。他曾受好友孙承宗和鹿善继之邀赴边塞三个月，遍览山川形胜，同时对两军作战有了更多的了解。他积极修武备、练乡勇，随时准备抵御清军，保家卫国。崇祯九年（1636年），清军大举进攻京畿地区，他率宗族乡党几十人协助守城，在城墙坍塌最严重的西北角，与清军激战七昼夜，最终在周边县城均失陷的情况下，保住了容城。但孙奇逢深知，这样破旧的土城墙，又没有正规军，在明朝廷腐朽不堪、清军进攻愈加猛烈的情况下，守城之战可一而不可再，要想保一方百姓平安，只能另外想办法。

孙奇逢从小就钦慕家乡先贤刘因、杨继盛的气节，因而刘因盛赞的五公山就成为他的首选避难守御之地。五公山，亦名五峰山、五峰寨，距容城直线距离约六十五公里，在交通不便的古代，已经是很远很远了。但五公山是防御的好地方，也是人文底蕴深厚的地方。五公指的是王莽篡权时期，王兴的五个儿子不屈从王莽，避乱隐居于此，后世敬仰其气节，因而称他们隐居的山为“五公山”，山下城池为“五大夫城”。这五位在这里避乱自然也有地形的原因。为了弄明白孙奇逢为什么选择这里而不是更近一点的山，我专程去了一趟易县五公山，发现孙奇逢是经过了实地考察和缜密思考的。从容城一路往易县走，离容城近些的山大多比较平坦，而且孤峰较多，还有很多是荒山，无法隐蔽，容易被敌人攻破。五公山所处区域则群山连绵，是真正密集的山，一座座挤挤挨挨的，不可胜数。而且山路陡峭，一边是山峰，一边是悬崖，在修好的山间公路上行走，都能感受到那种惊险，半天不见一辆车，只有山鸟无人打扰，自由展翅。可想而知在没有公路的古代，必定易守难攻，是防御的好地方。山上植被茂密，山翠拂衣，易于隐蔽，也方便修寨驻扎。

我们导航五峰寨，在曲折蜿蜒的山路上行驶了很长时间，最后导到了山下小路，再往上已不可行车。山脚下人家很少，偶尔遇到一家打听，人家说这山可不好爬，太陡了，你们要爬一天。一位种菜的老人很热情，说他就住在这里，但二十多年不上山了，就因为上山太难了，也很少见到山外人过来。

五峰寨主峰海拔一千三百八十三米，比狼牙山还要高。关于这两座山还有一个神奇的传说：相传当年孙悟空与猪八戒打赌造山，孙悟空造出了狼牙山，猪八戒造出了五峰寨。五峰寨居然高过了狼牙山，猪八戒得意地说：“狼牙山山高，不到五峰寨半山腰。”把孙悟空气得掏出金箍棒就打，打了四下，打出了五个小山峰，就成了五峰寨今天的样子。可惜战乱时期多么神奇美丽的地方也满是硝烟的味道。

崇祯十一年（1638 年），清军再一次大举进犯劫掠畿辅地区，较两年前更加猛烈。此时的容城在清军铁骑之下危如累卵，孙奇逢为保百姓平安，不做无谓的牺牲，果断放弃守卫容城。他率宗族乡党愿依从者数百家、数千人一路艰难跋涉，来到五峰山，于山上修寨自保。清军是八旗铁骑，孙奇逢率领的是一群士子和百姓，敌我力量悬殊，怎样才能增加胜算？首先要将这数千人凝聚成一支强大的力量才行。为此，他审时度势，针对当时百姓信奉神灵的心理，写下《双峰祝山神文（戊寅）》（崇祯十一年即戊寅年）以誓山神，文中说：“谅神必有恻然是悯者，所冀呵护无疑也。自誓之后，父老子弟务协心力。”

以山神呵护来安定人心，以“务协心力”为行事之重。又写下《祝神器文》，文中说：“某等避难山寨，一为身命，一为国家，宁诸人技艺肝胆足凭？终托会于神器，以保此一块土也。昔故新建伯王公守仁有诔神之词，铺张忠义，上薄霄汉……”强调国家安危的重要性。同时，在《山居约》和《严樵牧》等文中，他进一步明确宗旨——报效国家，整肃作风；紧密团结，严明纪律；勿扰土民，制定战术；以少胜多……这些类似如今“村规民约”的条文，严格执行，成为五峰山寨共同遵守的法规。

山居约

一严同心。语云二人同心，其利断金，则同心之难也久矣。凡我同志，既切忠孝之念，思一当以报国家，败群之人不可不严也。与其交而后择，何如择而后交。

一戒胜气。古来善谋事者，可否相资，谋断互措。虞帝且好问察，武侯且集众思，我辈正不必以预知自雄也。和衷之雅，既难得之庙堂之上；平和心气，切有望于二三兄弟。

一备器具。备弓矢者，什伍衣带便不可缓。有枪炮者，火药、铅子万不可缺。同志中有既乏勇力，又鲜器具者，或量备铅药等物。总之，各办一点公心，共图保御，如一身一家，方可同济患难。

一严行止。或行或止，次序不可紊也。宜推勇力善射者数人为前躯，为后劲，一遇警，乃止齐焉。同向敌人，弓矢相环，枪炮递进，立的脚定，便可以少胜多。

一储米豆。民间之苦至今日极矣。供米供豆，借题目，充私橐，饱衙蠹，此不必言；独以终岁勤苦，一闻敌来，委之不可知之人而去，况迩来盗贼啸呼，饥民丛聚，一有警，谁与汝守此粮乎？何如早为计之。粮与人相随，犹得饱一日之腹也。

严樵牧

同志既避居于此，势必令人樵牧。或仆人无知，戕伐人树株，践踏人种蓄，令土人饮恨，便是我辈之不德也。今与同志约：戒严厮役，万万勿犯此禁。昔庾异行守禹山，与众誓之曰：“毋樵采人所植。”此古人先见之明，我辈当三复斯语。

不要触犯当地居民的利益，砍伐或采摘人家所种的树木，破坏人家所养的家畜。这里引用了一个典故，即守禹山的庾兖故事。孟宪实在《论魏晋时期坞壁的组织原则——民间社会的民主传统个案》一文中说："永宁元年（301 年），因赵王伦篡位，齐王首先举兵讨伐。面对天下大乱，庾兖率领同族和其他人口保于禹山。庾兖后来成为这个禹山组织的领袖，虽然不叫坞壁，本质与坞壁无别。只有当避乱成为社会大众的普遍选择的时候，领袖的作用才会充分发挥出来，所以即使领袖发挥了组织者的作用，仍然不能脱离群众自愿这个组织化的基础。"张明明、范兆飞在《十六国北魏时期的坞壁经济》一文中亦有相应介绍："坞主是坞壁经济的组织者，其产生过程带有'民主选举'的色彩。如庾衮在推选坞主时曾说：'古人有言，千人聚而不以一人为主，不散则乱，将若之何?'众曰：'善！今日之主，非君而谁?'在坞主之下，又依相同方式选举坞壁各层组织者。'邑推其长、里推其贤'表明庾兖在禹山坞壁内部，形成井然有序的里邑制度。在动乱年代，中央政府的权威江河日下，国家法令荡然无存，为维持区域经济的正常进行，坞壁亟须制定一套内部法规，将广大的依附者统一起来，整齐号令，使之团结一致，产生了类似乡规民约性质的不成文法规，利用法规来强化坞壁经济的凝聚力。庾衮被推为坞主后，即订立规约说：'毋持险，毋怙乱，毋暴邻，毋抽屋，毋樵采人所值，毋谋非德，毋犯非心，戮力一心，同恤危难'，以达到维持坞壁内部赏罚分明的社会秩序的目的。"

坞壁本来是战乱时期百姓为求自保建成的一种堡垒，严格意义上的坞壁都是颇有规模且长期驻守的建筑群，而且有严密的组织体系。孙奇逢结寨五公山显然还达不到坞壁的规模，但他设置的一些规章制度便是仿照坞壁的管理模式，足见其学识广博，有着卓越的组织管理才能。

严同心，戒胜气，备器具，严行止，储米豆，禁樵牧……以德抱团，纪律严明，依靠这样简明扼要、提纲挈领的约定，孙奇逢以身作则，率先垂范，把数千零散的士民锻造成一个有强大凝聚力和战斗力的民间武装集团。此时，阳明心学对他的影响派上了大用场。"知行合一""致良知"，方可同心协力御敌。孙奇逢将忠与孝结合起来，以圣贤之道感化众人，若不能同心的，那就不客气了，我们不欢迎你。"败群之人不可不严也。与其交而后择，何如择而后交。"人人以公心待人，孙奇逢总是先从自己做起。早在崇祯二年（1629 年）十月，畿辅闻警，因孙奇逢德高望重早已远近闻名，附近亲友百余家都跑到北城村来找孙奇逢商议如何避难，当时的县令也请孙奇逢去守城。孙奇逢入县城，众人寸步不离跟随，他拿出自家一年的粮食储备，十多天就吃完了。如今他也是这样，丝毫不为自己着想，在他的带动下，五公山众人同心，迅速形成合力。

此次守御五公山一直到崇祯十二年（1639 年）春清军劫掠已足退回关外才告结束。这么长的时间，肯定不能一直住在山上，没有警报的时候，孙奇逢于山下双峰村建书院，讲学授徒，并对依附自己而来的民众进行教化。“先生结庐于此，修武备，兴文学，干戈扰攘之时，有礼乐弦诵之风。”①

崇祯十二年春，孙奇逢自双峰村往回走，过百楼，耿好讷、好讱兄弟请他住在耿氏别墅，命诸子侄受学，耿权与耿极兄弟亦在其中。从崇祯十二年到崇祯十五年，孙奇逢就主要寓居百楼。朋友和弟子们听说了，渐渐来的人越来越多，门人学问日进。

这边琅琅书声起，那边上马可击胡。

崇祯十五年（1642 年）冬、崇祯十六年（1643 年）春，孙奇逢率众再次来五公山避难。

崇祯十六年（1643 年）三月二十七日，清军大举来犯，孙奇逢从容部署妥当，根据每个人的特点各用其长，从清晨激战到中午，终于将清军击退，保住了山寨和百姓安全。

清军退后，孙奇逢写下《事平告山神文（癸未）》，这里的癸未年即崇祯十六年。此文与五年前初来五公山时写下的《双峰祝山神文（戊寅）》遥相呼应，但文中境界已远远超出了对山神的回应。“……顾神所能为，神之方也；神所不能为，人之心也。目今关河鼎沸，业倚重谷，为重茵所恃，一滴血诚，仰答神贶。或人如其面而不一，乃心力又或阴怀败类，戾气滋多，人心既溃，天道何凭？恐神能赉之灵，亦能夺之鉴，非所以永保我老父子弟矣。”孙奇逢认为，神不是万能的，人心最重要。如果一切靠神，而不注重人心，人心不齐了，甚至各种恶劣习气滋生，那神既然能赏赐平安给人灵验，也能夺去平安给人警戒教训，并不是永远保佑父老乡亲们的。成大事者看长远。

① 汤斌、耿极：《孙夏峰先生年谱》，张显清主编：《孙奇逢集》（中），中州古籍出版社，2003 年，第 1394 页。

一次胜利不算什么，关键是怎样能维系人心不散，以备将来。孙奇逢的军事指挥才能与组织管理才能在于他有长远的眼光和深刻的思想，能洞悉人心，再加上正确的规章制度，才能保一方民众安好。

守御战胜利喜悦的背后，是国家改朝换代的动乱，是尸横遍野千里无人烟的灾难，是逃难生活的颠沛流离。孙奇逢的弟弟孙奇彦，那个与他一同在武城官署修家谱的才子，那个两袖清风不善事上司的父母官，那个乙丙惨案中毅然与鹿化麟一起走边关，将孙奇逢写给孙承宗营救左、魏诸君子的信送去……那个手足情深的弟弟，不堪战乱之苦，一病不起，于崇祯十六年（1643 年）二月卒于双峰村。几天后，侄媳妇也因病去世了。孙奇逢悲痛不已，但他知道自己是众人的主心骨，不能倒下，他以乐观顽强的精神做表率，真正将“饥饿穷愁困不倒，声色货利浸不倒，死生患难考不倒”做到了极致。

崇祯十七年（1644 年）春，李自成攻入京师，孙奇逢携家复入双峰。等他辗转再回到容城，同一年的五月，已是清顺治元年。

虽然连年战乱，但孙奇逢在运用自己卓越的学识和能力应对现实难题的同时，有着古圣先贤坚韧不拔之志以及超然物外的心态，他说：“古人无事常若有事，有事却如无事。”这和王阳明面对千军万马大惊大险时所说的“不动心”是一个意思。事儿来了，还没分析解决之道，心先慌了，注定失败。心不被惊动，不受物累，才能运筹帷幄决胜千里。面对人杰地灵、景色宜人的环境，一有闲暇，孙奇逢就遍览山光水色，赋诗歌咏。

在结寨五公山期间，他留下了大量的诗文，如《登看花台望五峰》：“缥缈烟云绿四围，五峰西望有余辉。清凉古刹洪玄观，酣睡何人映少微?”《九日同扶阳梦周是经双峰道中》：“看山当九日，携手渡重冈。路绕层峦远，云依曲岭长。有人同患难，无险不寻常。盘马遥相指，峰头拟举觞。”《山居》：“山中闻见少，村落辟鸿蒙。樵牧风犹古，琴樽道不穷。溪声环枕上，月色入怀中。夜半披衣坐，尘心顿若空。”在他的带动下，五公山守御众人成为一支乐观昂扬的队伍。他的好友茅元仪将入五公山避难众人的诗文汇集成《扫盟余话》，认为孙奇逢就像率众入徐无山扫地而盟的三国义士田畴一样，是两千年来难遇的贤才。这期间，孙奇逢不时地被朝廷征召，他都辞而不赴，征君的美名也因此传扬开来。

后来孙奇逢因清初田园被圈占而迁居河南辉县，那也是一个山清水秀、名贤硕儒隐居之地。无论守御五公山，还是南迁夏峰村，他都深深眷恋着自己的家乡容城，但是只要百姓能够不在战乱中受苦，他自己怎样都行。他在河南辉县孟庄重阳节登高时写有诗句：“但得目前绝战伐，苏门长啸更何求。”只要“绝战伐”，百姓平安，就像善于长啸的晋代隐士孙登一样隐居山林又怎样呢？圣贤气象如此，苏门山百泉湖畔夏峰村终成就了一代硕儒。

第三辑　万物一体　人生智慧

孟子说："今人乍见孺子将入于井，皆有怵惕恻隐之心。"就是说，人们看到一个小孩子就要掉到井里了，都会大为惊吓同情，并不因为与孩子的父母关系好才会这样，完全陌生的一个孩子也都会引起人们这种心情。这种现象推之于天地万物也是一样的。看到洪水冲走了房屋，看到大火烧毁了森林，我们对房屋和森林也都会同情。正因如此，孙奇逢"觉此心与天地万物相通"，博云种月，霜雪含春，石头也是他的朋友。同样，心与千古圣贤也都是一体。他说："起念、举事、接言，是吾心与天下绾通之脉络，莫轻看。起念无妄，以义制事，以道接言，便是大圣贤境地。"如此，则"吾人心体与天地同流"。有这样的大视野、大格局，面对人生中的种种波折磨难，他亦有博大的胸襟和足够的智慧完美跨越。

博云种月，霜雪含春

顺治三年（1646 年）春，清初大规模的野蛮圈地波及容城，清贵族马蹄所到之处，田园屋舍尽皆为之圈占。当时，孙奇逢已六十三岁，也难逃这一厄运。他当然不知道自己将来能活到九十二岁，从前生活条件不如现在好，很难高寿，古人常常说“人生七十古来稀”。当时很多人都受不了这个打击，如果孙奇逢没有坚定的信念，也会忧思成疾，一病不起，我们就看不到他后面二十多年的精彩人生和丰硕成就了。那么，他是怎么做的呢？

书都不是白读的，学问也不是白钻研的，书中自有人生指南。面对如此大沟大坎，孙先生于愤慨之余，终至呵呵一笑：“尝云：古人有言，富不如贫，贵不如贱。此言人信不及，以余观之，少不为贫贱所困，老不为贫贱所弃，今而后但求不负此贫贱耳。”大意说：古人认为富贵反而不如贫贱，大家都不信。依我看，小的时候不被贫贱困住，老了不因贫贱自我放弃，才能有所成。从今以后我只求不辜负这贫贱带给我的磨砺和成就一番事业的机遇。于是，孙奇逢抱着坚定的信念向着未知的艰难困苦出发了。

这年三月，先生移居新安（今河北省安新县东北部的新安镇），先借住在士绅薛锦轩家，像流云一样漂泊，他给自己住的小屋起了个名字叫“云宿舍”。这可不是学生宿舍的“宿舍”——云宿，像云一样暂时先停下来而已。无家无地，衣食无着，停下来又能干什么呢？发愁？发愁不是孙奇逢的风格。他忙得没空发愁。一路上他都不闲着，讲学授徒，勤于著述，他的坚定信念更是激发出了累累硕果。顺治四年（1647 年），孙奇逢订正完成《孙文正公年谱》，再次开始他的鸿篇巨制《理学宗传》的工作。顺治五年（1648 年）春，协助当地乡绅修订《新安县志》。这年秋天，“云宿舍”被雨淋坏了（可见本也是一个老旧的小茅屋，起了这么一个浪漫的名字，先生能在此屋潜心学问，信念可谓坚定），弟子们帮他又建了个小屋，又起了个好听的名字叫“双柳居”，其实不过是小屋旁有两棵柳树。先生真是到处都能“诗意地栖居”呀。如果能这样多住几年也好，可惜，到了顺治六年（1649年）春末夏初，新安也有点乱，有人要起义，住不下去了，他被迫又返回北城村老家。可北城村老家更没法住，怎么办呢？在安葬了去世的二哥孙奇遇之后，挨到十一月十日，只好登程南徙——往南边走吧。为什么要往南走呢？

南方，因长江天险，自古以来为避难之所。在孙奇逢看来，南方还是一个充满希望的地方，因为明朝遗民大多在南方密谋反清复明，如果自己也能为此出一份力，那真是想想都令人兴奋。所以，他在走到汤阴城下时，情不自禁高歌心曲：“直抵黄龙约已成，令人千载仰精英！”岳飞那句“直抵黄龙府，与诸君痛饮耳”振聋发聩，言犹在耳，孙奇逢这诗句，不仅豪迈，而且胆大。在清朝统治者面前，敢于像岳飞一样伸张民族正义，孙奇逢的铁骨铮铮恰似明朝忠臣杨继盛。

但理想很丰满，现实很骨感。路上，他在诗中写道：“燕南有遗老，岁寒挺孤芳。亭亭松柏心，健气欲凌霜。”他不怕风霜雨雪，但在交通极不方便的古代，想从北方到南方，谈何容易。尤其是孙奇逢出发时已经六十六岁了，还带着四十余口，衣食无着。顺治七年（1650年）四月二十八日，走了半年，才走到辉县苏门山。为了糊口，琴、书、首饰之类都典当完了。到六月二十七日，他写下《绝薪》诗，正式宣告没有饭吃了。七月，移居共城，好不容易找到个住的地方，起了个名字叫“留云舍”，在柱子上写了副对联：“半亩亭台唯种月；一家生计只依云。”他身患胃病，本来一直要吃药的，可是现在饭都没的吃，上哪吃药去。于是，快七十岁的人，不但忍饥挨饿，而且病了没药。顺治八年（1651年）四月十九日，妻子杨氏久病不愈去世了，竟然没有可葬之地。人到这样的困境了，是不是该发愁该悲观该……不想活着啦？但孙奇逢却说：“出门已博云千顷，行李仍留月一囊。”我还有云呢，我还有月呢，我还有诗书呢，我还有坚定的信念，我还有志同道合的亲友和弟子们，困难都是暂时的，贫贱是磨砺人的大好机会！“粮绝方知蔬食美”，挖野菜充饥，仍不改坚韧乐观本色。

人生就像四季轮回，有严寒凛冽的冬天，就有春意隐含在其中，艰危处境最考验意志了，挺过去，就是春天，就是人生的收获。“天于霜雪含春意，人自艰危见道心。”果然，冬天终于过去了。顺治九年（1652 年）春，马光裕将夏峰村自己的宅院和十余顷田地无偿赠送给孙奇逢，孙奇逢终于拨云见日，苦尽甘来。送这么多田地房屋，一分钱不要，这朋友，太给力了！孙奇逢慨叹说：“友朋之谊，真足千古!”此后二十余年，他在夏峰村教授生徒，讲学著述，终成一代大儒。黄宗羲评“北方之学者，大概出于其门”，“夏峰学派”影响深远。

肃然相拜与君盟

“这两个朋友，生性喜水，老不让他们下水，如今都要枯槁了，可怜，可怜。”天气炎热，一个清瘦的老翁在自己寓所南墙下面的湖边纳凉，顾不得摇扇子，他一边说，一边将东西方向对峙而立的两块石头抱进湖里。这湖，水位已下降了，被很多残枝败蔓遮掩，渐失本来面目，怪不得两块小石都找不到家了。对，你没看错，老翁的两个朋友，是两块石头。他在这儿的石头朋友，一共有四个。

这老翁已近七旬，面容清瘦，慈眉善目。他来自京畿地区，远离家乡，一路向南走了千里之遥，如今借住在一个叫薛所蕴的朋友家里。这一路缺吃少穿，没钱用就典当随身物品，病了也只能忍病停药。但刚有个住的地方，他就忙开了。先是朋友们听说他来了，纷纷前来拜访，他与朋友们登高览胜，吟诗题咏；听说了节烈之事，赶紧收入自己编著的《取节录》一书。这还不算，在与四块石头交友之前，他已经写了《题松竹梅三友》诗。可惜，当时只有松竹，没有梅。怅惘之余，他只好自我开解：“唉，这就像人一样啊！我的朋友们，有清挺如松者，有清韵如竹者，有清幽如梅者。有人远在千里之外，还有人在数百里间。即使近在百里之内，各有各的事忙，哪能一天都到全了，我一想念他们就都能到呢？”这么一想，心里释然了。结果忍不住又写了一首怀人诗：“松竹乏梅并，良朋聚晤难。停云各伫望，离绪减清欢。”

贫困到都没饭吃了，老翁还是每天忙活着写啊写，他说贫困是上天送的一样礼物，“玉汝于成意甚良”。你没见周文王被拘才作了《周易》、孔子处于困厄之中才作成《春秋》吗，这点苦怕啥。他在诗中写道：“乾坤珍重经纶手，好把艰危仔细尝。”但是慢慢发现纸不够用啊，心有余而钱不足。那也不怕，山上多的是树，一起来的两个朋友就给他摘来叶子，“空山纸乏，取叶录之”，以叶当简，照写不误。顺便得诗一首记此情此景：“纸贵空山似洛阳，特令竹叶入文房。天心似厌无知辈，未许竞多乱旧章。”

就这样，老翁每天忙得不可开交，有一天，忽然看到南墙下被枯藤败蔓遮住了的四块石头。这些石头，如一只只小兽抱着孩子一样，玲珑可爱。只可惜周围树木繁杂，难以发现。还有两块爱水的石头，老翁赶紧将他们抱到水边放好。这就是我们在本文开头看到的一幕了。从此，不管多忙，老人每天都跟四个朋友一起聊会儿，他抚摩着它们，和它们说着心里话。石头们也好像都听懂了他的话，纷纷表示认同。他说：“石兄，你们有贤主人，有什么话我会代你们转达的。从此咱就是好朋友了。”于是“相与盟”，并题诗《四石盟》以记。

阅世莫如此石深，坚贞之性不受侵。
四时常带太古色，代谢兴废浩莫测。
虽然古蔓络其身，太湖本质岂失真。
堪喜小石如虎踞，玲珑那论置非处。
双剑嶙峋峙西东，不因渴水乱其中。
石不能言若有意，谓我待君结同志。
予亦终身爱岩壑，两情相对欣有托。
肃然再拜与君盟，主人千里一驰声。
主人浑朴倍于尔，为尔解缚而吸水。

这下明白了老翁为什么跟四块石头交朋友了。石兄阅世最深，却始终保持坚贞之性，不论四季变幻还是代谢兴废，都是远古朴拙之色。即使枯蔓缠身，也不失其本质。老翁自己也是像这些石头一样，“终身爱岩壑”，坚贞不可移。所以见石如见知己，“相对欣有托”。因而老人肃然相拜，与石结盟，而石头兄想来自是欣然接受了老人的友情。颠沛流离，减餐停药，竹叶当简，又如何呢？如此良朋佳友，快哉快哉！

这位老翁就是孙奇逢。石头兄们都知道，与孙先生结盟之际，是清顺治七年，他们的朋友孙奇逢已六十七岁，因容城田园被清朝贵族圈占，一路南迁，此时正在苏门，借住朋友薛所蕴家里。接下来，他将有二十多年在河南辉县夏峰村著述讲学，世称“夏峰先生”，著作等身，弟子遍天下，终成一代圣贤硕儒。在夏峰村兼山堂，他移石一块，并为之作诗：“东篱有菊南园松，秋色还惊长道容。此际新添一石友，空阶独立似高峰。”新添一石友，不忘旧石友。乔岳仰夏峰，友德亦高峰。

其实石头兄们经无数历史风云，阅几番人世沧桑，在与孙奇逢的朝夕相处中，早就知道，这位朋友定会不凡。

世间事，不思回报，方遇惊喜

很多事，忙过就忘了。很多人，还一直牵挂着。

工作原因，帮助别人的事总是自然而然，不觉得多做了什么。比如，当老师的时候，台上讲课，是工作；台下对学生好，也没觉得是工作以外的事就可以不做，而是像日常生活一样觉得理所当然，反而因能力有限做不到更多而自愧。比如，后来下乡，倾尽心力做的一些工作。遇到贫困户，掏不出太多钱给他们帮助，就尽力联系爱心人士和爱心组织，因此而奔波劳碌的时候，还总觉得是工作很充实，其实一不小心又到工作之外了。

很多这样的事，忙完也就都忘了。不思回报，却常常遇到人心换人心的惊喜。比如学生们长大了，随之而来的是对我的关心与爱；比如曾经的举手之劳或是不厌其烦的付出，常能收获意想不到的温暖与幸运。就像一位朋友常挂在口头的一句话：我生命中的贵人很多，总是在对的时间遇到对的人。殊不知这是她之前结下的善因啊。

反之，太过求成，有时只怕得到惊吓。

孙奇逢在《日谱》中分析说，其实不是只有沉溺于财色才是欲望，即使是功名道德，一旦被它们缠住，那这颗心就不再泰然处之了。太过求成，心不静了，一些漠视规则的捷径趁机来袭，光明和智慧也将远离，那就不一定能成，成也不易久，反而有很多惊吓。只有静心虚心，方可顺其自然。事情还没到来，会不会到来，以什么样的方式到来，不是你我能控制的，不必过分担忧、牵念，做好当下即可。

孙奇逢推而广之，继续阐述：很多兴趣爱好、天赋特长也是这样。不去热闹繁华处走一圈，终是放不下。往内心说，人都喜欢站在道德高峰，受人追捧；往外物说，则喜欢纷华靡丽，被人艳羡。这是人性弱点，都难免。繁华热闹处见过了，之后才决定能不能走远：是继续耽于其中，还是英雄回首，将风波、是非、荣辱、得失，拦截在心外，与自己不相干涉。

孙奇逢有一个孙子考中了进士，名叫孙洤，他曾在咏辉县九莲山的一首诗中说："古嶂云联千迭翠，野花风送四时馨。"世间事，以正为骨，善为魂，坦然去做，攀峰越岭，方有人生的千迭翠，四时馨。

日月如酒，乾坤为棋

唐代大诗人杜甫曾经写过《衡州送李大夫七丈勉赴广州》一诗：

斧钺下青冥，楼船过洞庭。
北风随爽气，南斗避文星。
日月笼中鸟，乾坤水上萍。
王孙丈人行，垂老见飘零。

一般理解这首诗多是感慨万物渺小、人生无常，但诗中名句“日月笼中鸟，乾坤水上萍”却于沧桑之中蕴含了一种大气与豪气。世间物再大能大过天地日月吗？然而日月不过是笼中鸟，天地也只是水上浮萍，世间万物又能有多大呢？

物如此，事亦然。这世界有什么事情很大？有什么坎迈不过去？再大能大过禅让帝位、征伐作战吗？然而邵雍却说：“唐虞揖逊三杯酒，汤武征诛一局棋。”唐虞禅让如喝三杯酒一样简单，汤武征伐如下一局棋一样平常。

若能以此胸襟眼界看待万事万物，那么，事来了，就如同小小的水泡从大海冒一下；事去了，就如同短短的影子在天空消失了。

胸中有乾坤，临危可谈笑。

我觉得把杜子美和邵尧夫的话结合起来也很好，日月如酒，乾坤为棋。万物皆可为杯，阳光月光皆可为酒，有多少不如意，是这样的酒消不了的愁？万事不过棋子，乾坤画了一个大棋盘，有多少天大的坎，是这样的棋盘摆不下的子？

其实所有的烦恼忧愁只源于心中有所求，尤其是越分之求。

孙奇逢在《日谱》中说：“甚矣，人心之无足时也！逐日营营，总是愿外，不知富不可以求得。越分妄求，余殃在后。贪人之有，有则为人所贪。如欲千百年富贵，此必不得之数也。昔有人自称为富贵之家，客曰：富贵如何便成家也？富贵如以我为家，不应走向他家矣。既走向他家，是以我为逆旅耳。”

这段话很好明白，君子爱财，取之有道。不可越分妄求，否则余殃在后。富贵对每一个人都是一样，在这个人这里歇歇脚，又去那个人那里了，怎么可能千百年富贵呢？说到这里我想起孙奇逢的祖父孙臣，曾任河东盐运司运判，为官清慎，他说：“做官要钱，无非为子孙计。不知一要钱，子孙微矣。子孙不如我，要钱做什么？子孙胜似我，要钱做什么？”留给子孙，最重要的是德不是钱。

在《日谱》中，孙奇逢云：“自家有病自心知，身病还将心自医。心境静时身亦静，心生还是病生时。”若要身体好，先要心境好。其实何止身体，凡事若要好，怎能不先以心境做底？心境静时，饮三杯阳光月光酿的酒，下一盘天地乾坤摆的棋。微熏之际，收起棋盘，坐看青山相待，白云相爱。

原谅冬天

身处北方小城，冬天特别漫长。爱美又怕冷的我，从小到大一直就不喜欢冬天。怕冷的意思很简单，“爱美”的意思可就广泛多了，不仅仅是冬天不能穿小旗袍，更主要的是冬天没有漂亮的花，没有柔嫩的叶，到处光秃秃的。只有冬青，还被冻得都青了，一点也不水灵。冬天就是这样满目荒凉苍茫，不美，不喜欢。

因为这种心情，我在诗文也总是将冬天看作艰难困苦的象征，总是说冬天会过去的，前面就是春暖花开时。为此还遭到吐槽：冬天不是负能量！但这样的话说服不了我，改变不了我对冬天的不喜欢。

直到有一天，看到孙奇逢《日谱》中记载的一件赏花的事情，才对冬天释然。说的是有一天海棠花盛放，很多朋友聚在一起赏花，有一个客人说，今天天气不好，花也快开完了，赏花应该在花含苞初绽的时候，应该在天气晴好的时候，再有美酒助兴，人家花神才高兴。这时候孙奇逢就说了，如果你的快乐要建立在外境上面，那么外境一旦达不到自己的要求，就成了缺陷。只要让我的心能够与人和睦，与物无争，那么不管怎样的外境都是乐境。懂得这个道理，能够深谙此中境界才能更好地赏花啊。

推而广之，因为某个环境自己很快乐，那么这个环境不在了，心情就会变得失落沉郁；因为一个人你觉得心中明亮，那么这个人不在，你就又心中昏暗不明了。这就像你很冷，到了一个有炉火的屋子里面，温暖是从身外来的；如果自己内在的精神也有这样的温暖，那么由内而外，你就可以自己生成光亮和温暖。有这样强大而明亮的内心，那么，不管什么环境也就都不能为难你了。

所以，原谅冬天吧，宽和对待所有的外境，因为，我们都是自己的阳光和花香。

融化痞块，扫除障蔽

痞块，中医指腹腔内可以摸得到的硬块。痞，最初的意思不是现在常用的意思，它本来是指胸腹间气机阻塞不舒的一种自觉症状。

凡硬块皆非一日形成。那么它是怎么来的呢？《古今医统大全》中说，是由气血郁滞，凝结而作块，坚硬而成形，致于寒热作痛，呕吐胀闷，甚者……甚者就不往下说了，怪吓人的。

气血郁滞，这词儿好懂。生气了，血脉不畅，气不消，就郁了，就滞了，就给硬块的形成创造条件了。不让气血郁滞，给它融化了，就防患于未然了，万事大吉。说来容易，做来难。

孙奇逢说："大凡胸中有一物沾滞不能融化，便是障蔽。"所有的坎坷都是外物，这里的"物"也是。物来了，生气、伤心、郁闷……都正常，没有情绪那才不对了，"无血性不可以为人"。情绪来了，直面它，了解它，看透它，它就没那么可怕，可以来也可以快快地走。反之，情绪来了，你不看破，它不走，那就是沾滞在胸中了，成为障蔽。这时候，我们需要做的就是用胸怀和智慧将障蔽扫除。

纣王有个叔叔叫箕子，纣最初想用象牙做筷子，箕子就担忧叹气，劝他："你做象牙筷，什么样的杯盘才能匹配？肯定要做玉杯；有了玉杯，肯定就想要远方珍奇稀有的宝物，这才能衬得上你的玉杯啊。慢慢地，你就感觉什么都匹配不了，从里到外，从小到大都要换换了，就该大兴土木，盖豪华宫殿了。国家还怎么振兴？这象牙筷是始作俑者，快别做了。"这时候纣王已经开始骄奢淫逸，箕子劝谏，他一点也不听。人们就劝箕子："纣王都这样了，你可以离开他了，另觅贤主吧。"箕子摇头说："为人臣谏不听就离开，我这不是在到处宣扬君主之恶而取悦别人吗？我不忍心这么做啊。"于是他就披散头发假装疯了。然后隐居起来，弹琴作曲来度过自己的岁月，人们把他作的曲传播开来，名为《箕子操》。

箕子如果气血郁滞，早被纣王气死了。逃又不想逃，气死也没价值，箕子装疯，只是委屈自己以谋求自己其他的志向，所以他虽然劝不动纣王，很失败，很郁闷，但都已自己融化、自己扫除，胸中没有痞块，没有障蔽，这才能有《箕子操》。

这是大事让人生气的，我们很难遇到这样的大事，但不融化却不在大小。一饮一啄，一语一言，凝滞于心，都是痞块。其实小到日用饮食之间的琐碎困难，大到天地间多么不可思议的愤懑不平、坎坷崎岖，都是极为平常的，看你怎么看它。你看它是不平，它就不平；你看它平常，它就平常。这就像天黑了，改不了宇宙本来的颜色；风雨来，也败不了日月的光明。让世界加给我的种种昏暗自心中逐一亮起，行所无事，物来顺应，融化痞块，扫除障蔽，外恶能耐之何？

远秋云之薄，养日月之厚

清顺治七年（1650 年）二月的一天，北方春寒料峭。六十七岁老翁孙奇逢遇到一个朋友，客人衣衫单薄，鼻子都冻红了，脸也气红了，忍不住地嚷：“气死我了！气死我了！”

瘦削清朗、慈眉善目的孙奇逢老人见状，以手抚须微笑劝慰：“别急别急，气坏了身体不值得。这是怎么啦？”

友人愤怒地厉声说：“这人太不够朋友了！我对他这么好，他却总是负我！问问良心，他对得起我吗？我非跟他绝交不可！”

孙奇逢拍拍友人的肩膀，真诚地说：“这是好事儿啊。他负你，是帮助你成为一个仁人长者啊。要不然怎么算仁人长者？假若我们总是负了别人，那不是让自己成为刻薄小人了吗。你看看孔子孟子，他们经常自我反省，思考的都是怎样不负人，至于别人是不是负我，我都用不着管。我们要成为真正的贤人，有什么不能包容人的？怎么能必须都是不负我的人，我们才讨论是不是要容他？只有能够多容得下负了我们的人，我们的德行胸怀才能更加宽广啊！也才能让自己站在一个更高的位置，往下一看，世俗之中多是昏庸烦闷的人，我们可以用我们所悟到的，来帮助他们摆脱苦恼啊！如果我们一句话一个事儿都要斤斤计较，那我们岂不是更加苦闷了？至于严重些的，别人不负我，我却做些负人的事儿，那可纯粹是把自己推入刻薄小人的泥潭了。如果我们能以仁人长者的风度待人呢？那就不用想那么多啦！更不用生气啦！”

又有一个朋友也是受到了人情世故的打击，又是一个“人负我”的事儿，他慨叹说：“唉！世态炎凉啊！人情凉薄就像秋天轻飘飘的云朵一样，真是风一吹就散了。”

孙奇逢为他开解道：“人们纷纷议论说人情凉薄，要我说，人情是薄，但也厚。厚，还要从自己这里生发出来。向人求厚，希望每个人都待自己热情似火，敦厚友爱，那厚是有不了的。怎么才能有？先从自己做起，自己先成为一个敦厚友爱、淳朴热情的人，多容人多助人，那多么凉薄的人情到了你这里也就慢慢改观，变成厚的了。”欲要温馨厚重的情谊，请远离薄似秋云的待人处世之道，先让自己散发温情敦厚的人性光辉，像日月之光，遍及天地，必然吸引来同样的温暖明亮。

孙奇逢是这么说的，也是这么做的。自己没钱没势，硬要去操心被魏忠贤阉党陷害入狱的东林党人，冒着巨大的风险筹钱救人；自己没吃没喝颠沛流离，还要一路给人讲经论道，答疑解惑；守御五公山，先把自己所有的粮食拿出来给大家一起吃，结果十天就全吃完了；开坛讲学，不管谁来求教，热忱以待，倾囊相授；弟子为刊刻他的书籍遭遇文字狱，他以耄耋之年二话不说千里赴京“自首”以解救弟子……凡此种种，足见孙奇逢从不空谈理论，而是身体力行。不仅自己要做到，他还教导子侄：待宗族乡党，宜宽宜和。

孙奇逢少年时，与好友鹿善继“以圣贤相期许”，读王阳明《传习录》，深受影响。王阳明曾对弟子说：“凡今天下之论议我者，苟能取以为善，皆是砥砺切磋我也，则在我无非警惕修省进德之地矣。昔人谓‘攻吾之短者是吾师’，师又可恶乎？”①

想起康震在《经典咏流传》里说过的一句话：“你越阳光你就更阳光，你更阳光你就是阳光！”愿我们也都能如此，待人从不凉薄，善养日月之辉。

① 王阳明撰注，张靖杰译注：《传习录》，江苏凤凰文艺出版社，2016年，第153页。

取快于境与烛照万物

今日春雨又很奢侈，气温也跟着很“动人”。想起上周末，看天气预报也没啥大事儿，计划好了出游，周五晚上用了一个小时，收拾了一大包行李，然后定上闹钟。然后，周六凌晨四点，还未被闹钟吵醒，就被雨声吵醒。哗啦啦的，一点儿不是贵如油的下法儿。计划生生被扼杀。这个时候，没啥可说的，钻被窝，睡个回笼觉。睡好了，天亮了，做饭，在家看书，忙家务。出游？等天气呗！

可是这样在家宅的静美时光，耳朵可不清静。孩儿他爸一个劲儿说：“这阴着个天，冷津津的，心情不好，哪都不舒服。这要风和日丽，一看那么明亮的天，心情就好，就想出去玩。”

所谓“一个劲儿说”，就是说了不止一遍两遍。我忍不住给他讲课，将新学到的词儿现趸现卖：“人家孙奇逢说了，你这是典型的取快于境，将自己的快乐建立在环境上面，环境成了你的主人。你要让自己内心强大，提升自己的境界，不要让自己被天气等外在因素影响，要让自己成为环境的主人。”他说：“切，我可做不了天气的主。我还做得了天气的主？我更厉害了。”好吧，那还是让天气做你的主吧。

在一次与朋友赏花的时候，孙奇逢听到朋友说，赏花需在花蕾初放时，需在阳光明媚时，才可。孙奇逢评价说，此为取快于境。他说：“凭境为愉快者，境过转生凄凉。因人为觉悟者，人去又复暗没。所谓寒入火室，暖自外至。须是自己精神，彻内彻外深造自得之后，自然居安资深。火不能焚，水不能溺矣。”寒入火室，暖自外至，是靠不住的，人还是要锻造自己的精神，不能凭借外境与他人。

其实，花蕾美，初绽美，盛放美，绿叶成荫子满枝，亦美。暖阳美，清风美，细雨美，雪处疑花满，花边似雪回，亦美。即使是乌云满天，但心中明亮，亦可给乌云镶上一道金边，仍然很美。

想当年孙奇逢身处明清易代之际，国事堪忧，战乱频仍，他不抱怨不沮丧，进则率乡邻守御容城，退则携亲友避难五公山，打退清军，文治武功，义声卓著。到了清初田园被圈占，他也不气馁不消沉，留长子立雅守祖墓，率家人族众南迁夏峰村，在北方学者零落殆尽之时，独肩道统，著述讲学，终成一代大儒。其平生遭遇可谓坎坷，身边环境可谓恶劣，但其思想光辉历几百年而愈明，福泽后世，烛照万物。

我等普通人，距离圣贤之境自是差得远，但用圣贤智慧指导自己更好地工作与生活，于身心大有益处，何乐而不为?

借用儿子的作文《成长》的最后一句：

身后的光阴已然变天，前方的人家升起炊烟。

第四辑　蔼然春风　理学大家

作为明末清初著名的理学家，孙奇逢在日常生活中却是和蔼可亲的，“望者以为高洁不可及，而即之甚恭而温，油油然有万物一体、满街皆圣人之意”。对待亲友弟子，他慈爱可亲，甚至对待小人，他也认为应“含洪以容横逆”，应包容小人，转化小人，而不是激化矛盾，使小人更恶。在学术思想上，孙奇逢也尽显其兼容并包的格局。他说：“世之学者不务躬行，惟胜口说，徒增藩篱，于道何补?”孙奇逢最不喜欢人们争论朱熹和陆象山的异同却不知探求本源，不顾躬行实践，那样只会徒增藩篱，限制了学问的高境界。因此，孙奇逢将程朱理学与陆王心学都放在孔孟儒学的大视野，求同存异，门户之见在他这里消弭无存，其学术思想平实切理，重视实践。

孝义与修行：孙奇逢庐墓六年

明天启年间，魏忠贤阉党残害东林党人，孙奇逢不顾凶险，挺身营救，与鹿正、张果中被誉为“范阳三烈士”。崇祯丙子年，率宗族乡党守容城得全。后率众避难，守御易县五公山。清顺治三年（1646年），因田园被满洲贵族圈占，孙奇逢先是流寓新安，后于清顺治六年十一月告墓携家南徙。一路颠沛流离，于顺治七年到达河南辉县，先是寓居薛所蕴别墅，后寓居共城旅社，顺治九年因卫河使马光裕赠以夏峰田庐而得以定居河南辉县夏峰村，此时孙奇逢已是六十九岁老翁。直到清康熙十四年（1675 年）以九十二岁高龄去世，他在这里生活了二十多年，躬耕著述，授徒讲学，世称“夏峰先生”。因其在“立德、立功、立言”方面做到了传统儒家所崇尚的“三不朽”，被誉为“北学宗师”，与黄宗羲、李颙并称清初三大儒，与容城县另两位先贤（元代理学家刘因、明朝忠臣杨继盛）合称“容城三贤”。清道光八年（1828 年）从祀文庙。

孙奇逢从小便立定了“学为圣贤”的志向，而让他得以声名鹊起的开端，是他在二十二岁至二十八岁时父母相继去世，他连续为父母守孝庐墓六年（父丧母丧各守孝三年）的孝行。

一、守孝三年的由来

孝道观念是中华民族独具魅力的特色文化，儒家历来提倡孝道。在中国古老的甲骨文、金文字中即已出现“孝”字。“孝”从“爻”从“子”，形声字，“子”在下“老”在上，其结构鲜明地表达了一种家庭传承关系，父母哺育子女，子女奉养父母。儒家家庭伦理规范是“父慈子孝”，《说文·老部》：“孝，善事奉父母者。”舜就因用孝感化了父亲而被后世儒家子弟传颂，被作为“二十四孝”之首，而尧帝禅让帝位给舜，其原因也在于舜的大孝。

周代的司徒之官负责掌管“邦教”，《礼记·王制》：“司徒修六礼以节民性，明七教以兴民德，齐八政以防淫。”六礼：冠、婚、丧、祭、乡饮酒、相见，以六礼来节制人民的情性，其中孝就占两项（丧、祭）；七教：父子、兄弟、夫妇、君臣、长幼、朋友、宾客，以七教来提升人民的品德，孝是七教之首（父子）；八政：饮食、衣服、事为、异别、度、量、数、制，以八政来防止淫邪现象的出现，其中饮食、衣服、异别（器具品类）等都制定了与孝有关的规则内容。

周人受远古祖先崇拜的影响，其宗教观为尊祖，伦理观为孝祖，丧葬观为厚葬。《周颂·闵予小子》云：“闵予小子，遭家不造，嬛嬛在疚。於乎皇考，永世克孝。念兹皇祖，陟降庭止。维予小子，夙夜敬止。于乎皇王，继序思不忘。”《毛诗序》云：“《闵予小子》，嗣王朝于庙也。”《郑笺》云：“嗣王者，谓成王也。除武王之丧，将始即政，朝于庙也。”周成王为父亲周武王守孝三年期满，将要执政时，朝拜祖庙，祭告其父周武王和祖父周文王，作诗一首。可见，守孝三年，且守孝期间不得工作，在周代是从国君带头做起的。《大雅·下武》：“昭兹来许，绳其祖武。于万斯年，受天之祜。受天之祜，四方来贺。于万斯年，不遐有佐。”周天子认为，能够孝敬祖先，继承祖业，按祖先规章制度办事，就能受上天保佑，可以千万年地传承祖宗基业。四方诸侯也都会恭敬地来祝贺，不愁没人来辅佐。周人对已逝去的祖先的孝道重视程度可见一斑。《诗经·小雅·蓼莪》说：“父兮生我，母兮鞠我。拊我畜我，长我育我，顾我复我，出入腹我。欲报之德，昊天罔极！”孝子想报答父母的大恩大德，就好像苍天的无穷无尽，所以，守丧三年算得了什么呢？

孔子继承并发扬了周礼中的孝道观念，也十分重视孝在丧葬中的作用。他对弟子樊迟说：“生，事之以礼；死，葬之以礼，祭之以礼。”（《伦语·为政》）孔子的弟子宰我说话直，他认为三年之丧时间太长了，有一年也就行了。庐墓这么久，什么都不能做，太耽误事儿了，有违情理。孔子对他这种想法非常不满，进行了严厉的批评。宰我问：“三年之丧，期已久矣！君子三年不为礼，礼必坏；三年不为乐，乐必崩。旧谷既没，新谷既升，钻燧改火，期可已矣。”子曰：“食夫稻，衣夫锦，于汝安乎？”曰：“安。”“汝安！则为之！夫君子之居丧，食旨不甘，闻乐不乐，居处不安，故不为也。今汝安，则为之！”宰我出。子曰：“予之不仁也！子生三年，然后免于父母之怀。夫三年之丧，天下之通丧也。予也有三年之爱于其父母乎？”（《论语·阳货》）孔子认为，父母死了，刚过了一年就去吃喝玩乐，还能心安理得，这怎么可以？你要觉得行那你去做好了，你对父母都没有三年之爱，还好意思提倡大家都改为一年？孔子认为子女从出生到能离开父母的怀抱需要三年，所以三年之丧，就是对于父母怀抱了我们三年，把我们抚养长大的一点点回报。这是天下人类都一样的，而宰我没有三年怀念父母的心情！因为孔子这样重视并大力提倡，守孝三年就被后世儒生认为是应当遵循的古礼，合乎孝道，合乎圣人之道。

古人于父母或师长死后，服丧守孝期间为表示敬爱与哀思，就在墓旁筑茅草屋守灵，称“庐墓”。庐墓的方法，大概是古人觉得父母已经住进冰冷的坟墓，自己却舒服地住在华屋，心有不忍，想想父母将自己抱大至少要三年，自己也要在父母墓旁陪伴守护三年（古人也常用三虚年来表示，因而一说庐墓三年是二十七个月）。守丧庐墓不仅表现在对父母孝，还表现在对师长敬。孔子死后，众弟子为寄托哀思，表达对孔子苦心教诲的回报，都聚集在他的墓前守丧三年，然后才分散离去。弟子子贡守墓整整守了六年。古礼中没有守墓六年的要求，据传子贡家中富有，有经济条件可以六年不事生产。孔子病危时，子贡外出经商不在身边。孔子思念子贡，不停地念叨子贡的名字。等子贡赶到时，孔子已喘不过气，仍看着子贡艰难地不舍地说：“赐也，来何迟也！来何迟也！”子贡痛苦万分，愧疚不已，因此为孔子庐墓六年，来报答老师的教诲之恩。后人为纪念此事，在孔子墓西建屋三间，立碑一座，题为“子贡庐墓处”。

伦理与道德相辅相成。孝作为一种家庭伦理，被认为是一切道德的根本，是中国传统伦理道德的核心，所以俗语有云“百善孝为先”。儒者教化人心希望由家庭伦理而推广到社会道德，由孝而到修身、知义、仁爱。“明丧祭之礼，所以教仁爱也。能教仁爱，则服丧思慕，祭祀不解人子馈养之道。丧祭之礼明，则民孝矣。……”（《孔子家语·五刑解》）由于礼对社会人心的教化作用，古代儒者非常重视通过礼来教导人民，以期形成三代之治的风清气正的社会风尚。“慎终追远，民德归厚矣。”丧礼和祭礼都是对已故的先人从物质到精神方面的礼节，通过具体的可观、可感、可操作、可践行的礼节，来寄托哀思，来化民成俗。尤其是对德高望重的先人，重视丧礼和祭礼，在践行礼节的过程中，不断重温先人的精神品质，不断受到熏陶影响，对子孙后代、门人弟子都有极好的教育，周围的人效而仿之，推而广之，整个社会的风俗人情也将渐渐笃厚淳美。

由于古代社会整体经济水平不高，一般平民百姓要想取得温饱都极其困难，在各种礼节上就无法行有余力（比如守孝三年不事生产，底层百姓要做到这一点，就只有饿死了），因而自古以来有能力真正遵守并实践各种礼节的都是士大夫阶层。经济基础决定上层建筑，观念的转变与社会经济水平密切相关。宋朝张载、司马光等人已经开始努力将儒家礼教规范推向民间，使“礼”逐步能“下庶人”。到了明儒，则更进一步将前朝立足士大夫的礼教进行改造，使之更能为下层百姓所接受，进一步向全社会普及，并且各家各户都从孩童开始教育，连女子未出嫁前都要观祭祀、学礼。只是因庐墓三年的标准要求太高了，仍然很少有人能做到，即使朝廷官员也大多做不到，遑论普通百姓。

二、孙氏兄弟居父母丧

明朝万历三十三年（1605 年）乙巳六月八日，孙奇逢的父亲肯轩公（孙丕振，字肯轩）因患“心痛”猝然离世。此时肯轩公只有五十五岁，平时身体很好，无病无灾，和妻子陈氏带着儿女们一起奉养老母，家庭和睦，其乐融融。突然壮年去世，儿女未得奉养，也不及在病床前服侍尽孝，感情上无论如何接受不了。这一年孙奇逢刚刚二十二岁，十七岁考中举人之后连考两次进士落第，正要努力继续赶考以悦父母。面对突如其来的丧父之痛，孙奇逢与他的两位哥哥（奇儒、奇遇）和弟弟（奇彦）觉得一天都没有奉养父亲就要将父亲的遗体放在冰凉的田野而自己却舒舒服服住在家里，于心不忍，于是禀告祖母和母亲，决心按照古礼举行丧葬仪式并庐墓守孝三年。

儒家传统认为孝不仅是子女对待父母要养要顺，而且要将礼从各方面实行到位。《孝经・纪孝行章》：“孝子之事亲也，居则致其敬，养则致其乐，病则致其忧，丧则致其哀，祭则致其严。五者备矣，然后能事亲。”荀子言：“礼者，谨于治生死者也。生，人之始也；死，人之终也，终始俱善，人道毕矣。”（《荀子・礼论》）“儒者在本朝则美政，在下位则美俗”（《荀子・儒效》），则对儒家学者提出了要求：为官要德政，为民要正俗。到了宋朝，张栻认为“礼之兴废，学士大夫之责也”，进一步道出儒家学者兴礼正俗的责任。但宗法制度下贵族社会的古礼异常繁缛，且非家道丰裕者无力实行，那么家贫者怎么办呢？关于这一点，《礼记·礼运》中提出了一个原则：“礼也者，义之实也，协诸义而协，则礼虽先王所未之有，可以义起也。”礼是义的果实，只要是符合义理，那么礼的形式方法是可以与时俱进的。

孔子在回答子路的话“伤哉，贫也！生，无以为养；死，无以为礼也”时说：“啜菽饮水，尽其欢，斯之谓孝；敛手足形，还葬而无椁，称其财，斯之谓礼。”可见，孔子也主张根据现实情况来实行礼，遵礼行礼最重要的是诚敬的内核，而不是外在的形式。但形式的礼又是内心诚敬的一个外部载体，所以礼还是要有一套规范，从而更好地践行义理。鉴于此，朱熹对古礼进行了很多增删损益的工作，他强调礼的施行最重要的是“但使哀戚之情尽耳”[①]。至于物质要求方面，朱熹的弟子叶贺孙曾问：“祭礼，古今事体不同，行之多窒碍，如何？”朱熹答曰：“有何难行？但以诚敬为主，其它仪则，随家丰约。”[②]“随家丰约”，即是根据自家经济条件使礼更适应当时当地的社会现实。到了明朝，儒生们遵行的古礼大多就是经朱熹修改过的了。但即使已是比较适应社会现实的礼，实行起来仍然有很大难度，极少有人能做到，比如丧礼之后庐墓三年的规定。

汉朝时佛教传入中国对历代封建王朝统治者产生了很大影响，对贫苦百姓“脱离苦海，往生净土”的诱惑更大，因而一度非常繁荣。孙奇逢生活的年代，佛教信徒众多，丧葬之礼也流行佛教仪式。孙奇逢对佛教“弃人伦”的做法很不认同，少年时他与贾鸿洙之父贾钶一同去拜访一个前辈，前辈教导他：“《楞严经》不可不熟读。”他回应说：“平常喜读《佛骨表》。”唐代崇佛之风炽盛，韩愈为阻止唐宪宗迎佛骨劳民伤财，上《谏迎佛骨表》，言辞激烈，险些因此丧命。孙奇逢以此事表明了自己的立场，前辈瞠目结舌无言以对。贾太公直到二十年后仍然以此事为例称孙奇逢是“直谅之友”。这种针锋相对的姿态捍卫的是孔孟之道，儒学道统。他的父亲肯轩公是训导学生的儒官，孙奇逢兄弟恪守儒家礼义，佛教仪式一概不用，全部按照《周礼》所记载、经朱熹重新诠释的古礼来进行。衰麻、敛、奠、比、虞、祔，一系列仪式摒弃流俗，这场葬礼引来很多乡亲围观，客观上

---

① 朱熹：《朱子全书》，上海古籍出版社、安徽教育出版社，2002 年，第 3014 页。

② 朱熹：《朱子全书》，上海古籍出版社、安徽教育出版社，2002 年，第 3048 页。

起到了传承与普及丧葬古礼的作用。三个月后，营葬事成，兄弟四人开始了三年的庐墓守孝生活。

孙奇逢兄弟庐墓的具体做法是：在墓前横向筑一室，立上亡父灵位，将父亲生前的衣物冠履、所读图书亦陈设于内，门上匾额题曰“栖神堂”。栖神堂的东南方向又建了南北对向的四间斗大的草屋，其中南边有两间，一间招待前来吊唁的亲友宾客，一间用来盛放家礼、子、史诸经典（一说名曰“时思亭”）；北边有两间，一间设苫席、长枕、大被，四兄弟夜间一同睡在里面，一间用作厨房和餐厅。四间房都是茅草覆顶，草篱为壁，涂以泥巴，异常简陋。每天早晚各一次焚香楮，奠椒浆，虔诚祭拜。备好盥濯巾栉等洗涤用品，沐手净面，嘉晨令节，则哭踊而祭。其余时间兄弟四人诵读诗书，切磋学问。当时乡老刘廷林、王动等人每遇时令都要带领众乡亲来到四兄弟庐墓处，敬献食果，每次都在墓前哭祭。这源于孙氏家族友善乡里的声望。孙奇逢的祖父孙臣曾任河东盐运司判，为官清廉。回乡之后，敦友睦邻，扶危济困，人送外号“孙佛儿”。孙奇逢的父亲谨守其父遗风，其厚德入人之深由此可见。

为父亲庐墓期间，孙奇逢兄弟四人严格遵守古礼，每天早晨起来，先行展墓拜祭，然后回家看望祖母和母亲，勉强做出愉快的样子，开解宽慰两位老人，嘱咐媳妇们好好照顾饮食，就赶紧回到墓地。庐墓期间，兄弟四人以草荐为席、土块为枕，吃粗糙的粥食，“不饮酒，不食肉”。又因庐墓期间规定不能工作，孙家本就不富裕，办丧事一番花费之后，更是常至断炊绝粮，只好靠卖掉田地换点粮食。在恶劣的生活条件下，孙奇逢溽暑中病，患了严重的胃疾。每年夏秋之交，他就会痰饮嘈杂，不思饮食，成为每年的例行之病，一直持续了四十年，到六十多岁后因为注意饮食调养才慢慢痊愈。即使在被胃病痛苦折磨的情况下，孙奇逢也不回家养病，仍然坚持住在墓旁的草屋里，坚持粗陋的饮食。

庐墓还有一个规定：“不御内”，即不能过夫妻生活。当时孙奇逢刚刚新婚第四年，他严格恪守古礼，不与妻子同住。后来他的结发妻槐氏生病了，他回家去看望，知书达礼的妻子还劝他赶紧回去庐墓，不用照顾自己，不可因女人而耽误守孝。关于这条规定，历史上还流传一个故事，有人因此获罪。陈蕃（著名的“一屋不扫何以扫天下”典故中的主人公）在做地方官的时候，有一个叫赵宣的人，葬亲却不闭墓道，自己住在里面二十多年，比所有人守孝时间都长。乡邑称赞，州郡礼请，名声大振。郡里把他推荐给陈蕃，陈蕃了解到赵宣的五个子女，都是守孝期间生的，勃然大怒，认为赵宣在墓中养儿育女，实属不孝，欺世盗名，真是岂有此理，于是办了他的罪。而孙奇逢则是处处严格遵行古礼，父亲去世前孙奇逢的长女已出生，孙奇逢从二十二岁到二十四岁丁父忧，庐墓期间“不御内”，九月份服阙，到了二十五岁这年的十月份，母亲去世。从为父亲守孝期满到母亲去世之间的一年多里，二女儿出生。二十五岁至二十八岁，庐墓期间“不御内”，二十八岁正月，守孝期满除服，十一个月之后才生了长子立雅。

从父亲去世，孙家就进入了多事之秋。万历三十四年丙午，父亲去世的第二年，孙奇逢二十三岁，仍然同两个哥哥和弟弟住在墓旁。这年的二月三日，他的祖母杨安人去世。杨安人是杨继盛的再从侄女，曾经伴随河东公孙臣宦游十余年，聪敏淑慧，衣饰俭素，帮助丈夫成就了廉洁之名。杨继盛的凛凛正义、浩气丹心也经由祖母的谆谆教诲而深刻地影响了孙奇逢，他常以椒山公为榜样砥砺名节。祖母老年丧子，白发人送黑发人，已八十多岁的老人悲伤过度，半年多后也病逝了。四兄弟安葬了祖母，更增悲痛，孙奇逢的胃病也更严重了，但仍然坚持庐墓守孝。

一直到第三年，万历三十五年丁未九月，守孝期满，兄弟四人才回家居住。这年，孙奇逢二十四岁。刚刚在家住了一年，慈母陈孺人又离世了。母亲身体不好，久患呕病，但对婆婆非常孝顺，总是忍着病痛辛勤持家，与几个妯娌之间处得也非常好，如姊妹一样友爱，同时相夫教子，将大家庭治理得井井有条，十里八乡都称赞其妇德。父亲去世后，母亲悲伤过度，呕病严重了，待到婆婆去世，她就再也经受不住这连续的打击，病情更重，孙奇逢兄弟刚刚为祖母守孝期满除服，母亲就去世了。慈母离去，孙奇逢兄弟四人陷入深深的悲痛之中。在母亲的丧礼过后，四兄弟又在父母合葬的墓旁庐墓而居。家中诸妇也都很支持兄弟四人庐墓，她们在家白天一起吃饭，夜里一起睡觉，从来不让四人分心。四兄弟一心一意庐墓，每天在栖神堂相对读礼，“读罢对泣，泣罢再读，俨然肯轩公在上也”[①]。父亲、祖母、母

① 汤斌、耿极：《孙夏峰先生年谱》，张显清主编：《孙奇逢集》（中），中州古籍出版社，2003年，第1382页。

亲接连去世，孙奇逢四兄弟一下子无依无靠，六年的时间，住在几间小小的茅草屋里，饮食粗陋，谢绝酒肉，冬不避寒，夏不避暑，雨雪雷电，子夜风吼，周围是茫茫的原野，四兄弟往往夜半难眠，呜咽痛哭，肝肠寸断。但不管多难，甚至忍受着饥饿和病痛，四人都始终如一，一直到万历三十九年（1611 年）春正月服丧期满。

三、庐墓六年带来的影响

“民之本教曰孝，其行孝曰养。养可能也，敬为难；敬可能也，安为难；安可能也，卒为难。父母既没，敬行其身，无遗父母恶名，可谓能终矣。仁者，仁此者也；礼者，履此者也；义者，宜此者也；信者，信此者也；强者，强此者也。乐自顺此生也，刑自逆此作也。”《礼记·祭义》中曾子的话将孝由行动提升到了一个更高的层级：孝之“道”。以行动行孝是浅层的，从道义上行孝才具精神层面的价值和意义。故而孙奇逢兄弟为时人所称道的不仅是从万历三十三年到万历三十九年，前后为父母庐墓六年，更重要的是在这六年之中他们都做了什么。假如庐墓六年就是在墓旁住六年，除了吃饭睡觉行礼就无所事事了，那也不会产生更大的轰动效应。

这六年，是孙奇逢兄弟四人在道义上深度修行的六年。他们不仅日日哭祭父亲，将各项礼仪实行到位，更将父亲生前所读之书陈列在栖神堂，日日诵读；将父亲所谕之理放在心头，时时体悟。为父亲庐墓三年，感受着乡亲邻里对父亲的追思，诵读父亲读过的书籍，怀想父亲的德行节义，与前来吊唁的朋友互相切磋学习，兄弟四人在德业与学问上都有了长足的进步。对母亲也同样如此，母亲的仁爱与胸怀给兄弟四人树立了很好的榜样。从精神道义上对先人做到传承弘扬，才是真正的孝道。

这六年也是孙奇逢九十二年的人生中非常重要的时期，对他一生都产生了重大影响。

首先，他深刻感受到贫困对人的磨砺和考验。面对贫困，自觉锻炼自己，保持气节，不食嗟来之食，这是儒家传统的“立德”要素之一。祖父孙臣为官廉洁，祖母杨安人又是忠烈之臣杨继盛的再从侄女，孙奇逢从小耳濡目染，为父母庐墓期间得到了实践的机会，充分体现了精神道义上的传承与坚守。

庐墓规定：不能从事生产，也不能考取功名。本来孙奇逢是很在意功名的，十七岁即考中举人，可谓少年得意。父亲也为他骄傲自豪。后来连考两次进士落第，父亲跟他说：“国朝重制科，不举南宫者，谓之半截功名，未免降志。”父亲的教导他谨记在心，本来雄心勃勃要继续赴京赶考，父母接连去世使得他长达六年的时间无法再参加进士考试，即使考中又怎么样呢？父母已经无法见到，也无法以功名奉养愉悦父母，孙奇逢因此心灰不已。更重要的是他以前所读儒家经典还只是学在表层，没有深入道德层面，如今一下子有六年的时间离开科考，平心静气完全投入到实践之中，天天祭拜，时时思考。他真正懂得了儒学的真谛，自此更以圣贤自期。

万历三十五年冬天，刚刚为父亲守孝期满，孙奇逢就遇到一件很考验人正义与胆量的事情。邑绅梁如星被宦寺所羞辱，孙奇逢与诸绅士不惧权势，为他奔波辩白于郡县，事情最终得以解决。从此事起，孙奇逢以急公好义、慷慨豪迈的燕赵风骨崭露头角。

庐墓六年为孙奇逢赢得了社会上各阶层人士的广泛尊重和赞誉。如前所叙，明清时期很少有人能做到真正遵从古礼为父母庐墓守孝，即便是朝廷高官，也很少有人能做到。明朝著名政治家张居正更因为锐意改革不想中断自己的政治举措而不回家丁忧（不辞官服丧，就要靠皇帝的力量挽留，谓之“夺情”，但也因此得罪了很多人），虽然他在政治上成就突出，为明朝的延续做出了贡献，但也为时人所诟病。孙氏四兄弟却不止做到了庐墓三年，而是接连为父母庐墓六年守孝，其时间之长、难度之大、孝义之醇、修行之深都是当时闻所未闻的，自然产生了轰动效应。

孙奇逢的好友鹿善继是定兴江村人，距北城村仅有三十里的路程。早在孙奇逢十四岁“总角游泮，文名蔚起，啧啧乡党间”① 的时候，二十三岁的鹿善继过容城听闻他的情况，引为知己，两人在杨继盛祠堂定交，开始了延续一生的友谊。孙奇逢居父忧，鹿善继时过吊唁，与孙奇逢讲学论道，互相切磋，每次都徘徊不忍离开。“一日，与善继讲学，自辰至日昃，始得豆面作羹，怡然自得，无不足之色。”鹿善继是大户人家，但从不嫌贫爱富，而是交友以德，自定交起，便“辞诸富贵，下北城榻以为常。北城，启泰先生里也”②。孙奇逢居母忧，复庐墓，鹿善继吊唁更勤，和孙奇逢一起吃粗粝的饭食，并说：

---

① 陈鋐编：《鹿忠节公年谱》卷上，中华书局，1985 年，第 3 页。

② 陈鋐编：《鹿忠节公年谱》卷上，中华书局，1985 年，第 3 页。

"吾最喜贫士况味，至孝廉之贫，尤所谓贫即是道。吾未尝此味，恐当境不能自持尔。"① 因敬佩孙奇逢为父母庐墓守孝的道义品行，鹿善继赋诗相赠：

横襟东海揖郎山，中有一庐无愧颜。
毁后仅余眉宇在，愁来惟把蓼莪删。
地当赵北燕南际，人跨椒山梦骥间。
客子语言忽可味，细询知自见君还。

诗中的"椒山梦骥"即容城的两位先贤——元初理学家刘因（字梦骥，后改为梦吉）和明朝忠烈杨继盛（号椒山）。

当时官至兵部尚书的孙承宗（高阳人，明末杰出政治家、军事家）对孙奇逢的孝行也极为赞赏，著有长诗《赠孙孝廉启泰》：

容城城坳大如斗，今古贤豪萃作薮。
静修之修忠愍忠，撑拄乾坤万不朽。
行天日月地江河，出奉君王入父母。
孝廉崛起两贤乡，手握天常为世纽。
黄金台上已知名，高堂舞彩歌曼寿。
一朝风雨下庭帏，大椿零落萱花剖。
夜台长夜寂无人，忍见野林狐兔走。
九原日忆念儿心，六载枕苫相与守。
诸妇同集一亩宫，优龙劣虎声如嘒。
蓼莪有句不成读，黄土一抔泪为阜。
紫荆花烂雨盈襟，鸿雁影联月在牖。
陇笛咽寒几断肠，夜乌泣云空翘首。
我亲亦未尝君食，帝书日月悬培塿。
感君兄弟倍酸辛，孝子忠臣天并久。
君家兄弟远相传，亭亭玉树师且友。
能与朝廷生异人，应得异人还报厚。

① 陈鋐编：《鹿忠节公年谱》卷上，中华书局，1985年，第5页。

诗中“静修之修忠愍忠”指的也是容城的两位先贤——元初理学家刘因和明朝忠烈杨继盛。

鹿善继和孙承宗在赠诗中都提到了容城这两位先贤，都把孙奇逢和两位先贤相并列，“容城三贤”之由来可谓久矣。

不仅朋友们深深佩服孙奇逢兄弟的孝义，官府也对其赞誉有加。提学御史李蕃将此事报告朝廷，朝廷降旨在容城为孙氏兄弟修建牌坊，以旌表孝行。

孙奇逢为父母庐墓六年的孝行还声名远播，传到了很多京城高官的耳中。万历三十九年（1611 年）春孙奇逢刚刚为母亲守孝三年期满，秋天，时任兵部员外郎的杜诗“慕先生为人，以其子受学”①，邀请他设馆其家，教授其子。紧接着，牛俊臣、薛孔泉、唐灼州、贾孔澜等高官俊杰纷纷敦请孙奇逢教授自己的儿子。后来，这些弟子都有了很高的成就，并与孙奇逢结下了深厚的师生情谊。其中薛孔泉的儿子薛凤祚成为著名的学者、天文学家、水利专家。贾孔澜的儿子贾尔霖因品学俱佳，成为孙奇逢的女婿，“后先生以长女妻尔霖”②。京师课馆生涯使孙奇逢结交了很多正直的官员，培养了很多得意门生，为他以后勇救东林、桃李遍天下打下了坚实的基础。

庐墓六年，名声大振，但孙奇逢最为人称道的却是此后六十多年的时间里，念念不忘父母恩德，每次祭奠父母仍孺慕如少年。“庚午冬月先生八十七岁时自叙”要“志生我与成我之德于不忘也”③，当时已是八十七岁老翁的孙奇逢仍然念念不忘“生我与成我之德”，可见他的孝道与感恩之念并未随着时间的流逝而削弱，反而将这种赤子之心贯穿了一生。从庐墓六年的朴素的孝义到深度的道德修行，孙奇逢在自己的人生之中自觉地将这种德行孝义推而广之，待人以“老吾老以及人之老，幼吾幼以及人之幼”的大爱情怀；处世以“先天下之忧而忧，后天下之乐而乐”的责任与担当；“亲亲而仁民，仁民而爱物”，对天地万物充满尊重和敬爱……并最终成为儒家所称道的“立德、立功、立言”三不朽的一代圣贤。

---

① 汤斌、耿极：《孙夏峰先生年谱》，张显清主编：《孙奇逢集》（中），中州古籍出版社，2003 年，第 1383 页。

② 汤斌、耿极：《孙夏峰先生年谱》，张显清主编：《孙奇逢集》（中），中州古籍出版社，2003 年，第 1384 页。

③ 汤斌、耿极：《孙夏峰先生年谱》，张显清主编：《孙奇逢集》（中），中州古籍出版社，2003 年，第 1379 页。

爱是日常的模样

宋代文豪苏轼写过一首词，悼念自己早逝的结发之妻王弗，词中有句："十年生死两茫茫，不思量，自难忘。"十年相思，伊人入梦，"夜来幽梦忽还乡。小轩窗，正梳妆"，可是醒来却只能是"千里孤坟，无处话凄凉"。千里的距离、十年的时光，隔不断长长的思念。而容城先贤孙奇逢在结发妻逝世五十年后仍在深情悼念，他的爱是日常的模样，也是最美的模样。

清朝康熙五年（1666年）丙午，八十三岁的孙奇逢在距家乡千里之遥的河南夏峰村，思念着河北容城的亲人们，还有自己早逝的结发之妻。

这年的七月二十七日是孙奇逢结发妻槐氏的忌辰，他在《日谱》中写道："结发妻槐氏，亡在万历戊午之七月，今夕其忌辰也。语云：妻贤令夫贵，妻恶令夫贱。忆余乙巳后，连丁两亲艰，居宿于外。时氏病，予来视，氏曰：'男子既为父母大事，便不必以妻子为念。'癸丑，予下第，中怀抑郁，氏曰：'君素志远大，奈何于此介介！'噫！此岂妇人女子之言哉？匡予处固多，此二事实予良友，中心佩之，因为一绝：结发人亡五十年，古云夫贵藉妻贤。生平良友实惟尔，壶德依依在目前。"

五十年过去了，当日之伉俪情深仍然令一个白发老翁眷念不已，此时的孙奇逢让我们看到了一代硕儒在生活中平易可亲的样子，更为其对亡妻的深情而唏嘘不已。

孙奇逢的结发妻槐氏是他的蒙师槐肖林的侄女。可见槐氏亦是生长于书香家庭，知书达礼，温柔娴雅，十七岁即嫁给时年十八岁的孙奇逢。少年夫妻，倍为恩爱。婚后，槐氏与孙奇逢一起经历了很多曲折坎坷，贫病交加的日子里她不改本色，其善良敦睦的胸襟气度令孙奇逢不仅与之情投意合，更视之为良友，说她“匡予处固多”，妻子帮助自己的实在是太多了。孙奇逢在八十三岁的《日谱》中还特意举了两个例子：一、他连续为父母守孝庐墓六年期间，妻子槐氏生病了，孙奇逢回家看望，槐氏劝他以父母大事为重，不要顾念自己；二、明万历四十一年（1613年）孙奇逢三十岁，参加科举考试未能考中进士，心里忧伤，槐氏劝他说：“你素来志向远大，干吗要纠结于此呢？”孙奇逢认为这样的慷慨豪迈之语不是一般女子能说出来的，心中感佩，敬她有气概有胆识，这在男权社会里是极为难能可贵的。

可惜天妒红颜，槐氏年仅三十四岁便猝然离世。她逝世后的第三天，孙奇逢便写了一篇《祭亡妻槐氏文》，读来真是声声泣，字字泪。现原文摘录如下：

> 万历戊午七月廿七日，妻槐氏一疾终于内寝。越三日，其夫某为文而奠之。曰：呜呼痛哉！尔虽吾妻也，实吾友也。
>
> 忆尔十七岁而于归，犹及奉衰姑于十病九残之时，吾嘉尔之孝；处妯娌于七零八落之日，吾嘉尔之和；哀孤寡、怜贫穷，举念存天地生人之心，吾嘉尔之慈爱；甘淡泊、乐缝纫，一日周日月久长之虑，吾嘉尔之俭勤。凡此皆妇道之常也。
>
> 犹记丙辰岁，余以上策不留，忧形于色，尔慰余曰：“今次不成，还有下次，况有子可教以读书。即到底不成，未尝见布衣便可轻，富贵遂可喜。”嗟乎，此岂妇人女子之言哉？故曰吾妻实吾友也。十八年来，辛苦勤劬，吾之赖尔者已多，而茹苦食淡，不慕通显，甘守清贫，此犹吾之所难望于尔，而幸得之于尔。乃今溘先朝露也耶！
>
> 二女三男出嫁而得所者，每念之犹涕下。今二姐年十一，南山八岁，高山六岁，斗山周岁，谁为尔鞠育而抚摩者乎？此尔目所以不瞑，而吾肠所以寸断也。非独兴怀于镜破，惨目于台空，而有情者牵衣而问，无知者矢口而啼，此何等景象也？我心岂木石哉？连日只知尔之病，不料尔之死。尔曾无一语及后事，果尔亦不料至此耶？抑恐其伤余，而故隐忍其病？迨病笃而遂不能言耶？呜呼痛哉！追念从前，尔不负余。由今思之，尔之愁肠苦衷，余知之而不能体之，余觉有负于尔。尔纵不怨望于余，实余之所酸心痛鼻而不能自禁者也。嗟乎，等死耳！有死而为人所恨者，有死而为人所怜者。今尊长俨然于上，卑幼俯伏于下，尔也不愧父母，不愧丈夫。先死者固可惜，而后死者更

可怜。

尔今殓矣，吾与尔永别矣，敬以一言告尔：尔之母垂白而寡，尔生不能尽之情，吾自不忘。吾之两先人在地下，得尔善事之，则又何恨于死也？

综观这篇祭文，以“尔虽吾妻也，实吾友也”为总纲目，从孝顺和睦、慈爱勤俭的妇道美德到胸襟广博、甘守清贫的知晓大义，再到夫妻深情的细腻描摹，最后归结到善待岳母告慰亡灵的人之常情，内容不出日常，文辞质朴无华，但情感之深之笃，令人读之泪下。

万历四十六年（1618 年）戊午七月二十七日，槐氏病逝于内寝，年仅三十四岁。孙奇逢回忆起她出嫁后就要照顾年迈多病的婆婆，夜以继日，奉汤奉药，毫无怨言，这是她的孝顺；还要和家族中众多妯娌相处，妯娌们素质参差不齐，但她都能愉悦融洽，这是她的和厚；平时哀孤寡、怜贫穷，善良热情，温婉贤淑，心中存的是天地生人之心，对世人和万物有着大爱情怀，这是她的慈爱；甘淡泊、乐缝纫，每天都为将来的生活考虑，想得周到、长远，这是她的勤俭持家。凡此种种，这些传统女性的美德槐氏无一不备，令人敬爱。孙奇逢在祭文中也特意强调，自己对妻子甚为嘉许。

万历四十四年（1616 年）丙辰，孙奇逢三十三岁的时候，下第归家，忧形于色，槐氏安慰他说：“这次不成，还有下次，况且我们还有儿子可教以读书。即使一直考不中，我也未曾见布衣就可轻、富贵就可喜的。”孙奇逢闻言叹息，这哪是一般妇人女子能够说出来的话呢？这种境界很多男人也比不上啊！所以他总是说：“我的妻子也是我的知己朋友。”由孙奇逢八十三岁的《日谱》中可看出，在此之前的上一次（癸丑）科考中，他没有考中，槐氏也以大义规劝。因而孙奇逢说，十八年来妻子辛苦勤劬，他已经从生活到精神很多方面都很依赖她了。而平时茹苦食淡，不慕通显，甘守清贫，这是孙奇逢不奢望妻子能做到的，可是妻子都做到了，为人夫者何其有幸！可是偏偏这样好的妻子寿却不久，生命就像朝露一样短暂，让人无比痛惜。

槐氏共育有两个女儿，三个儿子。孙奇逢看到这些孩子们，想起孩子们从此就失去母亲了，总是忍不住痛哭。夜深人静，他无法入眠，在妻子的遗体前喃喃诉说：大女儿刚刚出嫁便与母亲天人永隔，二女儿十一岁，三个儿子分别是八岁、六岁、一岁，谁来为你养育爱抚他们呢？这想必是你不能瞑目的吧，而我又是怎样的肝肠寸断啊！一个家就这样失去了女主人，变得残缺不全了，孩子们大点儿的牵着我的衣服问母亲去了哪里，小点儿的什么也不懂，一直在哭。这是何等悲痛的景象啊！我再坚强也不是木石心，真的是万分悲痛。连日来只知道你生病，不料你竟一病不起，终至不治。你病中没有一句交代后事的话，是你也料不到会这样吧？还是你知道自己病不能好了，怕我伤心，不告诉我，故意隐忍你的病痛？或是到了痛重想说了却无法再说话了呢？想想真让人痛不欲生。追念从前，你不负我。如今想来，你的愁肠苦衷，我虽知道却不能更好地体会，我真的有负于你啊！即使你不怨我，我也不能不怪自己啊！这真让我心痛不已。你不愧父母，不愧丈夫。如今你先死了，固然可惜，而我后死的人，没有你的陪伴，其实是更可怜啊。如今你已入殓，我和你永别了，没有再能为你做的，只有一句话告诉你：你对你的寡母所不能尽的孝道就让我来为你尽吧，我不会忘记的。我的父母都已在九泉之下，能有你这样善良的人孝事他们，我也不再怨恨命运让你这么早就离我而去了。

清康熙二年（1663年），孙奇逢已经八十岁高龄，寓居河南夏峰村，七月二十七日槐氏忌辰这天，他写了一首诗悼念：

亡妻忌辰

忆昔戊午年，结发人长逝。
妇道守庭训，与我甘粗粝。
儿女共五人，性行各无戾。
其丁父母艰，秉礼一何厉。
感子有嘉言，每匡我不逮。
今夕子忌辰，四十六年计。
子已有孙曾，庶馐为家祭。
我耄寄苏门，子魂飞天际。

八十岁老人深情地想念结发妻与自己一起甘于贫困的往昔画面，并且“感子有嘉言，每匡我不逮”。妻子的嘉言懿行是多么可贵，总能给自己以帮助。而如今，“我耄寄苏门，子魂飞天际”。生死相隔，犹遥遥不能忘。

“有声当彻天，有泪当彻泉。”不加雕琢、不予伪饰的文字，虽朴拙而诚挚，虽无华而有情。孙奇逢少年即有圣贤志，两庐亲墓孝道弥笃，孙承宗和鹿善继都为他写诗称扬。后来勇救东林、坚守容城、守御五公山、夏峰著述讲学等经历使他被赞“始于豪杰，终以圣贤”，与黄宗羲、李颙并称“清初三大儒”，逝世后“会葬近千人”，海内为之悲。与刘因、杨继盛合称“容城三贤”，被誉为“北学宗师”，清道光八年（1828 年）从祀文庙。这样的一代硕儒，日常生活中却是平易近人、亲切祥和的，对父母孝，对儿女慈，对结发妻情深义重。以妻为友，衷心佩之，他的爱是日常的模样，也是最美的模样。

一代鸿儒：明末清初理学家孙奇逢

进入雄安新区容城县北城村，在村北一片方整的民居之中，花木掩映的孙奇逢纪念馆和后面的征君文化园格外醒目。孙奇逢纪念馆是临街建筑，青砖青瓦，庄重肃穆，寄托着人们对征君先生永远的敬仰和追思。木制的大门，古色古香的门环，正南门楼上悬挂木匾，“孙奇逢纪念馆”六个大字为河北省书协原主席旭宇题写。

（一）

孙奇逢（1584—1675），字启泰，号钟元，因晚年南迁河南夏峰村，人称夏峰先生，明清两朝多次征召不仕，被尊称为征君。学者、思想家、教育家，著作等身，桃李满天下，在我国明清之际的学术史上有着很高的地位，他是中华传统文化所称道的“立德、立功、立言”三不朽的代表人物，将孔孟以来的儒家学说发展到了当时的最高峰，与黄宗羲、李颙并称“清初三大儒”。孙奇逢在明清两朝学人中以辈分最高（入清时已六十多岁）、年岁最长（享年九十二岁）、德望最重（孝友节义名闻天下）、学问最醇（以回归、重释孔孟经典泽被一方）而地位特殊，声名尤著，被誉为“北学宗师”。

推开孙奇逢纪念馆两扇厚重的木门，迎面即见一座汉白玉雕像，为孙奇逢晚年手捧书卷讲学的形象，面容慈祥，气质儒雅。院内树木葱郁，树下长条石凳，氛围清幽，为读书佳地。院墙一色青砖，墙上由南向西分别镶嵌“孙奇逢教子：守本分、居家孝、宽待人”“人物生平”“主要成就”“清史文载”“孝友堂家训”“代表诗作”等内容，其一生业绩历历在目。西侧院墙有一石刻书卷装饰，上刻孙奇逢简历。整个院落简洁大方，古朴雅致。孙奇逢雕像背后是主体建筑，五开间瓦脊明廊仿古大殿，上有孙奇逢十三世裔孙孙居超所书“孝友堂”三个大字。两边明柱上是由清康熙年间容城知县洛阳人孟长安所撰对联“接尧舜孔孟以来，道脉相传不在语言文字之迹；继周程张朱而后，统续递衍直究身心性命之微”，诠释了明清动乱之际孙奇逢在学术道脉拯救与传承上所做出的贡献。

进入馆内，迎面一幅孙奇逢画像，形貌清癯慈善。画像两侧悬挂对联“孔孟有真传千里从游立深雪；程朱得正印百年崇祀仰高风”，体现着后人对先生勤奋治学的推崇。室内墙壁上设有多块展板，简述了孙奇逢的经历及业绩，如“金容家世”“真孝真廉”“寓居京师”“坚守容城”“范阳三烈士”“双峰结寨”“避地南迁”“苏门讲学”“高卧兼山”“著述简介”“桃李芬芳”“孙征君先生年表”“诸家评说”等。另有“前言”简介其生平。“结束语”则总结了一代先贤身上永不泯灭的精神传承：笃行孝友的崇高品性、心底无私的道义担当、安贫乐道的道德底线、坚贞不屈的民族精神、助人为乐的公益爱心、秉烛不息的学习精神、贫不改志的持世风骨……凡此种种不胜枚举。纵观其一生，身处历史动荡之境而坚贞不屈，屡遭风餐露宿之苦而不改本志。

明万历十二年（1584年），孙奇逢出生于直隶保定府容城县北城村。其先祖自小兴州迁容城县东北贾家庄（今贾光村），后因人口繁衍而移居北城村。祖父孙臣，嘉靖年间中举，官至河东盐运司判，为官清廉，他有几句著名的话对后世子孙产生了深刻的影响：“做官要钱，无非为子孙计，不知一要钱，子孙微矣。子孙不如我，要钱做什么？子孙胜似我，要钱做什么？”孙臣的刚正清宁为孙氏家族朴厚醇笃的家风奠定了基础。

其父孙丕振，为儒学训导，品行亦为乡邻所称道，厚德深入人心。孙奇逢幼时即有良好的家庭教育，少年即以容城先贤刘因、杨继盛为榜样，勤学不倦，立志报国。十四岁入县学，十七岁便考中举人。他一生重视交友，“以友朋为性命”；交友谨慎，常说“交而后择，何如择而后交”，所友皆名士，如鹿善继（定兴人，孙奇逢十七岁与之定交，“以圣贤相期勉”）、孙承宗（高阳人）等慷慨节义之士，与东林党人左光斗、魏大忠、周顺昌等，则以“国士”相知。孙奇逢为人正直，敢做敢当，明熹宗天启年间不畏生死挺身营救被魏忠贤阉党迫害的东林诸贤。当时孙承宗督师关门，鹿善继参赞军务，孙奇逢先是致书孙承宗，“左、魏诸君子清风大节，必不染指以庇罪人，独以善类之宗，横被奇冤，自非有胸无心，谁不扼腕？……阁下功德，前无邃菴怜才扶世之感，谅必有激于中，岂独无意乎！”语极迫切，请他设法营救；又不顾盛夏酷暑，与鹿善继之父鹿正、白沟的张果中一起到处奔走，筹措募捐为左等“完赃”。孙承宗接书信，欲入朝面见皇帝伺机营救，被魏忠贤蓄意阻挠没有成功。及至孙奇逢一行把钱数凑足，送至都门，左光斗等人已被杖杀于狱中。世人皆敬服孙奇逢的侠肝义胆，把他与鹿正、张果中称为“范阳三烈士”。

（二）

明末，清军逼近容城，多次劫掠，孙奇逢反对异族入侵，毅然率领宗族乡党入城，冒着连绵细雨，抢筑坍塌的城墙，在清兵到达后，他们边战边修，激战七昼夜，成功抵御了清兵的入侵。附近县城均失陷，独容城得全。随后孙奇逢上书当地政府，请求加固城墙，整饬武备，但不被重视。眼看明朝大势已去，孙奇逢不得已而率部分族人避走易州（今易县）五公山守御，于山下双峰村教授族内子弟及附近村民读书。清初，孙奇逢北城村家园田地被圈占，六十多岁的他被迫举家南迁，只留长子立雅守祖墓。他带领家人及相依从的亲族几十口一路颠沛流离，衣食无着，直到清顺治九年（1652 年），卫河使马光裕将其在夏峰村的土地和房屋慷慨地赠送给他，才得以安身立命。从此，孙奇逢在苏门山下的夏峰村兼山堂著书立说、授徒讲学，被称为“夏峰先生”。明清两代统治者曾先后十多次征召孙奇逢出仕做官，均被其婉言拒绝，朝野皆重之，誉其为“征君”。

1675 年农历四月二十一日，孙奇逢以九十二岁高龄，终老于河南夏峰村，结束了教授著述生涯，葬于夏峰村东。去世前数十日他已不能进食，但仍然整衣危坐，与门人、子孙讲论不辍。直到口不能言，以画代字。后来掌心画字已难辨别，仍艰难指画，身边的子孙与弟子们都心酸含泪，一代大儒，讲学弘道直至生命最后一刻。他曾说：“七十岁功夫较六十而密，八十功夫较七十而密，九十功夫较八十而密。学无止境，此念无时敢懈，此心庶几少明。”他的一生，笃行孝友、践行节义，有着强烈的民族气节、大爱情怀，“始于豪杰，终以圣贤”，与容城县另两位先贤（元代理学家刘因、明代忠臣杨继盛）合称“容城三贤”，清道光八年（1828 年）从祀文庙。

孙奇逢在世时便享誉已久，每到一处，总是受到夹道欢迎，被人们争相挽留。他曾写诗描述这种情况："小车花外人争挽，不是尧夫愧此留。"去世后，亲友与门徒皆悲痛万分，服丧追悼。地方官吏、士大夫吊唁者属路不绝，有的从数百里之外赶来，赶不到的，就地服心丧。京城之内，农夫牧童、商贩佣工，也为之罢市停耕，奔走哭吊，哀声震地。据顾炎武云，"会葬近千人"，其德行入人之深，可见一斑。安葬之后，仍有人从千里之外来夏峰凭吊，拜像长哭，"以所学相质"，遗憾未能向先生多学习。

（三）

"夏峰学派"在明清文化史上占有重要地位。孙奇逢为学"以慎独为宗，以体认天理为要，以日用伦常为实际，以深造自得为途径"的治学思想对明末清初崇尚虚夸、纲纪废弛的社会现象起到了正本清源、补偏救弊的巨大作用。他有着高度的社会责任感和学术上的使命担当，"独肩道统四十余年"，"气魄独大"，北方学者奉为泰山北斗。黄宗羲《明儒学案》单独为其列学案，《清儒学案》第一则为《夏峰学案》，《清史稿·学人列传》第一便是孙奇逢，《大清畿辅先哲传》将其列为"师儒一"。著有《理学宗传》《读易大旨》《四书近指》《书经近指》等大量传世的学术专著。

孙奇逢既是一位伟大的思想家，又是一位桃李满天下的教育家，黄宗羲评"北方之学者，大概出于其门"。他培养影响了清初北方整整一代学者，再传弟子、私淑弟子更是多如繁星。著名的弟子有汤斌、魏一鳌、崔蔚林、戴明说、赵御众、高鐈、王之徵、马之驯、王馀佑、韩鼎业、薛凤祚、马尔楹、耿极、刘鸿声、耿亦夔、郭迓熙、郭治化、陈奉敕、任宅心、张灿然、耿子亮、马胤锡、景乾祯、申涵光、耿介、费密等，可谓弟子遍天下，贤者不计数。

孙奇逢为人平易谦和，景仰他的人以为"高洁不可即，而即之甚恭而温"。他不分贵贱，因人施教，各得其材。即使悍卒、武弁、引车卖浆者流，甚至某些做过错事的人，他也倾心相待，谆谆教导，劝其为善，"与人臣言忠，与人子言孝，与人弟言悌"。有人责难他瑕瑜不分，门徒太滥。他说："与人为善，论其见在。已往、将来安可必耶？"就是说，应该着重于现在，而不可苛责过去，更不能因为未来难测，而放弃眼前的教育。一代大儒谦和下士令人景仰，因而被民间美誉为"北方孔子"。

在那个普遍轻视体力劳动，认为“读书至上”“书中自有黄金屋”的时代，孙奇逢鼓舞门生和子侄“耕于此，读于此”，不要“小视学稼”。这些看法，于当时学者，无疑是有深刻意义的。孙奇逢纪念馆院内有东厢房三间，名为“躬行实践”，即反映了他重视实践的思想理念。

室内悬有两副对联，“续兼山堂原孝友；迁卫水家本金容”概述了孙奇逢远行的足迹；“天杰物灵圣贤地；英才辈出北城人”则透着北城村人作为孙奇逢故里一员的自豪与骄傲。

纪念馆后面建有“征君文化园”。园内花木蓊郁，入园之处左侧有一方巨石，上刻“孙奇逢家规十八则”，其朴素敦厚的治家之道至今仍有借鉴与传承意义。园内中央有亭，曰“长孝亭”，南侧墙壁绘有“二十四孝图”。

孙奇逢思想不但在学界影响深远，在家族中更是世代延续。现在的河南夏峰村古风犹存，孙征君墓和兼山堂在夏峰村后人的保护下依然存在。夏峰村孙氏后人众多，秉承遗风，书香不绝。（现“兼山堂”已落架大修，并由孙奇逢十五世孙、夏峰学会会长孙敬洲主持举办“兼山堂”读书会，赓续征君夏峰文化。）

孙奇逢对容城县的影响也从未断绝，他南迁以后有多名容城籍士子奔赴河南，子侄辈更是往返容城与夏峰之间自觉传承征君精神。如今交通便利，信息通畅，容城与夏峰孙氏后人之间联系更加紧密，传承征君文化。容城境内除北城村的孙奇逢纪念馆之外，县城南面还建有三贤文化广场，里面塑有刘因、杨继盛、孙奇逢的雕像，雕像下方刻有三人的简要生平。三贤文化广场从早到晚游人如织，容城三贤精神得以广泛传播。三人之中，刘因勤于著述讲学，为元初诗人和理学家；杨继盛忠烈报国，死劾严嵩刑场就义，为明朝第一谏臣；孙奇逢自觉传承两位先贤的厚德高识，“始于豪杰，终以圣贤”，为一代硕儒，其学术成就和人格魅力，令世人由衷钦佩和敬仰。

困苦与别离都是人生的功课

清顺治六年（1649 年）农历十一月，已经快要过年了。年，对于中国人来说一直都是一个特别重要的字眼，离家在外的人们都在往家赶，与家人过个团圆年。六十六岁的孙奇逢却在洒泪祭拜了亡故的二哥之后，拖家带口，还有追随他的宗族乡党、弟子们几十口人，从家乡直隶保定府容城出发，开始南迁，离家远行。一路上，他坚持记日记，是为《日谱》，一直到九十二岁去世，这部卷帙浩繁的《日谱》让我们得以清晰地了解一代硕儒真实的晚年生活。

故乡故土，家园家人，最是难以割舍。祭拜二哥的时候，孙奇逢赋诗《哭仲兄》一首，字字泣，声声泪："竹马肩随近古稀，白头心事更依依。荆花落尽难归树，目断天空一雁飞。"

无论怎样眷恋故园，因清初的圈地令，孙奇逢不得不离开家乡南下。清顺治八年（1651 年）闰二月初十日，到了共城，六十八岁的孙奇逢在《日谱》中写了一首诗，记载了一路随他颠沛流离的妻子杨氏病重的情景：

老妻病苦有述

老妻素善病，近乃益缠绵。
逆旅乏姻党，道路苦迍邅。
触目家山别，况复心性悁。
由来多谨饬，一语不轻宣。
事偶与情违，中怀几熬煎。
孙妇及孙女，归来路六千。
出门不及见，念结寤寐前。
郁郁常不乐，所需亦缺然。

床褥侵寻久，药饵每失权。
犹幸诸儒子，承意在言先。
颇称佳儿女，病榻庶无愆。
衰迟老腐儒，每切同病怜。

老妻本来身体就不好，此次远离家乡风餐露宿，又容易忧郁想不开，近来更是病势缠绵了。妻子病重，孙奇逢亦是衰老之年，“每切同病怜”，感同身受。好在久病床前亦有孝子，在孙奇逢孝友家风的熏陶影响下，孩子们都是“佳儿女”，对母亲照顾得无微不至，令人欣幸。尽管如此，一个多月后，妻子的病情还是严重了。儿女们悲伤难抑，就像“病急乱投医”一样，什么方法都想试试。于是他们开始祈祷神灵，希望能让母亲的病好起来。孙奇逢对这种方法看得很开，他一生为人处事都是这样的胸襟气度：大家各有各的想法，即使观念不同，也要尊重每个人。他在三月二十一日的《日谱》中写道：

> 诸儒子为其母病久，夜静祷于神。予闻而谓之曰：此理在有无间。谓其有，子路请祷。子曰：“丘之祷久矣。”谓其无，周公又何以为武王祷也。总之无无道理之时，如此时侍病，药饵、饮食，竭力自效，此不必说。更有吃紧一节，病人困顿日久，喜乐时少，怒哀时多，岂能一一中节？侍病者，正宜平心和气，以承事久而加敬。兄弟相戒论，妯娌相劝勉，成就为佳儿、佳妇，正在此时。大凡齐家修身之人，时时有齐之、修之之道。一念玩忽，便生罅隙，此时此际，更宜理会。先儒谓：凡遇事不可轻易错过。试思此时错过后，岂有偿补之日乎？

这则《日谱》，从儿子们为了让母亲的病能有所好转而“夜静祷于神”之事说起，还举了两个例子说明“此理在有无间”，这就像我们常说的“信则有，不信则无”。凡事都自有道理。照顾病人，药物、饮食是自然要精心的，这个虽然辛苦，却很容易做到，难的是心平气和地对待病人，因为生病卧床太久了，病人性情就会变化，高兴的时候少，哀伤生气的时候多，肯定不能有所节制，不会都很恰当。这种情况才最考验照顾病人的亲人，时间越久越考验人。“久病床前无孝子”说的就是这种情况下做到孝有多么难。孙奇逢认为，“大凡齐家修身之人，时时有齐之、修之之道”，这正是人生的功课，是真切体验修身齐家功夫的时候，是提升自己的好时机。所以先贤硕儒都严格要求自己，不使一念玩忽，日常生活中任何一点微小的念头都不会放过。

又过了二十多天，到四月十七日的《日谱》，已经是记载妻子病危的情景了："老妻病困五阅月，女孙及孙或四岁，或三两岁，入门解问起居。老妻虽危殆，犹凝眸顾盼，以意答其语。"

稚弱频频问起居，病人虽困颜色舒。
到头两字唯情理，老幼斯时见性初。

杨氏已经病得说不了话，只能转动眼睛，用眼神回答年幼的孙子孙女的问询。孙子孙女频频前来，问问祖母是否好点，是否想吃东西，唯其年幼，更见本性，这是非常令人欣慰的。

四月十八日，杨氏的病情更加危重，儿子尚雅照顾母亲，常常忍不住失声痛哭。在这天的《日谱》中，孙奇逢是这样教导尚雅的："汝恸不益增母之病乎？只宜躬奉汤药，慎进饮食，母心得欢，母病可减。此人子侍疾之道也。"我们仿佛可以看到一个瘦骨嶙峋的老翁，面对困苦的境地和病重的妻子，眼中却闪着坚毅的光芒："尚儿啊！你这么悲痛，你母亲看到不更难过吗？她难过不更加重她的病吗？你只要好好照顾，喂药喂饭，让母亲心情舒畅，母亲的病就能减轻了。这才是儿子照顾病中的母亲应该做的。"

第三天，四月十九日，杨氏去世了。这一天孙奇逢记的《日谱》很简短，只有这么两句："室人杨氏卒。马玉笋差二役为经纪丧事。随令景乾贞、薛怀我来吊，问所需。"时任水部郎马光裕（号玉笋）向有礼贤之心，对孙奇逢这样的大贤硕儒更是极为敬重，知道孙奇逢生活拮据，马上派人前来帮忙料理丧事，吊唁逝者，并询问有什么困难。

妻子去世后的第二天，四月二十日，马玉笋亲自来吊唁，并致赙（拿财物帮助人办丧事）。就在这一天，孙奇逢为亡妻杨氏写了一篇祭文。杨氏是孙奇逢的继室。万历戊午七月廿七日，孙奇逢原配槐氏早逝，年仅三十四岁。三年之后，孙奇逢续娶杨氏。孙奇逢为槐氏写有祭文，对槐氏非常尊重，赞她为"生平良友"。祭文的末尾，孙奇逢说要将槐氏的寡母当成自己的母亲来奉养，让妻子九泉之下可以放心。他是这么说的，也是这么做的。而继室杨氏，待槐氏的母亲就像自己的母亲一样，极为难得。如今，对陪伴了自己三十三年的杨氏，孙奇逢也很尊重，并很歉疚，杨氏婚后的生活很是艰难困苦。婚后三十三年，杨氏多半在病中度过。孙奇逢总结她的病因，缘于三点："心太细、胆太小、胸太窄。"（这里所说的胸窄和我们现在说的心胸狭窄不是一回事，指的是心重，放不开。）这三点，让孙奇逢对妻子既心疼又担心。自从杨氏嫁给自己，就没过上好日子。孙奇逢感叹自己五十多年的举人，尽管朝廷一再征召，他却没有利用举人的身份出仕做官，不慕富贵，一生清贫，但也苦了妻子。家里人口越来越多，生活越来越拮据，妻子始终克勤克俭，与自己共安贫困，尤其是"二十年来，屡经患难，浮家于山，浮家于水。而以细心、胆小、胸窄之人，安得不郁而病，病而困耶"。颠沛流离的日子，心态不好，身体怎么会好呢？所以就一直困于病。不仅如此，杨氏还要抚育槐氏留下的五个子女，后又生育三个儿子，八个孩子，杨氏一视同仁，绝不失言失礼，不让非己所生的孩子受一点委屈。这是心细、胆小而胸窄的一个优点，不会对任何一个孩子不管不顾、自私冷淡。

三十多年来，亲戚朋友都称颂你的慈爱，称颂儿子儿媳孝顺，孩子们都不知道你是他们的后母，也不知道兄弟六个是异母兄弟。我还怎么批评你心细胆小胸窄呢？我担心你的身体，常常劝你，其实我也是这样啊！每当我胸怀愤懑、抑郁难解之时，你就劝我："我的病因此而来，你怎么也这样呢？"这话如醍醐灌顶，对我帮助太大了，真不愧是良友之言啊！我父母去世早，你从未见过公婆，却虔诚拜祭，与妯娌亲戚相处也特别和睦。到共城五个月你一直卧病在床，竟再无好转。这么长的时间，纵使千辛万苦，你从未有过不合礼的事，从未说过不合情理的话。如今天人永隔，孩子们再也见不到你，这是多么让人心痛的事啊！

这篇祭文延续了孙奇逢一贯的风格，不事辞藻，务求真挚。这些家常的深情的语言后面却又藏着深刻的哲思：生死有命，但人的身体状况和人的心态、境界却息息相关。善于发现，勇于改过，生离死别都是人生的功课。

祭室人杨氏文：

嗟乎！恸哉！汝归予三十有三载，多半困于病。其病也，以汝心太细、胆太小、胸太窄。心细则不肯轻出一言，轻举一事。胆小又不敢轻出一言，轻举一事。胸窄则一言一事如吾意而神舒，一言一事拂吾意而哀郁。汝归予，汝所育之子三，而非已所出之子若女五。予五十余年老贤书，萧然寒素，食指日繁，汝既与予共安贫贱，而克勤克俭，一身拮据。且二十年来，屡经患难，浮家于山，浮家于水。而以细心、胆小、胸窄之人，安得不郁而病，病而困耶。然有所甚幸者，汝唯心细、胆小而胸窄，遂终其身，不肯有失言失礼于非已所出之子女，且令非已所出之子女，终其身，绝无有失言、失礼于汝之身。姻亲姻党，三十余年颂汝之慈，颂子若妇之孝，若不知其为后母，并不知其为异母兄弟。此皆细心胆小、胸窄之所贻也。而敢为汝咎乎？予尝以此戒汝，劝汝，而予之病正坐此。每当胸怀愤闷，拥郁无聊之时，汝且慰我，曰：“我之病素坐此，如何君亦犯之？”冷然一汗。良友之言岂是过耶？汝不识舅姑面，而时祭忌辰，有献必洁。处妯娌、族党和睦。平生不与人戏谑。抵共城五月，俱在床褥，竟不起。嗟乎，恸哉！临危之日，问所欲言，曰：我从来未尝自主行一事，今何言。亦无容言病困五月，百苦难堪，绝无一拂礼，不中情理之语。今已矣，此夕入棺矣，子孙满前，永无见面之日矣。率书此语以告汝，并以示后之子孙。汝灵有知，定鉴予言。

在接下来的《日谱》中，孙奇逢又写了《鼓盆吟》《封灵有文》《遣立儿家报》《为亡室杨氏实录》，悲痛之中，字里行间是坚韧和旷达。“予衰年泪眼相看，不禁凄断。每念汝宜保重之言，强自排遣，以慰汝心。”强自排遣，胜过一味沉浸在悲伤之中不可自拔。《遣立儿家报》中，一代圣贤孙奇逢，完全是一个家常烟火气的老人，对留在容城家里的大儿子立雅谆谆叮咛，“以日用伦常为实际”的治学宗旨得到了充分体现。一大家子老的少的，儿子女儿，侄子们，孙子孙女甚至孙妇，都在他的心里，关切问询，时时系念。

二十二日：

鼓盆吟

清贫共守卅余年，良友规条寄阃前。
五月共城淹病骨，一回涉想一潸然。
嘱我年高莫恸心，恸心更在老将临。
鼓盆莫认心非恸，忍恸为歌恸转深。

二十五日，封灵有文云：

汝之逝也，倏忽七日，今暂封汝灵于客堂。客堂之东偏，诸儿诸妇旦夕守护。汝虽卒于客，子有六五在此，妇有五四在此，侄有五三在此，而宗族、乡党、亲戚、故旧，络绎不绝。且此中之官师、绅士莫不来吊汝。颂汝之妇道，母仪贤成寡二。盖棺之日，颇不落寞。予衰年泪眼相看，不禁凄断。每念汝宜保重之言，强自排遣，以慰汝心。汝义理素明，神气不乱，灵魂定当依恋于此，岂以幽明路隔精爽，遂不相通耶。

二十七日：

遣立儿家报

汝母于四月十九日辞世。五月病苦，不堪回想。初以孙女、孙妇两事不及到家一看为歉。及病甚，以汝三十三年恭谨，不及一见为恨。在祁州与汝大姐欲图一见，又错过。三姐在祁，多受劳苦。又念高雅之母瞽而老。以一帕遗之，凡吾家长幼、男妇，无一人不在意中。临危神明不乱，无一语不中情理。马工部差二役经纪丧事。幸申之、构斯在此昼夜相伴，差可慰解。拟秋后归梓，须大费商量耳。汝闻信，当为位投呈于学，唯疾之忧，千里之外，信轸老怀，慎之，慎之。罗更传说维雅病又犯，令我心忧。穷困至此，宁堪多病？千万谨慎。抱雅家有数口，地无一亩，不知作何生路。

五月初一日，为亡室杨氏实录（入家谱）。

无论多么艰难，人死之后，总要入土为安。此时的孙奇逢，已是困苦到连这一点也无法做到，只好求助于友人。《与马玉笋》《与马玉笋水部》读来令人心酸不已。这样的经历是最重要的考验。以孙奇逢举人的身份，在清初统治者极力笼络知识分子的大环境下，不难谋个一官半职，让自己衣食无忧，还能达到小康生活水平，而且都不用自己谋，有人荐举，朝廷征召，虚位以待，但孙奇逢婉辞不就。“饥饿穷愁困不倒，声色货利浸不倒，死生患难考不倒，人之事毕矣。”这就是他给人生考题所做的答卷。

五月初二日：

与马玉笋

……弟之自处，只合于城外山庄，得数间盖茅之舍，数亩种瓜之田，与诸儿栖息为上著。无奈罹此不幸，老妻客死，秋后归梓，力万不能。闻有令亲最精堪舆，即借庇荫，于先生庄旁，择一席隙地，暂寄老妻于浅土，庶得徐图归葬……

初五日：

与马玉笋水部

托先生庇荫地，已得吉归，而心伤者久之。继而复自慰，念亡妻甘贫偕隐，不减庑下。今流离客死，游魂不返，人非木石，能禁凄断？然何以欲卜地，而遂有其地，遂有相地之人，又有左右相地之人，神鬼一一默为布置，俾死者不委于沟壑，此段知爱，又能不令人感而慰，慰而愧耶？

友人相助，亡妻可以入土为安了。看似简单的一件事，折射出的却是孙奇逢的人格魅力。孙奇逢学问深笃，一身正气，待人蔼然可亲，为人一心为公，一生不为己谋，“以友朋为性命”，朝野共仰其风范，良友满堂，弟子追随者众多，因而在他遇到困难时，一封信便解决了问题。两年后，马玉笋离职回乡，甚至将夏峰村自己偌大的田园房屋一分钱不要，全部送给了孙奇逢。高谊千古，马玉笋因此事也名留青史。当然，这是后话了。还是继续来看当时孙奇逢人生中的功课：接下来的一件事是古时常见的“镇宅灵符”。

初七日：

有西僧送镇宅灵符。余曰：宅之不安，为失道也。父父，子子，兄兄，弟弟，夫夫，妇妇，而家道正，何以镇？为循理则安，从欲则危，千古不易之理，己之不正，而求媚于鬼神，皆惑也。学者不可不知。

如何理解“镇宅”一事，孙奇逢以《易》“循理则安，从欲则危”为行事准则。宅安不安，不在有没有镇宅灵符，这灵符其实就掌握在自己的手里。得道则安，失道则乱。遵循人伦纲常，人人做好自己在家里的角色，家道正，不需镇。家道不正，镇也没用。循理而行，家庭自然安宁和睦。

初八日：

澜孙来视其祖母，离家之日，即其祖母谢世之日也。盼盼然冀其一见，迄来而不能见矣。

十七日：

故室人杨氏拟寄葬夏峰东原，是日开灵。

二十一日：

寄葬室人于城东南十二里夏峰村之东南隅马水部玉笋庄地也。……有联云：

三载浮家幸托云山同庑下；
一朝客死恸将骸骨寄苏门。

在好友马玉笋的帮助下，亡妻安葬在夏峰东原，马玉笋的庄地。孙奇逢的孙子孙澜从容城老家出发，来看望祖母，从家里出来之时，就是祖母去世之日，盼着想见一面，可是到了这里却见不到了。这是怎样的伤心难过啊。杨氏下葬之后，孙奇逢写了一副对联："三载浮家幸托云山同庑下；一朝客死恸将骸骨寄苏门。"悲痛之情溢于言表。暮年南迁，归根无望，颠沛流离，亲人客死，困苦与别离是人生的打击也是人生的功课，是被打倒还是将这门功课修习完善，是一个考验风骨和智慧的选择。孙奇逢，无论面对国家的大变革（明清易代），还是家人朋友的生离死别（东林诸贤被害，好友孙承宗、鹿善继等人殉国，父母早亡，哥哥弟弟先他而去，留长子立雅守祖墓，洒泪别故土，原配槐氏早亡，继配杨氏亦客死苏门……），无论人生有多少打击和不如意，都只看作是要修习的功课，"大凡齐家修身之人，时时有齐之、修之之道"。因而他不但没被打倒，反而成就了"立德、立功、立言"三不朽的人生，广博的胸怀、高远的境界、宏大的格局、乐观的心态使他在明清鼎革北方学人大多凋零之际，肩负起保护优秀传统文化、赓续道统、传承文脉的重任，寿九十二岁，成为中国历史上不可多得的高寿先贤。

明末清初学术生态与孙奇逢实学思想

孔子在《论语·子罕》中说："苗而不秀者有矣夫！秀而不实者有矣夫！"自古以来有志之士都力避秀而不实、华而不实。春秋战国时期，学术风气开放活跃，百家争鸣，不乏真才实学之士，但也有一些知识分子混在其中虚谈哗众、沽名钓誉。东汉思想家王充在《论衡·非韩》中对这样的现象给予了批判："盖谓俗儒无行操，举措不重礼，以儒名而俗行，以实学而伪说，贪官尊荣，故不足贵。"鲜明地提出了"实学"的概念。到了宋代，作为儒家思想的一个重要部分，"实学"的含义更加具体。宋代佛家、道家学说盛行，宋儒倡"实学"，继承唐韩愈《谏迎佛骨表》的精神，试图救治社会上喜好佛、道的消极避世思想，使士人阶层能更多关注社会现实，解决现实问题。

明清之际，社会矛盾多发且空前尖锐，迫切需要儒生们深刻反思，回答时代提出的救世方案，切实拷问"修身齐家治国平天下"的儒家治学理念，探讨如何将其落到实处，因而以经世致用为宗旨的实学思想达到高潮。后来，实学演变出多层含义，道德实学、考据实学、启蒙实学等，但经世实学始终是主流与核心。

一、孙奇逢实学思想溯源

"经世致用"在《辞海》中的解释为："明清之际主张学问须有益于国事的学术思潮。"

孔子所创立的儒家思想本就是一种"入世哲学"，孔子自己也身体力行，于各诸侯国之间奔波劳碌，力求实现"三代之治"的理想。到了宋朝，理学在南方纵深发展，至南宋成形。在中国北方，因长期处于政治中心，北学更是形成了"重救世、救民于水火"的致用传统。元代经姚枢、许衡、刘因等人的努力，理学北传，并进一步强化了重实践不重理论的传统。

明朝末年，强敌环伺，农民起义又风起云涌，但部分学者、士人尚空谈，轻实践；重义理，忽视经世致用，导致一些知识分子“平时袖手谈心性，临危一死报君王”。甲申大难，诸臣大多救国无方，“愧无半策匡时难”，一部分降清，一部分归隐，一部分以死报君恩。此时，胸怀实用救国韬略的豪杰之士，纷纷走到历史前台，将经世致用实学应用到实际中。

孙奇逢十七岁中举，其文被房师韦石麟评为“疾徐丰约，一准程朱”，虽未读程朱书，但已在父辈师友影响下初窥理学门径。至十九岁，“父命从季父成轩公学”①。孙奇逢的祖父曾与王阳明的弟子邹东廓之子邹美讲论心学，颇有所得，因而孙奇逢可算王阳明的第五代弟子。其友鹿善继亦服膺阳明心学。孙奇逢九十岁时，成都费密从学，“有答书云：……念衰朽少承家学，自先祖沭阳公与阳明高弟邹东廓之子讳美者，同举京兆，得闻其家学，故平生口无伪言，身无妄动，以躬行教子若孙。老夫奉父命从季父成轩公学，此渊源之所自，而尤得良友鹿伯顺夹助之力居多，伯顺深得阳明之学者也”②。可见，孙奇逢早年既受程朱理学影响，又学宗阳明。象山阳明之学，即陆王心学。初，陆王心学亦重实践，而不是像后期那样“玄”“虚”。陆九渊“治理荆门一年，荆门大治……可以验躬行之效。朱熹都认定陆九渊‘专务践履，于践履中要人悟得本心’。针对朱熹派析事功与学术为二，王阳明不但自己躬行践履，文治武功煊赫至极，而且特别拈出‘知行合一’”③。王阳明在世时，弟子们在其事功感召下尚不离“行”，明朝末年，随着王阳明去世后王学弟子们门户分裂，阳明心学在南方的整体实力逐步弱化，其“知行合一”理念因弟子们对王阳明的事功无法企及，渐渐偏离了“行”，过于强调心学的“致良知”，夸大良知的作用，从主观能动性的优势渐渐陷入虚无的泥潭。尤其是左派王学禅宗佛学色彩愈来愈浓厚，脱离实际，“虚日益虚”。与之相对，程朱理学弊端也日益显现，堕入支离，“实日益实”。

---

① 汤斌、耿极：《孙夏峰先生年谱》，张显清主编：《孙奇逢集》（中），中州古籍出版社，2003年，第1380页。

② 汤斌、耿极：《孙夏峰先生年谱》，张显清主编：《孙奇逢集》（中），中州古籍出版社，2003年，第1439页。

③ 王坚：《无声的北方：清代夏峰北学研究》，商务印书馆，2018年，第132页。

与阳明心学在南方弱化相反，阳明心学与北方如火如荼的现实斗争结合起来，一批有志于世的儒学大师吸收了阳明心学的积极因素，读《传习录》而不止注重“致良知”，更重视王阳明反复强调的“心在事上练”，将主观能动性落到实处。在这方面，“燕南王学”是其代表。“晚明流行于河南河北以李三才、赵南星、孙承宗、鹿善继、范景文及孙奇逢为代表的燕南王学集团就力避空谈心性而主张躬行实践。”① 重节义、重事功、重实践是北方阳明学大儒的共同点，其中鹿善继对孙奇逢影响最大。鹿善继，字伯顺，号乾岳，少承家学，不入塾师。明万历二十二年（1594 年）八月，鹿善继应顺天乡试，“因场中题未得解，归而旁搜诸家注义，其有采辑王文成公《传习录》中语者，每阅之，辄心动。时侍御公方按苏松，先生启购焉，侍御公为之色喜”②。第二年，他终于得到祖父鹿久徵在任上寄送的一部《王文成公全书》，于是取其中《传习录》，“寝食其中，慨然有必为圣贤之志。而一切着落，皆身实践之”③。为克服朱熹理学易破碎支离和阳明心学易玄虚空洞的缺点，鹿善继著有《四书说约》，以“反约之道”避免两者之短，其核心为“反求之心”和以身实践。他的一生都在践行着“皆身实践之”的实学思想。他不惧皇室特权，依据旧制扣留“金花银”，因而受到降级、调外的处理。明天启年间孙承宗督师山海关，鹿善继参赞军务，“初高阳公至关上，仅得甲士三千，立骑兵营，其经营惨淡之苦，惟先生同之。厥后恢复辽疆四百里，凡五城七十二堡，所与密画者，先生一人而已”④。天启年间参与营救被魏忠贤阉党迫害的东林党人。崇祯九年，以赋闲归田之身义守定兴，城破殉国。“自少至老，在邦在家，只求事事不亏本分，时时不愧本心，故能崛起北方，倡明绝学，卒之杀身成仁，舍生取义，为有明一代真儒云。”⑤

作为鹿善继的挚友，孙奇逢深受其实学思想影响，以回归、重释孔孟经典的儒学大视野，会通程朱陆王，将朱熹“格物致知”与王阳明“致良知”相结合，尤其重视王阳明“知行合一”思想，进一步提出“知行并进”。“孙奇逢之说，的确是知行并进的。‘圣贤事业，圣

① 王坚：《无声的北方：清代夏峰北学研究》，商务印书馆，2018 年，第 4 页。
② 陈鋐编：《鹿忠节公年谱》卷上，中华书局，1985 年，第 2 页。
③ 陈鋐编：《鹿忠节公年谱》卷上，中华书局，1985 年，第 2 页。
④ 陈鋐编：《鹿忠节公年谱》卷上，中华书局，1985 年，第 19 页。
⑤ 陈鋐编：《鹿忠节公年谱》卷上，中华书局，1985 年，第 2 页。

贤学问，总在躬行上取齐。’这是认识论发展史上的宝贵思想。然尤其可贵的，亦不尽是躬行人伦，践履道德，他不自觉地外触到社会问题。”① 将王阳明的事功作为重中之重，补偏救弊，并身体力行，躬行实践，经世致用，虽不为官，却于明末积极参与社会事务，做了很多震动朝野的实事，产生了极大的社会影响。

清初，北方知识分子大多因战乱凋零，孙承宗、鹿善继等人亦殉国，作为中国北方硕果仅存的一代大儒，孙奇逢因家园被圈占而南迁河南夏峰村，独肩道统四十年，授徒讲学，躬耕著述，为学“以慎独为宗，以体认天理为要，以日用伦常为实际，以深造自得为途径”，成为清初北方学术思想的集大成者，北方学者奉为“泰山北斗”，形成独树一帜的夏峰北学，开启清代新的务实学风。

二、孙奇逢实学思想于其自身的体现

“莫谓我耄年，我胸中别有天。饥餐困睡随方便。也不学禅，也不谈玄，一编孔孟彻宵旦。说什么程朱王陆，门户便相悬。从陆征鞍，顺水扬帆，到头一样达畿甸。道同源，躬行实践，舌上莫空谈。”在明朝皇室后裔朱国沛（明朝灭亡后改名杨天放）写给孙奇逢的《夏峰歌》中，孙奇逢对弟子们谆谆教诲，不断强调躬行实践的重要性。

早在明朝万历年间，年轻的孙奇逢便不囿于书斋，以举人的身份团结乡绅，积极参与地方社会事务。

万历三十五年（1607 年）九月，二十四岁的孙奇逢在父亲墓旁结庐而居守孝三年，期满后刚刚回到家中居住不久，即遇到容城举人梁如星和一个姓薛的秀才被宦寺羞辱之事。孙奇逢与几个乡绅团结起来为梁如星等人申冤。他满腔激愤地上书知县：“异哉梁孝廉薛茂才之事！天理王法真是大变！夫薛珰，一小竖子耳，余皆小竖子之奴隶耳！遂敢鞭棰孝廉，幽囚士子于奉诏入试之日，尚可谓有世道哉！阉人之炽恶，斯文之丧气也。明公风教攸握，值此非常异恶。察其主谋者何人，党恶者何人，严讯而置之法，庶秽污刑余之徒犹知有朝绅，犹知有天宪，则扶文抑暴之功高于千古矣！”② 字里行间燕赵悲歌慷慨之豪气显露无遗，且不限于严词声讨，而是提出切实解决方案，“扶

① 李之鉴：《孙奇逢哲学思想新探》，河南大学出版社，1993 年，第 165 页。

② 汤斌、耿极：《孙夏峰先生年谱》，张显清主编：《孙奇逢集》（中），中州古籍出版社，2003 年，第 1380 页。

文抑暴”，打击黑恶势力，整肃社会风气。

天启年间，魏忠贤阉党迫害东林党人，杨涟、左光斗、魏大中、周顺昌等人陆续被逮捕入狱，并被诬赃银若干，数目不等。孙奇逢家境清贫，遂与鹿善继之父鹿正、白沟张果中一起不顾生命危险，募集资金，义助“完赃”，展开营救活动。孙奇逢还上书督师山海关的孙承宗，请他设法营救，辞极迫切。虽最终因阉党势炽，营救失败，但三人不惧凶险身体力行的豪杰之气令世人景仰，被誉为“范阳三烈士”。

崇祯九年（1636 年），清兵多次进犯京畿地区，孙奇逢率宗族乡党守卫容城，与清兵激战七昼夜，周围县城均陷落，独容城得全。“岁丙子，大兵薄畿辅，逼容城，公与兄若弟率宗族乡党入城，邻邑戚友奔集依公者数十百家。时秋霖土堞倾圮，西北隅尤甚，公独领西北一面。未筑而兵突至，即窥其圮者。公随御随筑，移时而城成。调和官绅以济同舟，倡劝捐输以保身家。攻数次，竟得保全。于时，邻近大邑俱陷，独容城屹然若金汤。巡抚都御史张其平、恤刑员外郎胡向化俱上其事，奉旨加级擢用；嗣南大司马范景文以军务聘公，俱辞不赴。”①

此时，孙奇逢还积极地进行参政实践。容城守御成功后，眼看京畿地区随时会面临清军更猛烈的进攻，孙奇逢上书官府，要求修缮城墙，训练武备。但明朝大势已去，官府亦不作为。为使在战争中受害最深的老百姓得以休养生息，“孙奇逢向容城知县递交了《呈为祸惨民穷恳恩奏请俯赐蠲恤以保残黎事》的呈文，极言容城遭兵祸的惨状及民众困穷的实态，也备述了容城百姓在没有官府一兵一卒的情况下坚守容城所获得的胜利，请求知县能够把他的呈文上呈朝廷，宽缓马价赔补，让老百姓得以休养，能够活下去”②。

孙奇逢感到容城已无法继续守卫，遂果断放弃，转而守御易县的五公山。此时，追随孙奇逢的宗族乡党及五公山下当地村民已千余人，孙奇逢将大家统一组织起来，闻警入山，筹划部署，明确职责，纪律严明，抵御清兵。这时候，若只是空谈心性，不深入实际，躬行实践，那就只能一死了之了。孙奇逢重视实践，关注社会现实，用学

---

① 魏裔介：《孙征君先生传》，张显清主编：《孙奇逢集》（中），中州古籍出版社，2003 年，第 1328 页。

② 李留文：《孝友传家教泽长——北方儒宗孙奇逢》，大象出版社，2018 年，第 44 页。

问解决实际问题，从未与社会脱节，因而能够临危不乱，指挥若定，守御有方。他闻警即率众入山，敌人散去，警报解除，就应邀到定兴百楼村授徒讲学。如是者三次，成功抵御了敌人入侵，显示了孙奇逢卓越的军事才能和将心学要义运用到实际中解决现实问题的实学魅力。

明末动乱之际，孙奇逢便于战乱间隙短暂的和平时光与师友切磋学问，著述讲学，始终不忘文化传承的重任。清朝定鼎以后，圈田令下，孙奇逢故园已不可居，他先是流寓新安（今雄安新区安新县），协助当地士绅编著《新安县志》，后举家南迁河南辉县夏峰村。

在夏峰村，孙奇逢以家乡容城先贤——元初大儒刘因为榜样，朝廷屡次征召而不仕，著书讲学，教化一方百姓。其为学“以慎独为宗，以体认天理为要，以日用伦常为实际，以深造自得为途径”。此时的孙奇逢，早已步入人生的暮年，但面对战乱之际社会礼崩乐坏而北方学人又大多凋零的现实，他以高度的历史责任感和自觉的担当意识，独肩道统，赓续文脉，“耳聋免听俗人语，眼暗不观非圣言。暗中检点，策励无忽风烛年”。年愈老而志愈坚，“一编孔孟彻宵旦”。他合程朱、陆王两派以回归孔孟儒学，构筑一个宏大的道统体系，历时近二十年著成《理学宗传》。他暮年学《易》，与“三无道人”雄县李崶研读讲论，著成《读易大旨》。自南迁之日起，他便逐日记下所见所闻及与友人弟子之间的交往研习，从无间断，终成《日谱》。此外，他的著作还有《四书近指》《尚书近指》《畿辅人物考》《中州人物考》等，都是中国文化史上极具价值的著述。

清朝建立后，复明已无可能，南迁后的孙奇逢于是将节义事功转移到日常生活中来，“以日用伦常为实际”。儒学历来重视家庭人伦，士大夫修身、齐家、治国、平天下，齐家是承上启下的关键一环。孙奇逢在齐家方面的实学践履是贯穿其一生的，“孝友”二字写在心上，更写在行动上。早在他十几岁还在求学的时候，就已经做到了舍小我为大家。“先生非义不取，上官或有以灯火之资馈者，父母分给之，先生仍出为公用。”① 到后来他率众守御五公山，为齐人心，带头把自家所有的粮食拿出来给众人吃，此举令他威望更高，随行众人抛却私心，同舟共济，五公山守御战因此大获全胜。在夏峰村，他以礼治

① 汤斌、耿极：《孙夏峰先生年谱》，张显清主编：《孙奇逢集》（中），中州古籍出版社，2003年，第1380页。

家，其理念与规范体现在《孝友堂家规》《四礼酌》《家祭仪注》等著作上，将家庭治理得“喜的是家无逆颜，人人尽让无争辩”，孙奇逢的家庭成了一方楷模。由家庭而宗族建设，“在家庭生活的只是几口人、几十口人，宗族则可以联络几百人，甚至上千人。士人通过世系的梳理、族谱的编纂、祖坟的祭祀、祠堂的修建，就把几百、上千人凝结在了一起。以一人的仁孝，带动一家的仁孝，带动一乡、一国、天下的仁孝，宗族是多么重要的组织形式！孙奇逢意识到了这一点，强调说：后王君公惇行于上，兴仁兴让，本一家以型万家；大夫卿士笃行于下，思孝思悌，合万家以则一家。晰之以昭其辨，合之以洽其情，分而不散，久而不湮，诚亲睦之隆规，适治之大道也。”① 在孙奇逢的大力倡导与亲自支持下，郭氏祠堂、《张氏家谱》《王氏宗谱》等修谱建祠的事情逐步完善和发展，明清易代之际礼崩乐坏的现实风气得到了很大程度的改善。

三、孙奇逢实学思想对明末清初学术生态的影响

经世致用范围很广，从治国理政方面来说，天文、地理、水利、漕运、钱粮、军事、科举、刑狱、盐铁等方面都属于实学范畴；从日用常行方面来说，修身、齐家、待人、接物、交友、著述、授徒……皆是实学落脚处。孙奇逢的弟子王五修问“学下手处”，他说：“日用食息间，每举一念，行一事，接一言，不可有违天理、拂人情处，便是学问。”②

早在为父母庐墓守孝期间，二十多岁的孙奇逢就拥有了极高的声望。父母逝后庐墓三年（三虚年），是儒家传统孝道，孔子于此尤为提倡。但三年都不回家住，而是住在冬冷夏热的茅草屋里，“不饮酒，不食肉，不御内”，实在是太难了。因而除了孔子的弟子为其庐墓三年，后世儒生很少有人能做到这一点，连朝廷高官也做不到。大家只好一边学礼，一边原谅自己做不到“孝礼”。孙奇逢认为既是这样学的，就要这样做。孙奇逢治学，一直把实践和笃行作为准则一以贯之。他与兄弟们一起，不折不扣实实在在地为连续亡故的父母庐墓六年。六年，难度加倍，他也因艰苦的生活条件、严苛的礼仪条例而患了严重的胃病，但他丝毫不退缩，反而将庐墓期间的时间充分利用起

① 李留文：《孝友传家教泽长——北方儒宗孙奇逢》，大象出版社，2018 年，第 152 页。
② 张显清主编：《孙奇逢集》（中），中州古籍出版社，2003 年，第 523 页。

来，学问日进。他们不仅日日哭祭父亲，将各项礼仪实行到位，更将父亲生前所读之书陈列在茅草屋“栖神堂”，日日诵读；将父亲所谕之理放在心头，时时体悟。为父母庐墓六年，是孙奇逢兄弟四人在道义上的深度修行，更是自觉的严格的道德实践。这种纯笃深厚的孝行感动了很多人。孙承宗、鹿善继都为孙奇逢赋诗，并将他与容城的两位先贤刘因、杨继盛并提。

明朝末年，孙奇逢勇救东林、守卫容城、守御五公山……事功赫赫；清初，他南迁河南夏峰村，则为赓续文脉、教化一方百姓做了很多实事，其实学思想鼓舞了弟子及更多的士人。弟子问学，他反复强调：“学问之事，患无下手处，故无得力处。知在‘躬行’二字上著手，便一了百当矣。”“学问事，此中学人津津讲求，渐有头绪，总之不离‘躬行’二字。口里说一丈，不如身上行一尺。”① 孙奇逢弟子遍布天下，著名的就有二百多位，在此仅以其主要者为例来谈孙奇逢实学思想的影响。

1. 张果中

张果中，字于度，直隶保定府新城白沟（今河北省高碑店市白沟镇）人。先从师鹿善继，后孙奇逢为父母庐墓守孝之时，张果中受父命从庐中问业，学于孙奇逢。正是出于对孙奇逢的真实学问、人品道德与付诸实践思想的仰慕，从此时起，张果中便一生跟随孙奇逢，一起守御五公山，一起讲学百楼，一起南迁夏峰，在夏峰村帮助老师整理著作，讲学弘道，直至终老，葬于夏峰村北，被誉为“白沟处士”。

孙奇逢勇斗阉党义救东林，离不开师友及众弟子的鼎力相助。张果中的家乡白沟为交通要道，官宦商贾往来京城都要途经白沟，他家向来是东林诸贤及其家人朋友落脚之所。东林诸贤未至之先，以书信寄张果中，张果中预为谋划并传递信息，还到处奔走打探消息，义助筹款“完赃”。正因张果中在此事中所起的重要作用及其不畏艰险舍生忘死的精神，他与鹿正、孙奇逢被誉为“范阳三烈士”。

2. 王余佑

王余佑，字申之，一字介祺，号五公山人，直隶保定府新城（今河北高碑店市）人。从学鹿善继、孙奇逢，深受乃师赞赏。明末动乱，屡次投笔讨贼，显示了卓越的军事才能。清初孙奇逢南迁，王余

① 张显清主编：《孙奇逢集》（中），中州古籍出版社，2003年，第736页。

佑依依送出百余里。不久他又赶到辉县，与自己的老师一起度过了最艰难的日子，孙奇逢欣然将自己的书斋命名为“共饥斋”。后来王余佑返回五公山下双峰村，在孙奇逢讲学旧址重修双峰书院，著述讲学，直至晚年，复讲学于献陵书院。其为学尚实行，躬践履，崇气节。清初，天下大势已定，王余佑只好将自己毕生所学详于著述，《乾坤大略》《十三刀法》等对用兵和武术的探索，不重理论而重史实与实战，切合实用，其实学思想可见一斑。此外，其著作还有《居诸编》《诸葛八阵图》《万胜车图说》《兵民经略图》《认理说》《通鉴独观》等，将理学与实用结合起来。王余佑的讲学与著述使他在恢复清初畿辅一带文化的历史重任中堪称首要人物。后来崇尚实学的颜李学派创始人、博野颜元即受王余佑影响最深，颜元“尝自言：私淑孙征君，又所父事者五人：曰张石卿、曰刁蒙吉、曰王介祺、曰李晦夫、曰张公仪。兄事者二人：曰王五修、曰吕文辅。友交者三人：曰郭敬公、曰王法乾、曰赵太若”①。除了私淑孙征君，父事者与兄事者共十人皆为孙奇逢门人弟子，于中可见颜李学派对孙奇逢实学思想的承继关系。当然，后来颜元在“实”上面做的文章更多。颜李学派另一创始人李塨亦曾向王余佑学过兵法。

3. 魏一鳌

魏一鳌，字莲陆，直隶保定府新安（今河北雄安新区安新县）人。崇祯年间中举，清初曾任山西忻州知州，清正廉洁，为民兴利，多有惠政，然不久即告归。孙奇逢南迁后，他辞官离职，追随孙奇逢三十余年，不惧贫寒，患难与共，是孙奇逢的得意弟子。

在夏峰村他依孙奇逢而居，于兼山堂之侧筑“雪亭”，取“程门立雪”之意，可见其与老师感情之深。后在孙奇逢指导下，梳理北学脉络，编纂《北学编》，从汉代董仲舒起，将北学代表人物几十人收入其中，传承文脉，赓续道统，为北学的系统整理做出了重大贡献。其著作主要有《四书偶录》《诗经偶录》《雪亭梦语》《雪亭诗草》等。

4. 薛凤祚

薛凤祚，字仪甫，号寄斋，山东益都（今山东淄博市）人。早在万历四十四年（1616 年），薛凤祚即受父命从孙奇逢学。时年孙奇逢三十三岁，薛凤祚年仅十七岁，他是孙奇逢入门最早的弟子之一，受

① 颜元：《颜元集》，中华书局，1987 年，第 620 页。

孙奇逢影响，他“尝慨然欲有建树于时，不为空谈以炫人耳目”①。他遵从孙奇逢的教导，反对坐而论道的空疏学风，并继承发展了孙奇逢的实学思想。明末战乱，薛凤祚返乡组织乡民修炼武备，巩固城堡。因防御得法，周边郡县多被焚掠，薛凤祚守御之地方圆五十里，盗贼无敢犯。后师从魏文魁学习历法天文之学，清初，又从传教士穆尼阁等学习西方天文学与数学知识，并接受了西方科学，还翻译了一些西方科学知识的著作。其研究多主实用，除天文、历法、数学之外，还长于水利、医学、机械等。康熙十二年，负责参修《山东通志》天文历法部分。康熙十五年（1676年），薛凤祚协助河道总督王光裕治理黄河和运河，他不顾自己已八旬高龄，实地考察，并以此著成《两河清汇》。另有《历学会通》《太阴太阳诸行法原》《圣学心传》《车马图考》等数十种著作。

5. 汤斌

汤斌，字孔伯，号荆岘，晚号潜庵，睢州（今河南睢县）人。汤斌在拜师孙奇逢之前，已是清初重臣。顺治九年（1652年），汤斌中进士，官至潼关兵备道。康熙五年（1666年），得知孙奇逢在苏门夏峰讲学，汤斌徒步前往拜见，执贽称弟子。自此所学日益精进，孙奇逢得汤斌亦大喜过望，认为生平所学后继有人。康熙十八年（1679年），汤斌再起任官，至《大清会典》副总裁官，二十三年（1684年）六月，江宁巡抚空缺，康熙皇帝圣旨中说：“所贵道学者在身体力行，见诸实事，非徒托之空言。今有道学名者甚多，考其究竟，言行皆悖。朕闻学士汤斌，曾与孙奇逢讲明道学，颇有定行。前典试浙江，操守甚善，可补授江宁巡抚。”在江宁任上，汤斌澄清吏治，剔除弊政，毁神祠，建社学，化民成俗，德政利民，做了很多造福百姓的实事。他是孙奇逢最得意的门生，孙奇逢躬行实践、兼容并包的学风深深地影响了他。汤斌对孙奇逢的仰慕之情在他题夏峰先生像赞（孙奇逢八十六岁画像）中有集中体现：“当代儒者，谁称先觉？允惟哲人，光辉孔倬。敦行孝弟，修明理乐，由忠贯恕，既博归约。日新又新，鸢鱼飞跃，默契先天，声臭寂寞。蕴含元气，发越磅礴，譬彼星汉，终古昭灼。易传者像，难尽者学，仰止夏峰，泰山乔岳。”汤斌奉师命梳理洛学师承而编修的学术传记《洛学编》，记述了中州学

① 《薛氏世谱》第一册，薛氏后人1995年整理，第4页。

派自汉迄明的源流演变，旨在“表前贤以励后进”，使洛学传承之统得以复续。另著有《潜庵语录》《潜庵文钞》《春秋增注》等。汤斌是夏峰北学之实学思想在政界的卓越实践者，为清朝“八大文正公”之首，道光年间从祀孔庙。

6. 费密

费密，字此度，号燕峰，四川新繁人。少年时代正值明清鼎革，本就胸怀大志的费密数度投入到火热的战争中。后因其父受孙奇逢《岁寒集》影响，执意令其子受学，费密不远万里，到河南辉县夏峰村从师孙奇逢，时已年近五十。从学日久，师徒教学相长，言谈甚欢。费密远行告别之时，孙奇逢亲笔书写“吾道其南”赠予费密。费密南归后，讲学著述，颇有乃师之风，在文学、史学、经学等方面都有很高的造诣，著述甚富。他重视汉唐诸儒的学术成就，认为汉唐儒学“去古未远”，有着儒家经世致用的精髓。

……

清朝初期的北方学术界，受孙奇逢影响极深，出其门下的著名弟子还有耿极、高鐈、王五修、耿介、申涵光、杜越、赵御众、许三礼，等等，其他遍布全国者更多，限于篇幅，不再一一例举。弟子们不论在朝在野，为官为民，或从政以实行造福百姓，或著述以作品泽被后世，或讲学以致用教导弟子，都身体力行践行着孙奇逢的实学思想，将其思想学术传至全国各地，并带动影响了更多的人。就连当时的著名学者黄宗羲、顾炎武、傅山等也尊其为名师宿儒。

传承文脉，赓续道统，孙奇逢有着高度的历史责任感和使命感。南迁路上，颠沛流离，仍与弟子讲论不辍。在夏峰村兼山堂，他立足全局，以其宏大的视野，开放的视角，博采众长，兼容并包，使夏峰村成为北学重镇。孙奇逢实学思想是对儒学传统实学及北学致用传统的继承和发扬，不仅影响着北方地区的学术风气和文化传统，对明清之际的实学思潮也有着重要的推动作用。

第五辑　苏门风采　夏峰乔岳

汤斌在《夏峰先生像赞》中这样评价老师孙奇逢："……蕴涵元气，发越磅礴。譬彼星汉，终古昭灼。易传者像，难尽者学。仰止夏峰，泰山乔岳。"又在《祭孙征君先生文》中说："德盛道尊……天下想望高风，如泰山乔岳之嶙峋。"明清易代，战乱频仍，北方学者凋零殆尽，孙奇逢以高度的历史责任感和使命感，传承文脉，赓续道统，使中华优秀传统文化不至在战火中毁灭无存。晚年定居河南辉县苏门山下夏峰村，躬耕讲学，勤于著述，其学问日醇，修养日厚，吸引了全国各地的学者及拜师求学的弟子，夏峰村成为北方学术交流中心。

苏门长啸客，深怀故国忧

一代鸿儒孙奇逢历经改朝换代的战乱，又在暮年因清初圈地运动而远离家乡，家国之思时时萦绕在他的心头。九九重阳节，这种思念更深更浓。

清顺治七年（1650年）庚寅九月初九日，孙奇逢六十七岁，正在南迁路上，远离家乡容城已快一年了，此时他旅居共城，在当天的《日谱》中赋诗《重阳漫题》：

中秋倏过又重阳，心事悠悠难自量。
篱菊既无兼乏酒，漫吟陶句两三行。

这时候，他的继室杨氏在颠沛流离的艰难境况中，本就羸弱多病的身体支撑不住，卧病在床，生命进入了倒计时（第二年四月即卒于共城旅社）；孙奇逢自己也减餐挨饿，忍病停药。节日的喜庆对于这位远离家乡的老人来说，真是五味杂陈啊！“中秋倏过又重阳，心事悠悠难自量。”这心事，有对家乡的思念，对留在容城的亲人的牵挂，亦有对眼下跟随他南迁的几十口人的责任和义务，有对前景的茫然与担忧，更多的还是企盼饱经战乱的黎民百姓能够尽快有平安幸福的日子。至于他自己，“篱菊既无兼乏酒，漫吟陶句两三行”。重阳佳节，无菊无酒，一贫如洗，那又何妨，有陶渊明的诗句陪伴就足够啦！

顺治十六年（1659年）己亥九月初九日，孙奇逢七十六岁，此时的他因顺治九年卫河使马光裕赠以夏峰田庐而得以在夏峰村立足，生活趋于安定，筑兼山堂著述讲学，友人往来不绝，弟子四方来贽，学问日醇，学养愈厚，正是他晚年成就圣贤的黄金时期。但遥望家乡，千里云烟，故国之思、家园之念仍时时萦绕心头，这种感情在九九重阳节更是浓重。这一天，他写了两首诗，收入《日谱》。

同诸子孟庄登高得秋字

昔人何事赋悲秋，此日登临足破愁。
从菊十年违旧侣，孤城千里壮同游。
谁怜士稚中流楫，且卧元龙百尺楼。
矍铄还疑失故步，枫林霜叶泛杯筹。

再拈前韵

何来漂泊十经秋，日暮随缘任去留。
摇落襟期成蝶梦，萧条心事付渔舟。
时贤漫洒新亭泪，病叟深怀故国忧。
但得目前绝战伐，苏门长啸更何求。

从顺治六年辞别故土，到写这两首诗的时候，正好十年。“从菊十年违旧侣，孤城千里壮同游。”“何来漂泊十经秋”，十年，远离家园和亲朋故旧，思念之情不能自已。但旷达超脱的孙奇逢却没有被伤感压倒，“此日登临足破愁”，“日暮随缘任去留”，他的胸襟气度早已超越了小我的喜怒哀乐，此心安处是吾乡。

相较个人的遭遇，对国事的关切更使这两首诗发出了心系天下民族大义的光辉。士稚，即东晋军事家祖逖。祖逖，范阳遒县（今保定市涞水县）人，据传少年时即志向远大，慷慨豪迈，而且轻财重义，常周济贫困，深受乡党宗族敬重。而他最为人熟知的故事当属闻鸡起舞了。这故事说的是祖逖半夜听到鸡叫，认为这是上天在激励他，对好友刘琨说：“此非恶声也。”然后与刘琨到屋外舞剑练武，以图报国。后人用“闻鸡起舞”比喻有志之人惜时奋进。孙奇逢诗句“谁怜士稚中流楫”所用典故则是祖逖另外一个故事——中流击楫。祖逖北伐渡长江，船至中流，看着面前滚滚东去的江水，想到山河破碎和百姓生灵涂炭的情景，想到自己报效祖国的壮志未酬，一腔豪情喷涌而出，忍不住敲着舟楫朗声长啸：“祖逖不能清中原而复济者，有如大江！”意思是我祖逖如不能平定中原，收复失地，自己就像这江水一样有去无回！后人便用“中流击楫”比喻立志报国。毛泽东所作《沁园春·长沙》中的“指点江山，激扬文字，粪土当年万户侯。曾记否，到中流击水，浪遏飞舟”也引用了这个典故，体现了一代伟人的豪情壮志。孙奇逢的这句诗则是借祖逖的故事感叹明末清兵入侵、江山易主，隐晦地表达了对明朝的怀念，遗憾没有像祖逖那样的爱国志士去恢复明室。

“谁怜士稚中流楫”，既然无人，那么就只好“且卧元龙百尺楼”。元龙，即三国时的陈登，字元龙，在广陵有威名，因军功封“伏波将军”。后来许汜与刘备在荆州牧刘表处，刘表和刘备一起讨论天下人物，许汜说：“陈元龙是湖海之士，有一种豪横之气。”刘备问刘表：“许汜说的对吗？”刘表说：“要说他说的不对吧，许君是好人，不会说谎；要说他说的对吧，陈元龙这人又名重天下。”刘备问许汜：“你说元龙豪横，是因为什么事儿呢？”许汜说：“我曾经拜见元龙。元龙不好好待客，半天不跟我说话，自己上大床躺下了，让我在下床。”刘备说：“您有国士之名，如今天下大乱，希望您忧国忘家，有救世之意，而您却求田问舍，说些俗事，是元龙不能欣赏的，怎么会理你呢？这要换了我，我就躺在百尺楼上，让您在地上，又何止上下床的区别？”刘表听了大笑。刘备评价：“像元龙那样的文韬武略，应该从古人中去找，现在的人还真比不上。”孙奇逢借此典故，依然表现的是自己忧国忧民的情怀。他颠沛流离之际，自身衣食无着，前途未卜，却始终心怀天下，与朋友弟子们谈论的，也不是个人得失，而是家国之念。

“时贤漫洒新亭泪”，来自“新亭对泣”的典故。东晋初年很多北方名士为躲避战乱渡过长江来到建康，每遇佳日，常在新亭相聚赏花饮酒。周侯叹道：“这里的风景跟从前一样，江山却换了主人。”大家听了都相视流泪。只有王导一腔豪气，说：“我们应当合力共效朝廷，最终光复国家，怎么可以相对哭泣好像亡国奴一样呢！”故事中的“时贤”只会在新亭洒泪，毫无用处，而孙奇逢一个“病叟”，却总是“深怀故国忧”。

由此可见，这两首诗中既有对家园的思念，对漂泊在外的伤感，亦有对明朝的怀恋，对古时爱国志士的礼赞及追怀效仿……然而这一切最终归结到一点：“但得目前绝战伐，苏门长啸更何求。”苏门长啸，出自晋隐士孙登的故事。孙登在苏门山隐居，好长啸，有啸台，引无数贤人拜谒。孙奇逢学识渊博，有杰出的军事才能和组织管理才能，明清两朝曾十多次征聘，他都婉辞不就。在他看来，只要现在的百姓能够不再受战乱之苦，过上太平日子，我就是远离家乡容城，寓居辉县苏门做一个长啸客，又复何求？

容城慕贤，夏峰朝圣

六十六岁之前，孙奇逢生活在家乡容城。他从小志向远大，勤奋好学，七岁入小学，十一岁始学文，十四岁入邑庠，即考入县学，成为秀才。十四岁这年，他随父亲去拜谒祖母的族人、杨继盛的儿子杨补庭（即杨应尾）。补庭问其若处围城中，敌军围困弹尽粮绝，当如何？孙奇逢应声而答："效死勿去！"补庭激赏不已，认为孙奇逢一生必定不凡。这一年，他与定兴江村的鹿善继在杨继盛祠堂定交。鹿善继，这位比孙奇逢大九岁的朋友，"生为理学名儒，死以忠节报国"，以其学识和气节深深地影响了孙奇逢。

十七岁，孙奇逢考中举人，可谓少年得意。

二十二岁至二十八岁，父亲、祖母、母亲相继病故，孙奇逢克服贫困病苦与两个哥哥一个弟弟一起为父母庐墓守孝，其孝友节义远近闻名，获鹿善继和孙承宗赠诗，将其与刘因、杨继盛并提，"容城三贤"始名。二十四岁那年，为父亲守孝期满，面对邑绅梁如星被宦官欺凌，孙奇逢不畏强权挺身而出，上书郡县，言辞激烈，终营救成功。二十八岁，为容城县午方村节妇李氏助葬。此前李氏为夫守节，贫老无依，孙奇逢便集合乡邻帮助她的生活，待她去世又为她买棺助葬，并抚恤其子。这样暖心的助人故事在孙奇逢的一生中还有很多。

为父母庐墓守孝期满，孙奇逢应京师兵部郎杜友白之邀，教授其子，从此开始了京师客馆生涯。京师几年中，孙奇逢在鹿善继的介绍下，结识了很多东林党人，并与曹于汴、牛俊臣、周顺昌、周起元、薛孔泉、唐灼州、贾孔澜等相交甚厚。

三十四岁归容城，嫁长女于贾孔澜之子贾尔霖。

三十五岁，结发妻槐氏病逝，孙奇逢为其作祭文，载《家乘》。

三十七岁，与魏大中论交。

三十八岁，交左光斗。

三十九岁，应孙承宗、鹿善继之邀，过塞上，遍观山川形胜，三月后归。这段经历对孙奇逢的军事才能有很大的帮助。第二年，听说敌军来袭，孙奇逢就约同志练乡勇，奠定了他日后保卫容城、守御五公山的基础。

四十一岁至四十三岁，正值天启年间，孙奇逢冒着生命危险组织营救被魏忠贤阉党迫害的东林党人，为其募捐抵“赃”。虽营救失败，但其节烈之气却令世人景仰。

崇祯九年（1636 年），孙奇逢五十三岁，清兵大举进犯京畿地区，很多县城都陷落，鹿善继守定兴城破殉国。孙奇逢率宗族乡党守容城得全。

崇祯十一年（1638 年），孙奇逢五十五岁，同亲朋入五公山，于山下双峰书院讲学，闻警则入山守御。这一年，孙承宗守高阳，城破殉国。清军退走，孙奇逢就讲学授徒；清军来犯，就入山以战。一直到崇祯十七年明朝灭亡，孙奇逢就这样度过了他豪杰之士的大半生，德行事功，海内传颂。

作为先生的家乡人，我在深入学习孙奇逢的过程中，被先生惊心动魄而又瑰丽多姿的人生经历所吸引，更被先生的气节和事功所深深折服，仰慕之情油然而生。

正因为生活在明末清初，所以孙奇逢在晚年因清初圈地运动而被迫南迁。清顺治六年（1649 年）十一月十日，孙奇逢从容城老家出发，一路艰辛，至顺治九年因卫河使马光裕赠以夏峰田庐而定居河南夏峰村，世称夏峰先生。在夏峰村，孙奇逢隐于举人，躬耕著述，授徒讲学，著作等身，桃李满天下。从早期的积极入世，到晚年由外王而内圣，奠定了其理学大家的地位，终成一代圣贤。

2019 年秋，我循着先生的南迁之路，怀着朝圣的心情，也从家乡容城出发，前往夏峰，拜谒兼山堂、征君墓，感受先生晚年在此地的生活，瞻仰圣贤风范。只不过我是坐高铁，两个多小时到达新乡站，孙敬洲老师带着女儿昊立接上我，很快就到了夏峰村。遥想先生当年，走在这条路上，是怎样的漫长而艰辛。

顺治六年十一月出发，至顺治七年五月，孙奇逢六十七岁，一路颠沛流离，典当琴书，忍病停药，甚至挖野菜充饥，走了半年，来到河南辉县苏门。同“三无老人”（李崶，字霞表，直隶保定府雄县人）

在闻啸楼读《易》，孙奇逢著《读易大旨》即从这里开始。

顺治八年，继室杨氏卒于共城旅社。妻子病逝，连埋葬的地方都没有，孙奇逢求助卫河使马光裕才得以下葬。当此流离忧患之际，孙奇逢却对王余佑等弟子们说："余五十年始识一'贫'字……此字不明，终非真实学问；大家不讲明，终非力砥流俗之意也。"王余佑因此命名其斋为"共饥斋"。又说："昧爽丕显，千古治心之学。达而在上者，著落在平章协和；穷而在下者，著落在修身求志；阨穷患难者，著落在空乏忧虞。舜说诸人不阅历山版筑，深咀艰难之味，乌能兼善天下？空乏时丕显，与协和时丕显，总是一样。"这段话的思想理念，贯穿了孙奇逢的一生。无论身处何种境地，从不被环境打倒，就像王阳明当年在贵州龙场一样，所有的经历都是治学的财富，无时无刻不在将平生所学向自己身上体认，所以才能成就圣贤德业。

顺治九年春，马光裕赠夏峰田庐，孙奇逢终于结束了颠沛流离衣食无着的生活，得以率子孙门人定居于此，半耕半读。时贤相与论交，求学者自四面八方来拜，"门前履满，敢云洙泗士三千"。孙奇逢的著述主要出自这一时期，除《读易大旨》外，尚有《理学宗传》《畿辅人物考》《中州人物考》《四书近指》《苏门遗事》《孝友堂家规》《甲申大难录》《家礼酌》《书经近指》等诸多著作共一百六十五卷，凡三百余万言，并命弟子魏一鳌编辑《北学编》，命弟子汤斌编辑《洛学编》。

如今的夏峰村，新民居很漂亮，这里的人家喜欢石榴树，初秋，石榴挂果，恬静安详。秋高气爽，我仰头看天，天上的云是夏峰的，也是容城的。不由得想起先生的《题夏峰》一诗："无山无水亦云林，尽道桃源此地寻。刊尽浮华留静气，闲看调鹤洗机心。"

闲来展读《夏峰歌》，道尽沧桑性未磨

皇室后裔作词，御用琴师谱曲，几百年来传唱不衰的《夏峰歌》，有着怎样的传奇故事？

清顺治十七年（1660 年）庚子二月十五日，直隶保定府容城县（今河北雄安新区容城县）的七十七岁老人孙奇逢在河南辉县吊唁好友杨天放，他在当天的《日谱》中写道：

> 是日，吊杨天放。天放，江陵人，派出天潢，改姓杨氏。初识于蓼航坐中。予曰：此大雅君子也。因论交焉。常作《落花诗》，有悲愤不平之感，贻予有《夏峰歌》，多知己之言。未几而病，病而死。医家出曰：此郁症也。予固忆天放之必郁也。时有慰言，不能挽救冲风。往哭之，徐作挽诗，焚其灵次。天放名国沛。

于中可见，江陵人杨天放是明朝皇室后裔，本名朱国沛，由明入清后改姓杨。两人初识于王蓼航（名紫绶，字金章，号蓼航，顺治三年进士。因乞养归，侨寓苏门山中，从孙奇逢讲学）家，孙奇逢欣赏杨天放为人，赞其为大雅君子，两人遂为好友。杨天放有诗才，因明朝灭亡而深怀故国之思，抑郁成疾，终不治而亡。孙奇逢痛惜好友离世，亲自前往吊唁，并作挽诗焚于灵前。杨天放生前为孙奇逢写了一首《夏峰歌》，孙奇逢深感此歌“多知己之言”，时常展读。

《夏峰歌》共分七段，分别从垂老离乡、耕读夏峰、孝友传家、门前履满、力倡实学、暮年策励、高卧兼山七个方面描述了孙奇逢南来夏峰的生活图景，高度概括了一代圣贤随分旷达、以承继道统为己任的精神境界。

第一段：

垂老去乡关，听泉声三十年。夏峰烟月浑无厌，茅屋数椽，修竹几竿，这便是桃源鸡犬，又何须驾柴车，东海与西山。

孙奇逢因晚年定居夏峰著述讲学，人称夏峰先生。明万历十二年(1584年)生于直隶保定府容城县北城村，十七岁中举，少年豪侠，立为圣贤之志。在经历了为父母守孝庐墓六年、不畏阉党勇救东林、抗击清兵保卫容城、守御五公山等为时人所称道的一系列事件后，由明入清时孙奇逢已经六十一岁。清初圈田令下，故园被圈占的孙奇逢不得已于顺治六年率宗族乡党几十口南迁，于顺治七年来到河南辉县。顺治九年因卫河使马光裕赠以夏峰田庐而得以定居河南辉县夏峰村，此时孙奇逢已是六十九岁老翁。因而《夏峰歌》头一句便说：垂老去乡关。古人安土重迁，何况垂老离乡，孙奇逢心中的凄怆悲凉可想而知。他在离家之前安葬了病逝的仲兄，并于辞墓诗《哭仲兄》中这样写道："竹马肩随近古稀，白头心事更依依。荆花落尽难归树，目断天空一雁飞。"暮年流徙，只怕此生再难回到家乡容城，无法叶落归根，凄怆之情令人涕下。但他并没有被坎坷磨难、颠沛流离打倒，南徙路上饥寒交迫，还在与门人弟子讲学不辍，体悟圣贤之道。在夏峰村定居以后，更是很快就适应了当地的生活，"夏峰烟月浑无厌"，安贫乐道的他对"茅屋数椽，修竹几竿"的安宁之境十分欣悦，认为这就是乱世中的世外桃源啊，又何必再去访什么东海与西山呢！所以，甘之如饴，"听泉声三十年"，三十年，当为泛指，极言时间之长，也有可能是后来歌词有改动。杨天放去世的时候，孙奇逢在夏峰生活了十年，等到1675年孙奇逢以九十二岁高龄离世，他在夏峰村生活了二十五年。

第二段：

戴笠锄，是门外硗田，秋收约足充餐饭。鸡豚窥竹栏，蔬果缀山园，瓮头酿秫，客至刚刚淀。数一遍汉唐宋元，谈一会孝友节廉，迟迟散，前村不远，归溪月正圆。

早在为父母守孝庐墓六年期间，孙奇逢就体会了贫困与饥饿的滋味，但他总是神色自若，不以为意，即使患了严重的胃病也仍然坚持守丧尽孝。孙氏家族十七世孙孙家泉认为，"孝以作忠，廉以维国"。

孝之义可谓大矣。此后经历了魏忠贤阉党制造的腥风血雨，又经历了明清易代的战乱频仍，他以王阳明心学“知行合一”指导自己，以“不动心”面对一切惊涛骇浪，处困境如履平地，做到了忠义两全。如今能够有薄田可耕，有秫酒可饮，有竹栏鸡豚、山园蔬果的田园景象，主客志同道合，星夜畅谈汉唐宋元、孝友节廉，孙奇逢是知足而达观的。物质生活于他而言从来都不重要，他心中有着更高远的追求和境界。如今，垂老离乡的故园之思得以有所寄，因明亡而凋零殆尽的师友们未竟的圣贤之道得以有所续，孙奇逢惜时如金，讲学论道总是“迟迟散”，一身正气，心中澄明，自然“月正圆”。

第三段：

年来食指添，不记数，孙子曾玄，名错唤，袖来梨枣床头散。几个去原上执牛鞭，几个去窗下理芸编，半耕半读相更换。喜得是家无逆颜，人人尽让无争辨。张公百忍，不听妇人言。

理学先生总是容易给人因循古板的感觉，孙奇逢则完全不同，德高望重的他“望者以为高洁不可及，而即之甚恭而温”（张蓬元《游谱》序），这一段我们就从杨天放眼中看到了慈爱温和、蔼然春风的征君先生。从容城出发南迁时，孙奇逢只留长子立雅守故园祖墓，全家及追随的宗族乡党几十口人一起风餐露宿，忍饥挨饿，直到定居夏峰村有了立足之地，生活才安顿下来，也才有了婚嫁喜庆之事，生齿繁衍，家中逐渐三世同堂、四世同堂、五世同堂。一个慈眉善目的老人，面对孙子、曾孙、玄孙，一大群可爱的孩子，常常把大家的名字都叫错，将袖子里的梨啊枣啊往床头一撒，招呼孩子们都过来吃。这是一幅多么其乐融融的画面。孩子们长大了，有的去吆牛耕田，有的在窗下读书，“半耕半读相更换”。最重要的是孝友传家，人人揖让，家无逆颜，不争不吵。这就像张公百忍的故事一样。“不听妇人言”有当时重男轻女的历史局限性，但对于慎听枕边风、以和为贵的家庭传统美德来说，仍然有其借鉴意义。

第四段：

门前履满，敢云洙泗士三千。或负笈水云边，或结茅竹树间。尼山最乐朋来远，齐奋勉。道学种子，今日只一线。生平性癖，师友倍多缘。

孙奇逢一生重视交友，“以友朋为性命”，而他待众多门人弟子，也像对朋友一样。清初，孙奇逢以其学问之醇、年岁之高、德望之重享誉海内，因而拜师求学者众。这段歌词说“门前履满”，毫不夸张。“敢云洙泗士三千”，洙泗为孔子讲学之地，孙奇逢的弟子之多，教学之切，与孔子颇为相似。他从不居高临下灌输知识，而是与弟子坐而谈论，水云边，竹树间，都留下了他和弟子畅谈不拘的身影，因而被民间美誉为“北方孔子”。他像孔子一样，“最乐朋来远”，弟子遍布全国，有千里负笈求教者；朋友也不远千里专程拜访，这都是令人高兴的事情。孙奇逢曾自言“伯顺殁后，老夫独肩道统四十余年”。这话也一点都不夸张。伯顺即他的好朋友鹿善继，明崇祯九年在家乡定兴抵御清兵入侵，城破殉国。明清鼎革，京畿地区的学者置身炮火，罹难最多，孙奇逢学问醇笃，气魄独大，北方学者奉为“泰山北斗”。因而杨天放此言“道学种子，今日只一线”，可谓知征君者也。“性癖”之说实为反语，征君性情随和，但节义为重，一身正气，因而能有志同道合的师友“倍多缘”。

第五段：

莫谓我耄年，我胸中别有天，饥餐困睡随方便。也不学禅，也不谈玄，一编孔孟彻宵旦。说甚么程朱王陆，门户便相悬。从陆征鞍，顺水扬帆，到头一样达畿甸。道同源，躬行实践，舌上莫空谈。

孙奇逢在督促孩子们读书时曾说过：“若悠悠忽忽漫常度此岁月，此日因循，过后追悔，回天无力，挽日无戈，岂不可惜。老夫八十四矣，不敢一息偷安，故深为尔等惜此光阴也。”他以自己的实际行动为儿孙们做了最好的榜样，一日不填沟壑则一日不敢怠惰，“一编孔孟彻宵旦”。征君自言“家学渊源二百年，不谈老氏不谈禅”。儒家重人伦，排“佛老”，他是孔孟道统的继承者，接孔孟，继程朱，重陆王。认为程朱和陆王都是孔孟之道，只不过侧重点不同，就像走陆路要备马、走水路要扬帆一样，最终都能达畿甸，回归孔孟之道。其言平实切理，门户之见为之泯然。孙奇逢力倡实学，反对空谈，他说：“喜怒哀乐中，视听言动必合于礼；子臣弟友尽分，此终身行不尽者。

世之学者不务躬行，惟胜口说，徒增藩篱，于道何补?”多年如一日躬行实践，其学“以慎独为宗，以体认天理为要，以日用伦常为实际”，为普通人提供了学问的落脚点，那就是在日常生活、待人接物中体悟并践行圣贤之道。

第六段：

> 萧然一榻卧西轩，众儿孙轮流作伴。东窗旭满，南窗月转，朝昏枕上数双丸。耳聋免听俗人语，眼暗不观非圣言。暗中检点，策励无忽风烛年。

西轩为孙奇逢的卧室，因在兼山堂之西而得名西轩。孙奇逢曾作《西轩榻铭》，云：“我有斗室，一榻廓然。袂连踵接，肩比衾联。朝餐粗粝，夕得安眠。一膜不隔，四海为缘。夜分款语，非元非禅。论心达旦，读书十年。榻愧南州，人则昔贤。我虽衰迟，实借周旋。榻兮，榻兮，似别有天。鸡鸣夜气，庶几罔愆。”耄年、耳聋、眼暗，所有这些他都不认为是可以休息养老的理由，耳聋正好清净免俗，眼暗只观圣贤之言。即使年迈体弱，常常要“枕上数双丸（即日月）”，他的时光从没有浪费，自己常常检点平生，风烛残年也总是督促勉励自己，只要一天在世就需一天潜心向学。

第七段：

> 回头看，容城千里隔云烟。百门况味，渐渐都经惯。不知理乱，我且横琴把卷，高卧兼山。

家乡容城以及居住在容城的亲人后辈始终萦绕在这位慈爱的老人心中，身在夏峰，他总是忍不住回望容城的方向，一句“容城千里隔云烟”，令人五味杂陈。如今在百门，所有的境况情味，逐渐都经历了，都习惯了。也不知道容城老家现在怎么样，是太平还是动乱呢?他深深牵挂却鞭长莫及，权且抚琴读书，在兼山高枕而卧。孙家泉在谈到《夏峰歌》的时候说：“是歌也，因素位之行，写幽贞之像。词旨温醇、蕴藉，道味盎然。……篇终‘横琴把卷，高卧兼山’八字，具置身千仞气息，‘我且’二字，又具实有抱负。”此句表面看似无志，实则气象远迈古今，抱负独大。“君子未尝不欲仕之意，激昂慷慨，突兀淋漓，句外有句，笔外有笔，举笔生志，事与所性质，合盘托出。”孙奇逢曾公车数次，可见亦有效力朝堂之意，但明末灭亡势成，无法施展才干；清初异族统治，不愿为其所用。明清征聘十一次而坚卧不起，封建朝堂之上少了一个官员，中国历史上却有幸拥有了一个保护传承文化道脉、著作等身桃李天下的圣贤大儒。

孙奇逢的一生，是饱经忧患的一生，同时又是乐观充沛的一生，艰难险阻无法动摇他分毫。结识杨天放之后，他深深理解并同情这位明朝皇室后裔的亡国之痛，但时势已定，忧伤无用，徒增烦恼，因而他对好友“时有慰言”，惜未能挽救。杨天放所作《夏峰歌》于孙奇逢是“知己之言”，孙奇逢同样是杨天放的知己，他在清顺治十七年二月二十一日的《日谱》中将这种心情表达得淋漓尽致。

《挽江陵杨天放》三绝：

十年漂泊一孤舟，楚水湘云未尽头。怪得姓名终欲遁，凄凉心事向谁筹？

闲来展读《夏峰歌》，读未终时泪已沱。高韵岂随流水去，尝疑颜色月明过。

无家久已谢儿从，落叶先悲楚客踪。清梦纵归归未得，孤魂尝傍孝陵松。

杨天放生前喜咏落花落叶，以此寄托自己的亡国之思。昔人已逝，唯留高韵。当时被明崇祯皇帝击节而赞、号为芝仙的琴师尹晔亦流寓苏门，时常来兼山堂访征君先生，见《夏峰歌》，为之谱曲，遂为世人广为传唱。孙奇逢时时展读《夏峰歌》，在痛悼好友之余，更将歌中词句所描摹的精神境界继续推进到一个更高的层次。其年愈高，学愈笃，德愈望，直到九十二岁临终前十数日，仍手书不辍。后绝粒食，门人弟子来视，仍以手画其掌作字。一代圣贤孜孜不倦如此，感人至深。孙奇逢九十二年的人生长途，直到年近七十才在夏峰村安居，此前大半光阴都处于战乱之中，因而他倍加珍惜晚年时光，著书不下百万余言，弟子遍布天下，终成一代鸿儒。

风雨沧桑兼山堂

三百多年前，在河南夏峰村，有一座宅院名“兼山堂”，这里的主人是由河北容城迁来的理学大儒孙奇逢。早就以孝友节义名满天下的孙奇逢晚年因卫河史马光裕赠以夏峰田庐而得以安定的生活，著述更加丰厚，学问更加醇笃，引四方学者及门人弟子慕名而来。兼山堂内，门前履满，日日书声；兼山堂外，夙儒新秀，时时来访。夏峰村兼山堂，成为北方学术思想交流的中心。

兼山堂建于清顺治十三年（1656 年）九月，兼山，顾名思义，即两山重叠。山本就是稳重的象征，两山重叠自然更稳，因而兼山形容静止，引申为应安于所处的地位。语出《易・艮》：“兼山，艮，君子以思不出其位。”君子的智慧，是不出其位。孔颖达对此做了更为详尽的注解：“两山重叠，止义弥大，故曰兼山，艮也……止之为义、各止其所，故君子于此之时，思虑所及不出其己位也。”思虑所及不出其己位，这是君子止之为义、各止其所的格局和智慧。南朝宋谢灵运曾作《富春渚》诗：“洊至宜便习，兼山贵止托。”兼山，贵在寄托、暂放，仍然是停下来的意思。宋代叶适在《朝议大夫知处州蒋公墓志铭》中写道：“公又问雍得于兼山最要者，郭君曰：‘所得在艮。艮者，限也；限立而内外不越。’”不出其位，贵止讬，内外不越，这些形容兼山的状态，鲜明地体现了孙奇逢为自己的书斋命名兼山的原因。

清顺治元年起，清政府先后三次圈占京畿地区的土地，用作“从龙诸贵人之采地”。孙奇逢田园俱被圈占，“无田可耕居乏屋”。顺治六年（1649 年）十一月，孙奇逢留长子立雅守祖墓，率宗族乡党几十口南迁，计划渡江南下。南方不仅因远离京城而相对安宁，并且学术氛围更加浓厚，最重要的是南方还有明朝义士云集，尚有反清复明的希望，这些都深深吸引着少有大志、秉持气节的孙奇逢。可是一路颠沛流离，历时半年多，他们才走到河南辉县。离家时孙奇逢已经六十六岁，拖家带口，生活拮据，第二年老妻又病死在共城旅社，连个下葬的地方都没有，还得求助朋友卫河使马光裕。种种现实情况面前，孙奇逢思虑再三，觉得不能机械地意气用事，而是要根据实际情况调整策略。辉县苏门山百泉湖，山清水秀，人杰地灵，魏晋孙登，宋邵雍，元姚枢、许衡等都曾长期隐居于此。孙奇逢仰慕这些圣贤人物，于是萌生了在此地隐居的想法。

顺治九年（1652年），马光裕去职还乡，临行之前把他位于辉县城南夏峰村的田宅“不受分毫之价”赠送给孙奇逢，孙奇逢从此定居夏峰村，几年后他新建宅院一座，即“兼山堂”。此时的孙奇逢，就像他在明崇祯丙子年守容城成功之后避走五公山一样，已不是当初一腔热血要奔赴南方的时候了，他经过冷静的思考，认为与其做毫无意义的牺牲，不如充分体现自己的作用和价值。他的历史使命和担当就是在北方学人凋零殆尽的情况下，不能因明清鼎革而令优秀传统文化湮灭。孙奇逢在兼山堂著述讲学，传承文脉、赓续道统二十余年，著作等身，桃李满天下，夏峰学术独树一帜，影响深远。孙奇逢的朋友、朱明皇室后裔杨天放（本名朱国沛）在写给他的《夏峰歌》中生动地描写了这一场景：“门前履满，敢云洙泗士三千。或负笈水云边，或结茅竹树间。尼山最乐朋来远，齐奋勉。道学种子，今日只一线。生平性癖，师友倍多缘。”在他的弟子和私淑弟子中，有很多高官醇儒，其思想在朝在野都发挥了重要作用，康熙年间即有“夏峰门生半朝廷”之说。明清两朝先后十一次征召其入朝为官，皆高卧不就，被称为“征君”。更由于其北学“泰山北斗”的地位，并且弟子众多、教导有方，被民间美誉为“北方孔子”。康熙十四年（1675年）四月二十一日，孙奇逢以九十二岁高龄辞世。道光八年（1828年）孙奇逢因其杰出的成就和贡献而从祀孔庙。

据河南辉县夏峰村孙敬洲老师（孙奇逢十五世孙）介绍，孙奇逢去世后，他的学生们在兼山堂的门楼上悬挂“斯道中天”的匾额，以示先生学术之不朽。兼山堂逐渐成为祭祀征君先生的场所，并成为当地的学堂，继续发挥育人的功能。这两项功能一直延续到民国时期。每年征君先生的生辰（腊月十四）和忌日（四月二十一），他的学生、学生的后人和孙氏后人一起，都要在兼山堂祭祀孙奇逢。当地乡贤刘子帆在为孙氏族谱所作的《续修族谱序》中记载了这样一个颇为重要的信息：民国十七年，刘子帆开蒙读书的地方，乡校的校址设在孙氏祠，即孙奇逢晚年讲学授徒的夏峰村兼山堂。在这里，他得以拜瞻征君遗像，包括扶老庙堂礼器，孙氏后人又常常给他讲述征君先生轶事，令他几十年来未曾忘怀。刘子帆在兼山堂开蒙读书，进而读孙奇逢《孝友堂家规》及其遗著，并与父老乡亲们谈夏峰先生当年的孝友事迹，怎样与兄弟们一起为父母庐墓守孝，怎样身患胃病依然恪守古礼，怎样使得家庭雍穆，远近为之感化而成为风气，可见先生敦笃孝友哪怕几百年后也能令人倍受鼓舞。

孙敬洲在《赓续文脉——兼山堂》一文中，介绍了兼山堂的建筑情况：兼山堂原为一进三院，房屋三十间左右，占地二亩（约 1333 平方米）有余。新中国成立初期兼山堂被收归国有，曾为乡粮站。后移交给夏峰村委会，村委会曾作为广播站、木匠铺和仓库使用。20 世纪 70 年代，兼山堂门楼和前院房屋被拆除，改建为村委会办公楼，仅存后院前厅（学堂）、堂屋及东西厢房，至此已经是残垣断壁，破旧不堪。2005 年 12 月 27 日，河南省新乡市人民政府公布兼山堂为新乡市第三批市级文物保护单位，避免了被彻底拆除的命运。岁月沧桑，兼山堂堂屋在孙敬洲老师的用心护持之下，克难筹资，落架大修之后已焕然一新。近些年来已经无数次接待前来参观考察的领导、专家、学者、传统文化爱好者，使兼山堂初步成为一个传播传统文化的场所。2017 年，新乡市文广新局、辉县市文物局拨款大修了东西厢房。

2019 年 8 月 30 日傍晚，我沿着征君先生的足迹，从容城坐高铁来到河南辉县夏峰村。31 日，我在孙敬洲老师的带领下来到我心中的圣地，拜谒征君先生曾经生活了多年的地方——兼山堂。从一扇斑驳古老的大门进去，先要经过前厅，当时的兼山堂前厅还是几百年前的建筑，虽历经风雨沧桑，建筑主体已经残缺不全，它仍然挺立着，阳光透过破损之处照射进来，那些土坯，那些木柱，都曾与征君先生朝夕相处，先生的气息穿越几百年氤氲开来，仿若可见当年的蔼然可亲。

孙敬洲老师指着兼山堂东面的位置说："这里曾经是魏一鳌的雪亭，可是现在已荡然无存了。"魏一鳌，新安人，是孙奇逢早年弟子。崇祯年间中举，清初曾任山西忻州知州，清正廉洁，为民兴利，多有惠政，然不久即告归，归时只有一匹马一个书童，两袖清风，有乃师之风。清康熙九年，孙奇逢八十七岁，十月，魏一鳌已是第三次来到夏峰村看望自己的老师，看到老师年纪越来越大，眷念之情更甚，不忍告别离去。于是孙奇逢为自己的爱徒准备了一处住所，就在兼山堂东面，命名为“雪亭”，取“程门立雪”之意，可见魏一鳌与老师感情之深。后魏一鳌在孙奇逢指导下，受师命梳理北学脉络，编纂《北学编》。看着雪亭的位置，遥想当年，似乎能看到征君先生与弟子们一起讲学论道其乐无穷的画面。

从河北容城南迁之时就已追随在孙奇逢身边的还有他的第一个弟子——白沟处士张果中。张果中亦是一代豪杰，他与老师一起勇救东林诸贤，一起守御五公山，一起讲学百楼，一起南迁夏峰，在夏峰村帮助老师整理著作，讲学弘道，直至终老。被誉为“范阳三烈士”之一，与彭之灿、理皑和并称“苏门三贤”。张果中殁后葬于夏峰村北，至今他的墓碑犹存，几株松柏环绕在墓碑周围，默默守护着一代侠士。张果中的后人如今就在夏峰村的邻村孟庄村，与孙氏后人一直保持着友好往来。孙敬洲老师举办兼山堂诗书会，张果中的后人总会来参加。

住在夏峰村的征君弟子还有耿极。崇祯十一年（1638 年）孙奇逢携家避乱易州五公山。他闻警入山，警报解除则讲学双峰书院。清军退后孙奇逢欲回容城，相距百余里的耿好讷、好讱兄弟将之迎至百楼别墅，命诸子侄从师受学，耿权、耿极兄弟亦在其中。清顺治六年（1649 年）孙奇逢举家南迁，耿权、耿极兄弟亦随行。顺治七年（1650 年）五月，孙奇逢定居辉县苏门。耿极则因不舍老师，经年在河北河南两地奔波，于康熙五年（1666 年）迎母至苏门，终于在此安家，与老师日夕就学。耿极的后人就在兼山堂对过居住，孙、耿两家也修成累世之谊。

从颠沛流离的“难民”，到受赠友人马光裕的夏峰田庐，再到吸引全国各地士子前来论道求学，所居成聚，征君先生用自己渊博的学识、高洁的人品为夏峰村留下了宝贵的财富。我的目光抚摸着这里的一砖一瓦和每一根木柱，它们似乎也都在诉说着征君先生晚年在这里是怎样的孜孜不倦，先生的心里装着国家安危，装着家园百姓，装着学术道统，装着人伦家范，装着朋友和弟子们……这样的精神和情怀是永远不朽的。

“人事有代谢，往来成古今。”三百多年以前，兼山堂曾经门前履满，书声琅琅，名贤硕儒、门人弟子络绎不绝，夏峰先生孙奇逢在这里躬耕著述，成就了一代圣贤。几百年过去了，用明德引领风尚——孙敬洲老师举办的兼山堂读书会也延续了当年征君先生讲学之风，夏峰文化几经周折，终于迎来了涅槃重生。

我踏秋而来，相约苏门风采

苏门山，百泉湖，素有“中州颐和园”“北国小江南”之称，曾是多少名贤硕儒隐居之地，征君祠亦在其中。

2019 年初秋，我终于成行。在孙敬洲老师和徐芳嫂子的带领下进入园门，迎面树木苍翠，大概是受北方普遍干旱的影响，栏杆下水已干涸，水底草丛片片。还好满眼是古色古香的建筑，将人带回到那一个个读书问学的场景。

从大门进来几十步便是已“水落石出”的百泉湖，当年孙奇逢诗句所书“灵源珠吐仍依旧”的景象亦不复见。孙奇逢游苏门百泉，有两首诗写到百泉景象：“迟我来游三十年，园林台榭半颓然。灵源珠吐仍依旧，假者难真真者全。”“百亩泉源汇百川，如斯不舍古今联。康民济国无穷利，天一生来自有权。”这些诗句在盛赞百泉湖水的美丽风光之时，还融进了自己的哲学思考及对国家和黎民百姓的关注。听徐芳嫂子说，夏季百泉湖水还是比较多的，可以游泳。现在水太少了，能够清晰地看到水底一个个小突起，徐芳嫂子说这是管理泉眼的。想当年无数泉眼遍布湖底，齐涌如珠，该有多么美丽！

园内小亭子很多，古朴灵动，飞檐翘角，于山水之间，如飞鸟展翅，满园诗意。

孙奇逢曾有诗《与客论苏门山》：“苏门之山等一卷，草木不生色黯然。何为博得古今传，幽事由来在百泉。百泉奇绝自生妍，山不在高灵在仙。更有名人踵后先，灵脉元自远山延。千里相望几盘旋，应有高人得其全。”山不在高，有“贤”则名。果然，首先看到百泉湖旁边邵夫子祠和桃竹园，这里面是千年前北宋著名哲学家、易学家邵雍（字尧夫）的世界。孙奇逢敬重邵雍，顺治七年庚寅他六十七岁，曾作《百泉访邵振宗不遇》一诗：“君为康节之裔孙，安乐窝中故址存。落落孤云何处去，令人惆怅叩柴门。”而他的《邵窝》诗更为人称道：“易学渊源另有传，不炉不扇历多年。欲寻安乐今何在？岂向先生问渡船。”安乐窝是邵雍给自己住处的命名。邵雍少有大志，刻苦读书，“始为学，即坚苦刻厉，寒不炉，暑不扇，夜不就席者数年”，因而诗中说他“不炉不扇历多年”，终于学富五车，成就内圣外王。

往里走，就看到了邵尧夫的击壤亭与“知机其神”。桃竹映水，击壤而歌。想当年邵雍在园内植竹种桃，每到春天，翠竹迎风，桃花吐蕊，美景令人心怡；又建亭一座，名“击壤亭”，缘起尧时有位老者曾击壤而歌：“日出而作，日入而息，凿井而饮，耕田而食。”帝尧以孝义仁德教导天下，天下人心向善，路不拾遗，夜不闭户，百姓自给自足，安居乐业，因而有老翁自由自在击壤而歌。“击壤亭”之名蕴含了邵雍对天下治世的向往和自己所追求的政治理想。

孙奇逢仰慕邵雍的学识和品节，弟子汤斌（号潜庵）把自己的老师比作邵雍时，孙奇逢特意写了一首诗《元日诵康节诗偶成贻汤潜庵》，说“先生敢敬不敢偶”，表示不敢与邵雍并提：“我与古人审所从，生平最爱尧夫叟。先生生当全盛时，群贤功业乎何有。不事王侯铸群贤，抟捥乾坤道在手。兴来为吟自在诗，客至且饮欢喜酒。林间高阁望中希，花外小车不来久。焚香每诵告天诗，先生心事昭泰斗。外王内圣此一身，安老怀少而信友。汤子拟我愧非伦，先生敢敬不敢偶。怀古诗成欲寄君，晓起东风俨在柳。”孙奇逢认为邵雍的不事王侯、自在吟诗、内圣外王都是自己学习的榜样。孙奇逢虽自谦与邵雍“不敢偶”，但事实证明，他完美地做到了这几点，终成一代圣贤。

邵夫子祠后院还在施工，在后院看苏门山，山不高，蓊蓊郁郁的树木，与山下百泉湖相映成趣，风景秀丽。

从邵夫子祠出来，沿着百泉湖畔游园，遥望苏门，角度不同，一步一景。

清代吴伟业有诗《题苏门高士图赠孙征君钟元——容城人孝廉》，诗中有句：“苏门山水天下殊，中有一人清且癯。庞眉扶杖白髭须，鹖冠野服读诗书……”这诗句所说即是被称为“有功名教”“一堂正气”的清初一代鸿儒、“北学宗师”孙奇逢。在百泉湖畔，我终于得以瞻仰征君祠堂。祠堂庄严肃穆，墙上有河南巡抚程祖洛撰写的《重修孙夏峰祠记》、孙在峨撰写的《永志盛德》等诸多碑刻，它们似在无声诉说着几百年来征君先生为人敬仰的高洁风姿。

院内松柏繁茂，其中有一棵，垂下一根树枝，掉落于地，却仍然青葱繁茂，我忍不住拿着手机给了它好几个特写。哪怕是倒着长，也要活出自己的风景。还有一株美丽的花——凤尾丝兰，其花语是“盛开的希望”。这树，这花，都很合征君先生孙奇逢于乱世之中依然乐观旷达的胸襟气度。

再往前走，看到王紫绶的白露园，很是惊喜。王紫绶，字金章，号蓼航，顺治三年进士，授翰林院编修。官至浙江督粮道、布政司参政。著有《知愳堂诗集》。因乞养归，侨寓苏门山中，从孙奇逢讲学。在《喜孙征君复归夏峰》中，王蓼航这样写道：“月出夏峰空，风高乔木冷。夜来雪色多，门外添人影。”“白云不在山，松顶一巢间。昨夜海风至，翩翩带鹤还。”诗中所写当为孙奇逢晚年曾短暂回过家乡容城一事，当时夏峰亲友与弟子们都翘首以盼，征君复归，均喜不自胜，王蓼航特意作诗以表心情。给孙奇逢写《夏峰歌》的明朝皇室后裔杨天放（本名朱国沛）就是在王蓼航家中认识孙奇逢的，可以想见当年高朋满座、讲学论道的场景。我想起宋代爱国词人辛弃疾的几句词：“白露园蔬，碧水溪鱼。笑先生、网钓还锄。小窗高卧，风展残书。……客来时、酒尽重沽。听风听雨，吾爱吾庐。……”

在一个同样古色古香很安静的院落里，我还看到了毫不违和的画面：一个正做饭的灶台，真的柴，真的火，在熬大锅菜。一位面容黝黑沧桑的老师傅坐在屋里看着，应该是在给工人们做饭吧。孙敬洲老师和徐芳嫂子跟他热情地用辉县方言聊天，我听不太懂，但是我真的希望施工人员能够多一些，施工进度能够快一点，将这一人文底蕴深厚的山水园林修缮保护好。

快到苏门山山脚下了，徐芳嫂子指给我看东华门和曾盛极一时的百泉书院。百泉书院曾经被挪作他用，现在应该是又保护起来了。

山脚下有涌金亭。看这上面写的六个字“苏门山涌金亭”，后面落款，是我的偶像苏轼呢！据说在北宋元祐三年（1088 年），一个秋高气爽的日子，苏轼由共城（辉县古名共城）柳县令导游，登苏门山，游孙登啸台，见佳山秀水，兴致颇高。柳县令请翰林苏学士给百泉新亭题名，苏轼见亭下泉水在阳光的照射下闪闪发光，竟像是湖底涌出了许多金子，碎金耀目，就大书“苏门山涌金亭”六字，后题“眉山苏轼”。清人严遂成曾题诗“玻璃十项涵云烟，涌金喷玉翻珠圆”，盛赞百泉湖涌金喷玉的美景。我数了数，大的，小的，横的，竖的，这个小小的亭子有四十七块碑刻，果然是人文盛景。

卫源庙在山脚依山而建，如今正在施工维护。卫源庙是过去人们祭祀河神的地方。因百泉为卫水源，人们在此建庙祭祀水神，取名卫源庙。孙奇逢曾有《题卫源祠联》：“卫水悠悠地中行去泽河溥；源泉混混天一生来道自尊。”

沿百泉湖走了一圈，该登苏门山了。上了几级台阶，迎面一座亭子，名振衣亭，意即到一个重要的地方，要掸掸衣服，整整仪容，端正仪表才可以继续走进去。仪式感往往伴随着敬畏和信仰，是礼节，更是一种精神。

振衣亭两侧，依然是满满的碑刻，尽显深厚的人文底蕴。

再往上走是孔庙，门亭的名字为“子在川上”。

山腰有著名的饿夫墓与“民族精神”四个大字。“饿夫”即彭之灿，字了凡，蠡县人。明亡后曾寓居饶阳，为人作塾师。后来妻与子相继去世，彭了凡就来苏门住在孙奇逢家里。时时出游，回来仍以苏门为家。后耻食嗟来之食，自己绝食，终至饿死在苏门山啸台东北的石柱下。对于有着民族气节的“饿夫”彭了凡，孙奇逢敬重其人，为其营葬，用两口瓮上下扣在一起，将尸体直立放在其中，在其墓前写下“饿夫墓”，并撰文《彭饿夫墓石》。实地感受饿夫墓，古朴厚重，仿佛能够看到几百年前夏峰先生题字的情景。家国之思，浩然正气，都扑面而来。他说，饿夫这个人，有很多缺点，少知识，乏才技，不能养家，还不合群。但他能勘破生死关，识力过人，有气节，不能因其缺点而掩盖其最重要的人品。这也是征君先生能够被各阶层人民群众真心敬仰爱戴的原因——先生接引门生，不问出处与过往，总能教人向上向善，野夫牧竖，皆有所得。

转回山路来接着向上攀爬，太湖石已被游人摸得光滑如铁，不似石头面目。龙亭是被雷击后新修的，失掉了历史的厚重感，只有亭内断碑依依如诉。

长啸台前松风起，云光山翠拂人衣。走到山顶即是著名的孙登啸台。据传孙登是魏晋时期的隐士，汲郡共人。长年隐居苏门山，博才多识，熟读《易经》《老子》《庄子》之书，会弹一弦琴，尤善长啸。孙登精通音律，达到了“啸”的最高境界，苏门山上的啸台，便是因其长期隐居于此，并“长啸”山林而闻名。啸台的故事很多，啸台的名人碑刻也极多。啸台之上，就是苏门山的最高点，一共才一百多米高。真正是山不在高，有“贤”则名。遥想几百年前孙奇逢游苏门山，曾作《啸台》诗，对孙登其人做了一个高度概括：“长啸山头事最奇，清谈从里另开基。遗康数语深于易，喜怒不形亦我师。”传说魏晋时期名士嵇康跟随孙登游学三年，孙登始终沉默自守。嵇康离别时，索要临别赠言，孙登说：“火生而有光，但只有能用光，光才能发生作用。人生而有才能，但如不会用，反而招祸；会用才，才就能有益于天下。所以用光在于得到薪柴，可保持长久光耀；用才在于认识获得道德真才，乃可保全其天年。如今你虽多才，可是见识寡浅，深恐误身于当今之世，望你慎重。”这些话深得《易》理，对性情刚烈而才气俊杰的嵇康，深深担忧他怎么能免除灾祸。嵇康未能接受，后来果然被司马昭所害，临终作《幽愤诗》，诗中有“欲寡其过，谤议沸腾。性不伤物，频致怨憎。昔惭柳下，今愧孙登”的句子，后悔当初没听孙登劝告。传说孙登性情温和，从不生气，有人故意想惹怒他，捉弄他，把他投入水中，可是孙登却从水中爬起来，哈哈大笑而去。孙奇逢说孙登“亦我师”，深敬孙登的学识、才能、智慧和胸襟。

从啸台下来，我们走的后山。后山有一座三清观，通往三清观的青竹小路，悠然雅静。

山下的宾馆，色调设计与苏门山水相协调，古朴典雅的烟青色，内敛不张扬。

久慕灵山秀水风采，及至湖边山上缓缓行来，就像夏峰学会会长孙敬洲老师所吟诵的三百多年前征君先生孙奇逢感慨的那样：“迟我来游三十年，园林台榭半颓然。”如今是迟我来游三百年，园林台榭已更颓然。实地感受，荒草处处，游人难觅，很多让人心疼的地方，真的亟待修缮与保护。那些随处可见的施工场景让我们盼着苏门百泉能尽快重现颜值巅峰的状态，亦可“淡妆浓抹总相宜”。

孙奇逢远离容城故里，定居苏门山附近夏峰村之后，有《秋晴》诗一首：“久黯初晴秋气新，衰年亦助一精神。形无润泽虽云病，舍有弦歌岂是贫。老仆淇园能负米，小童山涧可收薪。一编周易读将竟，咎吝元来不自人。”他虽然暮年南迁，见不到家乡月圆，也始终没有富裕过，但他却认为弦歌诵读孔孟周易就是财富，诗中蕴含的深刻哲理与超脱达观的境界就是最好的人生礼物。

夏峰东原征君墓

2019 年 8 月 31 日，我在孙敬洲老师的带领下来到夏峰村村东，拜谒征君墓。从一户人家高大的院墙边绕过去，在一片玉米地旁的小路边，征君墓只剩一块墓碑，在初秋耀眼的阳光下静默着。史料记载，当年征君墓旁弟子们遍植松柏，碑刻众多，远远望去林木葱郁，庄严肃穆。我为先生敬献鲜花，深鞠躬，想到先生在生命的最后时刻依然勤于著述，教导弟子，不由得感慨万千。

清康熙十四年（1675 年），孙奇逢九十二岁，到了他生命的最后一年。在夏峰村的家里，正月，他辑成《苏门纪事》二卷，将以前写的“苏门遗事”数十则合在了一起。尽管先生已经九十二岁高龄，来问学的弟子们及新来拜师求学的弟子仍然络绎不绝。先生一一指点，教导弟子“须求此心恬适，使生机盎然，勿堕枯槁”，有生机有活力的学问才是最重要的，不能枯坐死学。“体认天理而要之以主敬，本体功夫一了百当。”天地万物，身体精神，都以恭敬之心对待，这是最重要的。“只此一点性善，终身学之不尽。”“……只是慎独而已。数十年来奉教于师友者以此，印证于同学者亦以此，一息尚存，益当共励也。”先生为学“以慎独为宗”，强调在自己一人独处的时候，也要像有人监督一样，恪守道德规范。“舜之五臣，武之十乱，皆真师真友，所以成虞周之治，不能亲师取友，只是不虚心，有执见，我辈当自体认。”放下执见，虚心亲师取友，是先生对弟子们的期望。

先生就这样每天与朋友和弟子们讲论，常到深夜。三月份，忽感风寒，渐渐吃不下饭，气息越来越弱，说话越来越困难，但仍然自己写日记，“学问以了达生死为极诣……”先生自己常常说：“饥饿穷愁困不倒，声色货利浸不倒，死生患难考不倒，人之事毕矣。”人要做学问，成大事，须勘破三关，贫贱关、富贵关、生死关，要一步一步努力。

四月初一，先生病情严重了，一点饭都吃不下了。初二日，弟子郝雪海从塞外来信，先生仍然亲手回复："老夫日益衰，天地生生之气不以远阻，不以老间，千古圣学皆本诸天。我辈果信得及，无非光天化日便省却许多葛藤矣。"自己虽然日益衰老，但要弟子们记住千古圣学都本于天道，而天地之气生生不息，是不因距离和年龄而受阻碍的。

四月初七，曲周人王体健在申涵光的介绍下前来拜师从学。先生认为王体健已经快六十岁了，学问也很深，不应位列弟子，而且自己病中，不收弟子了。但是王体健坚持要拜师，先生整衣危坐，跟他说："学问之事在躬行实践，而不在夸夸其谈。平时日常生活中，随时随处都可以体认天理……"王体健虚心向学，照顾病中的老师，过了一段时间才告别回去。

四月初十，先生虽然吃不了什么东西，气息越来越虚弱，但早起仍然坚持洗漱，端正仪表，让儿孙们扶自己坐着，不能多说话，神情始终很慈祥愉悦。这一天，先生还为曲周路文贞手书《殉难遗事》。

四月十四日，先生病情更加严重了。

四月十五日，弟子们环绕在先生身旁，先生针对每个弟子不同的特点，都各有勉励的话，对儿孙们也都一一勉励嘱咐。然后拿起笔，用尽气力写下几句教导："吾将去矣，此后勉之全在尔等，肩师传率父显祖，古今大题目需自己做一番。"

四月十九日，先生说，想当年陆子静病时让众人都离开，静以休息，这也是休养生息的实际学问啊。

四月二十一日上午，先生喉中有点痰，让人扶自己坐起来，穿好衣服戴好帽子，在长子立雅的手心写下"江村"两个字。江村，是先生一生中最重要的朋友鹿善继的家乡。从少年定交时起，两人便"以圣贤相期勉"。后来鹿善继守定兴抗击清军，城破殉国，他"生为理学名臣，死以忠节报国"；而征君先生"始于豪杰，终以圣贤"，两个人都实现了年轻时的抱负，无愧圣贤。鹿善继殉国以后，先生始终关注着他的子孙后代，为其妥善安置。先生在长子立雅手上写"江村"，是放心不下好友的家人吗？还是要自己的子孙也要以鹿善继为学习的榜样呢？我想这些意思一定是都有的，先生临终，脑海里一定想起了与好友砥砺向学的少年时光，也痛惜好友殉国而亡，家人离散。即使毫无关系的陌生人流离失所，先生也要竭力救助，何况是好友的后人呢。这个时候恰好弟子韩子新从钧阳专程来探望，看到先生病重如此，伏在床上痛哭失声。先生握着弟子的手，亲切地看着他，连连呼唤："子新，子新……"想要嘱咐的话已尽在这声声呼唤里。不多时，先生安详地闭目长逝。先生病中，始终念念不忘的不是自己的身后事，而是要弟子们各自勉励自己，真正做一番学问事业。

先生逝后，"门人与含殓者五十余人，子孙曾元服斩衰齐衰者三十余人，官师绅士下至负贩、耕佣、跛瞽、残疾之人，无论识与不识，皆匍匐奔吊，哀声震地，或远不能即至者，为位聚哭"。看《孙夏峰先生年谱》中这段记载，我的眼前仿佛出现了先生逝后人们悼念的场面，无论距离远近，无论身份高低，都如此沉痛，足见先生德望之高。还有几个例子：永年的陈章来信正师徒之谊；安平的靳闇然不远千里来拜谒，自述因公务繁忙被羁绊，总是心心念念想来拜师求学，一直未能前来，如今再也见不到了，成为终生的遗憾，他将自己平生所学对着先生的画像询问，伤心先生离世，忍不住泣下沾襟；弟子李炼庵倒是曾有几年能够得到先生的教导，这点比靳闇然幸运，但他遗憾的是没能在先生走前见上一面，难过得在先生画像前叩拜痛哭，久久无法抑制，连身边的仆役都被感动了。……先生就是这样受人敬仰，为人追念。

当时，著名思想家顾炎武在太原，因关山迢递，路远难行，未能赶往夏峰村，特意写了《孙征君以孟冬葬于夏峰时侨寓太原不获执绋适吴中有传示同社名氏者感触之意遂见乎辞》：

老不越疆吊，吾衰况疏慵。
遥凭太行云，迢递过夏峰。
泉源日清泚，上有百尺松。
忆叨忘年契，一纪秋徂冬。
常思依蜀庄，有怀追楚龚。
不得拜灵輀，限此关山重。
会葬近千人，来观马鬣封。
傥有徐孺子，只鸡远奔从。
一时诸生间，得无少茅容。
俗流骛声华，考实皆凡庸。

淄渑竟谁知，管华称一龙。

我无人伦鉴，焉敢希林宗。

惟愿师伯夷，宁隘毋不恭。

嗟此衰世意，往往缠心胸。

回首视秋山，肃矣霜露浓。

诗中顾炎武对孙奇逢的敬重和对孙奇逢地位的肯定以及会葬时千人送葬的情况描述得真实感人。

睢州的汤斌拜师从学之前，已是清初重臣，他谨守师说，是夏峰北学在政界的卓越实践者，为清朝“八大文正公”之首，是孙奇逢颇为看重的弟子，道光年间从祀文庙。汤斌在其《祭孙征君先生文》中对自己的老师是这样评价的：“先生维德之纯，博极造约，穷理识真，以孝弟为尽性之基，由忠恕为达化之门。当早年，辨志定交江村，析义利于秋毫，等富贵于浮云，固已抗志圣贤之途，溯洄洙泗之津……德盛道尊，征书岁频，衡门之间，安车蒲轮。而先生坚卧不起，天下想望高风，如泰山乔岳之嶙峋，才本王佐而不用，学为帝师而无民。”德盛道尊，其高风如泰山乔岳。才本王佐，只是不愿出仕；学为帝师，只是没有去用而已。如此评价，已身居高位的汤斌对老师的敬仰可见一斑。结尾有云：“今者窀穸在即，鸡酒式陈。音容依依而如在，旨绪茫茫而莫寻。伤仪型之永隔，悲卒业之无因。尚冀先生翼我冥冥之中，俾勿堕迷途，勉策驽骀之力而上臻。”则写出了汤斌与老师的深厚感情，对老师的教导非常珍视，愿沿着老师所指点的道路走下去。

汤斌还为老师写了《征君孙钟元先生墓志铭》，回顾先生生平经历及成就，文末铭曰：

> 至道浩浩，待人而行。贞元会合，大儒挺生。定交江村，志绍濂洛。奥旨微言，开关启钥。穷理尽性，本于孝弟。表里洞然，天空月霁。云卧苏门，韬光敛耀。安乐窝叟，千载同调。峨峨夏峰，万仞其高。攀援莫逮，仰止为劳。松楸郁郁，幽宫在兹。我铭不磨，永式来思。

言简意赅，朗朗上口，是对征君先生生平经历及学术成就的高度概括。

五公山人王余佑是孙奇逢早年的重要弟子，明末动乱，他投笔讨贼，有着卓越的军事才能。孙奇逢南迁，王余佑依依送出百余里。不久他又赶到辉县，与自己的老师一起度过了最艰难的日子，孙奇逢欣然将自己的书斋命名为“共饥斋”。后来王余佑返回五公山下双峰村，继承老师夙愿，重修双峰书院，著述讲学，晚年讲学于献陵书院，为河北一地文脉赓续做出了很大贡献。在给魏一鳌的《寄魏莲陆》中，王余佑沉痛地说：“老师辞世，我辈如天倾矣。深恨向来委顿，未遂兼山之游，此心焚灼，如何可言！昨赴容城，一哭故庐之前，遗像依依如生时，安能再一聆笑语耶？……”字字泪下，遗憾自己未能前去兼山堂，特意赶了二百来里的路，哭于先生家乡容城旧居，感人至深。

弟子费密是四川新繁人，年近五十的时候从父命不远万里来到河南夏峰村拜师求学。师徒相契，从学日久，费密远行告别之时，孙奇逢亲笔书写“吾道其南”赠予费密。费密的成就颇高，南归后，讲学著述，颇有乃师之风，在文学、史学、经学等方面都有很高的造诣，著述甚富。老师逝世，费密时在泰州，闻讯痛哭不已，为老师搭灵棚七七四十九天，祭祀老师。

著名理学家、清初重臣耿介是孙奇逢晚年所收重要弟子之一，他在《祭征君夏峰孙先生文》中说：

> ……惟吾夫子之纯粹中和兮，一身之气而兼备夫四时。其法乾而健行不息兮，精力虽至老而靡衰。道宏廓而渊深兮，固望洋其莫窥。伊洞达其坦白兮，亦简能而易知。一行而咸钦其坊表兮，一言而群奉为著龟。蔼乎如阳春之及物兮，卓然如山岳之不可移。无智愚贤不肖而皆施其陶熔兮，恢恢如大造之无私。推其心直欲胥一世而尽返其天良兮，举斯人而予之以民彝。是以虽圣远而言湮兮，确乎为道统之攸归。五世一堂而雍雍容与兮，乐天伦之克绥。……

从传学弘道、因材施教、身型家范等方面对老师的成就予以生动概括。

耿介又给先生长子立雅（字君建）连写了好几封信，“十八日，钱升阶处惊接老师报计，五内崩摧，哽咽欲绝”，“因未及奔赴哭吊，每忆泰山梁木之吟，惨怛在心，不可忍处”，“日来读老师《考终录》，音容如昨，忽已不啻隔世，罔极之思，曷有穷已。”读来满纸悲伤痛惜。耿介在信中还特意提到先生的教诲：“吾师易箦之际犹曰：‘你们不省我心里在何处用功夫，所谓一息尚存，此志不容少懈。’凡在同学，当深体斯言也。”易箦，即逝世前更换床席，先生已是弥留之际，仍然不忘叮嘱弟子们潜心向学。立定志向，终身不移，一息尚存，用功不止，先生用自己一生的刻苦实践为弟子们做了最好的榜样。

文学家申涵光所写《征君孙钟元先生诔词》读来情感真挚，境界高远，音韵铿锵，既是对老师的深沉悼念，也是不可多得的优秀文学作品，其中对老师“始于豪杰，终以圣贤”的评价被世人高度认可，广泛引用，成为对征君先生的经典总结。

> 呜呼！先生至性醇笃，学有渊源。少资良友，孝格昊天。树坛坫于当代，任纲常者百年。力扶钩党，气藐群奸。善不近名，而宇内咸知爱慕；义不避祸，而造物每与生全。始于豪杰，终以圣贤。返躬克己，陋彼言诠。绍述在朱子，而兼收王陆，见沧海之广大；品望如鲁斋，而终身巢许，真孤凤之高骞。道随时进，化与身迁。教以成材，屦相接于皋比；老益力学，手不离乎简编。逍遥乎山中之礼乐，若不知海外之桑田。方曳杖以容与，胡厌俗而弃捐。易水松楸，魂返故土；苏门华表，泪满新阡。在先生年享期颐，德成福备而无憾。奈海内人思耆旧，欲寻师考道以奚传？光也夙侍几席，约共林泉。频叨训诫，未寡尤愆。展《读易》之卷轴，高言如在；忆夏峰之指授，道范俨然。恨执绋其未逮，遥洒洒而涕涟。

“易水松楸，魂返故土；苏门华表，泪满新阡。”在全国各地的朋友和弟子们无限痛惜和深情悼念之中，十月十六日，依先生遗言，不必归葬容城，且不拘于堪舆家们的话，爱东原平敞，遂葬于夏峰东原，就是我们现在所能看到的征君墓。同月，辉县士绅集体联名请祀先生于百泉书院，雕塑像列于诸贤，春秋得奉祭祀。先生在他晚年的第二故乡，已成为永恒的精神坐标。

第六辑　圣贤德业　家谱传奇

家庭是社会的细胞。习近平总书记曾在不同场合多次谈到要“注重家庭、注重家教、注重家风”，强调“家庭的前途命运同国家和民族的前途命运紧密相连”。家谱文化是中国优秀传统文化的重要组成部分，对延续历史文脉、规范社会风俗、传承与弘扬中华民族传统家庭美德有着重要作用。由孙奇逢及其叔父孙丕基始创的孙氏家谱绵延四百多年，在历史的长河中几经沉浮，孙氏后人始终谨守祖训，多次续修家谱，使家谱实现了其重要使命：敦宗睦族，明德范世。

“谱引”明纲要

明朝万历三十五年（1607 年）十月，在容城县北城村，孙奇逢的叔父孙丕基手握毛笔，表情端肃，郑重地写下了一篇文章，这是一篇题写在家谱前面的谱引。这篇谱引很短，虽然写于四百多年前，但含金量极高，细细读来，其意义和价值已远远超出对一个家族的影响和传承。

谱引是什么？它是放在谱书首页用来牵引导出谱书内容的题词，总揽全局，对整本家谱提纲挈领。首先，谱引第一句：“天地之生人为贵”，人是天地之贵，自是顶天立地的，其使命与担当不言而喻。然而每个人都不是孤立的，生在家族之中，有根有枝有叶，才能生生不息。家谱最简单最直接的作用，就是找到根，寻宗明祖。枝叶虽繁，但都互相联结在同一个根，这种联结，就是一本家谱的框架。

明本始，联枝属，知道根在哪，枝枝叶叶子子孙孙都联结起来了，家谱最重要的作用就登场了：敦宗睦族。说白了，一个家族，根要深，树要茂，就必须要团结。以孝抱团，以德抱团，敦睦宗族，这个家族才能兴旺，所以“敦叙睦族，古称峻德”。“三世无谱，古谓不孝”，最多三代，就一定要续修家谱了。年代久了人口容易散乱是其一，更重要的是人心容易散乱，敦宗睦族就难了。

“自古官有簿状，家有谱系。官之选举，必由簿状，家之婚姻，必由谱系。”家谱就像官簿一样重要。选官要看官簿，而选择婚姻，则要看家谱。为什么呢？婚姻，是人生大事，自然要慎之又慎。谁不想选对一个人，从而选中一辈子甚至子孙后代的幸福？人要选好，是一定不能只看单个人的，还要看他生长在什么样的家庭、什么样的家族，有什么样的家规、什么样的家风……这些，一本家谱是最靠谱了。看好这一点，嫁娶不须啼。一个具备孝友品德、敦睦忠厚的家族，最值得托付终身。

“追本原始，派别枝分”之后，就要“由亲以逮疏，由尊以思卑，可以行仁焉，而联族之情也。不以疏间亲，不以卑防尊，可以行义焉，而明族之分也”。家谱所载，家族之人众多，自然有亲有疏、有卑有尊，然而，“仁”和“义”，是“联族之情”与“联族之分”。“行仁”，“行义”，是家族中每一个人都要身体力行的。

家谱修好了，意义明确了，要求提出了，接下来就是付诸实践的时候了。“然此谱耳，吾族果能尽敦睦之实，则谱不徒作矣。不然条条者文，烨烨者籍，亦谱而已矣。”“敦睦”不是口号，是要尽“敦睦之实”，家谱才不白修。否则，家谱修得再好，话说得再漂亮，也是徒有其表。由此，我想到孙奇逢常给子弟们说的一句话，读书不从自己身上体认，读得再多也只谓之不识字。比如“孝”字，如果没有真正做到孝，那就不算识“孝”这个字。家谱自然也一样。

一部好的家谱，就是一部家族的历史，一本家族的百科全书，一个家族的精神境界。先祖源起、历史沿革、典章制度、世系繁衍、人口变化、居地变迁、家族成员婚姻状况、科第官职、人生成就、社会影响等，以书、图、志、表、史的形式记录下来，历历在目。由此可见，修一部家谱是一项多么巨大的工程。在《容城孙氏族谱》谱引中，孙丕基讲到自己年幼时就已经有了修一部家谱的志向。听说了先人的名字，就记下来，暂时先名为《孙氏世传统系记》，但也仅仅写了十分之一，离完整的家谱还很远，心有余而力不足。所幸自己的侄子奇逢与自己有相同的志向，“慨然欲举而修之，于是勒诸文，授诸梓，俾传不朽”，后人又“安可不思所以谱而勖之也”，更要好好修家谱以尽其勉励之功。

家谱，是中国特有的文化遗产，在世界历史上具有特殊的地位。在正史与方志之外，家谱可以说是鼎足而立的极其重要的文史宝库，是中华民族优秀传统文化中的瑰宝。

附原文：

容城孙氏族谱

谱引

天地之生人为贵。以原始其本根，条别其枝叶，而生生之不紊耳。故枝叶之繁，本根之一也，本根之一，枝叶之当联也。而联之在谱矣。

盖敦叙睦族，古称峻德，则相亲有实，不待谱也。三世无谱，古谓不孝。则有识不忘，亦有借于谱也。自古官有簿状，家有谱系。官之选举，必由簿状，家之婚姻，必由谱系。诚所由明本始，联枝属，敦宗睦族谊最重者。而吾族独可无谱乎？吾自冲龄，夙蓄是志。闻先人名，辙记之帙，暂标其总曰《孙氏世传统系记》，然仅得十一，未知谱状何如。亦有志而力未逮也。幸世泽之芳，天之将大吾族也。吾侄领乡荐奇逢者出，同蓄是志，慨然欲举而修之，于是勒诸文，授诸梓，俾传不朽。使后之人，咸知某之先为某也。追本原始，派别枝分，自此由亲以逮疏，由尊以思卑，可以行仁焉，而联族之情也。不以疏间亲，不以卑防尊，可以行义焉，而明族之分也。然此谱耳，吾族果能尽敦睦之实，则谱不徒作矣。不然条条者文，烨烨者籍，亦谱而已矣。余今实早夜凛凛，不免是惧。而为余之后者，安可不思所以谱而勖之也。

时万历丁未阳月九世孙丕基沐手谨识

布衣之交

明万历三十九年（1611 年），孙奇逢在连续为父母庐墓六年之后，于是年正月丧满除服。六年的庐墓守孝，不事生产，孙奇逢本就不宽裕的家境更为贫困，十七岁已考中举人的他受邀来到京城，在多位朝廷官员家中教授子弟。京师客馆生涯一方面使孙奇逢能够解决家庭生计，另一方面也使他在好友鹿善继的影响下，结交了很多同道中人，如东林党人周顺昌、曹于汴、周起元等人，此外还有友情深笃的布衣之交，韩位（字参夫）即是其中重要的一个。

韩位是宛平人，在京城与孙奇逢相与论学，所见略同。崇祯七年（1634 年），孙奇逢的弟弟孙奇彦（字启美，号思皇）任山东武城知县。孙奇逢在这年的三月份来到武城官署看望弟弟，弟兄二人在此完成了族谱的修订与刊刻，孙奇彦作《凡例》五则。这时候，韩参夫正带着儿子前往南方游历，特意从武城路过，去拜访孙奇逢，应孙奇逢邀请在武城官署中作《容城孙氏世系录序》。这是有记载的容城孙氏族谱第一篇序言，有感于孙奇逢四兄弟两庐亲墓之孝友节义，此文将“孝弟”的重要性描写得淋漓尽致。

首先，一介布衣韩位语出惊人：“人皆可以为尧舜，非谓后王君公可为。”人人都可以成为尧舜那样的人，这并不是身份地位所能限制的。那么怎样才能成为尧舜呢？只要做到“孝弟”就可以了！孙奇逢在容城县北城村的堂号即为“孝友堂”。在韩位看来，亲人活着的时候，要做到孝弟还比较容易，“当吾亲之存也，菽水视膳，笑语为欢”，但是亲人逝去后，世人就很难做到“事死如生，事亡如存”了。韩位认为丧礼修祀都是至关重要的，“定仪文度数，俎豆登歌”，“仪不及物，惟曰不享；祀以非礼，亦曰不敬。”那么守孝也好，修祀也好，都有什么作用呢？“古来仁人孝子，行孝弟以法尧舜，必以修祀为第一义。既修祀矣，上而始祖先祖皆其本源。”修祀明本源，否则久不修祀，先祖都会迷失，迷失了还能是孝吗？修祀聚枝叶，若久不修祀，子孙都会涣散，涣散了还能是孝吗？还有家族亲属，久不修祀则会疏远，疏远得像路人一样，还能称之为一个家族吗？这又怎么能算孝呢？要避免出现这样的后果，修家谱是一个好办法，“古人于是有宗谱世系之书，皆所以曲畅此孝耳”。

韩位自述，他年轻的时候就有修家谱的志向，希望能够影响更多的人，愿“家家成孝弟之俗，则人人有尧舜之心”。只是因种种变故，这志向没能完成，如今看到孙奇逢兄弟正在谱世系，修明祀礼，真的是志同道合，欢欣鼓舞。而孙奇逢的德业之厚，正可以“以谱一家者谱一国，又进而谱天下、谱万世”。

在中国古代，因各种原因没有出仕做官的名贤硕儒大有人在，孙奇逢就因十多次拒绝明清两朝的征召而被尊称为征君，在社会上有很高的声望，高官名士争相延请。因而一介布衣孙奇逢并没有人微言轻，反而很受社会认可，看韩位这篇序言便能窥见一斑。尧舜之世、三代之治是儒家向往的国家理想状态，韩位认为这种理想社会的基础和关键便是孝弟，可惜现实中却很少有行动完全符合儒家道德礼义之人，而孙奇逢兄弟正是笃行孝友节义的难得之人，“近世罕有”，这样的评价真实中肯。

附原文：

容城孙氏族谱全集

容城孙氏世系录序

人皆可以为尧舜，非谓后王君公可为。自天子以至于庶人，一是皆以尧舜为法。伊尹曰：吾岂若使是君为尧舜之君哉！吾岂若使是民为尧舜之民哉！居然谓尧舜可为矣。然则法尧舜之道何？繇亦曰：孝弟而已矣。当吾亲之存也，菽水视膳，笑语为欢。凡说亲得亲者，自无所不至。一至敛棺窆穴，长眠荒郊，寂寞空庭，风凄雨泣，为人子者又何能忘情哉！圣人为之制礼，四仲之月，各一祀焉。定仪文度数，俎豆登歌，所谓事死如生，事亡如存。晚世行此理者，几何人哉！食前方丈，曾不得精洁数簋以享其先灵，榱题数尺，曾不得严肃两楹以栖先灵。即岁时伏腊，俯伏奠献，要不过随俗荐飨。甚至乞灵佛法于圣人，禴祠蒸尝之义，固无当也。仪不及物，惟曰不享；祀以非礼，亦曰不敬。

古来仁人孝子，行孝弟以法尧舜，必以修祀为第一义。既修祀矣，上而始祖先祖皆其本源。不有以籍之，久则迷，迷非孝也。下而云孙仍孙皆其枝叶，不有以籍之，久则涣，涣非孝也。横而从祖、从父、族弟、族兄，不有以籍之，久则疏，疏亦非孝也。古人于是有宗谱世系之书，皆所以曲畅此孝耳。

余自弱冠有志于此，思与同志倡明观感，起兴一人化十，十人化百，百人化千，千人化万。家家成孝弟之俗，则人人有尧舜之心。所谓亲长而天下平，意在斯乎?

迩因迁江南，奇穷多故，大愿不成。过武城启美公正与其兄启泰先生谱世系，修明祀礼。余所谓十百千万之化，盖不在余，而在先生矣。先生昆季孝弟好古，近世罕有，行将以谱一家者谱一国，又进而谱天下、谱万世。只在此一念，婉转而曲致之。宁有余蕴哉！先生命余作序，谨述以复之如此。

崇祯甲戌宛平布衣韩位参夫甫书于武城学道堂

圣贤担大任

容城孙氏族谱，始于明万历丁未（1607 年），创于明崇祯甲戌（1634 年），成于清顺治戊子（1648 年）。万历丁未，孙奇逢的叔叔写下“谱引”，介绍了修家谱的缘起与意义，叔侄二人开始着手修纂《孙氏世传统系记》；崇祯甲戌，家谱在孙奇逢的弟弟孙奇彦（字启美，为孙氏家谱作《凡例》）当时所在的武城官署刊成；顺治戊子，孙奇逢流寓新安时对家谱进行增补，使孙氏家谱得以体例完备。

孙丕基在是年的“谱引”中明确指出，他自己小时候就想修家谱，并已着手记录相关资料，但没能完成，“亦有志而力未逮也”。眼看自己的志向可能难以实现，“幸世泽之芳，天之将大吾族也。吾侄领乡荐奇逢者出，同蓄是志，慨然欲举而修之，于是勒诸文，授诸梓，俾传不朽”。因为有了孙奇逢这个侄儿的帮助，孙丕基欣然命笔，写下“谱引”，叔侄二人共同编纂《孙氏世传统系记》。

一部完整的家谱，就是一部家族的百科全书，要修好谈何容易。从万历丁未，到崇祯甲戌，近三十年过去了，孙奇逢去山东武城县看望在那里做官的弟弟孙奇彦，在兄弟俩的共同努力下，家谱才终于得以刊成。又十多年过去了，清顺治戊子，在孙奇逢的增补之后，这部家谱才终于完备。孙奇逢在完善好家谱之后，写了《世系记》和《谱例》。这本来是两篇简介，但孙奇逢在这两篇简短的文字中融入了他的见解和感悟，使这两篇小短文散发出智慧的光芒。

在《容城孙氏族谱·世系记》中，他先是言简意赅地介绍了孙氏家族的来龙去脉，将分散于各个村的族人都叙述得很清晰，这样孙氏后人就很容易寻根溯源了。他希望同根而生的族人不要散落淹没，“岂知族属原自一体而分，无谱则转盼成路人矣，君子伤之”。本来是最亲的人，怎么忍心过了几代之后，找不到共同的根，就成了陌生人呢！按说一篇简介写到这里已经完成任务，但如果只是这么介绍，又怎会是圣贤的手笔？所以文中最闪光的句子出现了："庶亲支虽远，而血脉可稽；祖德无穷，而声光如在。"祖德无穷，声光如在。先祖的音容笑貌，承载了无穷无尽传递下去的美德，那就永远闪耀在后辈心中，寻根因而有了最特别的意义。苏洵也说："观吾谱者，使孝弟之心油然而生。"古人认为，能孝才能忠，才能善，才能信，孝是一切美德的根本，是最基础的人品。弟，即"悌"，指敬爱兄长。孝敬长辈，友爱平辈，是为孝友，后来孙奇逢给北城村自己的耕读之所命名为"孝友堂"，其意正在于此。一本家谱，能使人生出"孝弟之心"，才是实现了它最重要的价值。而孙奇逢的八个字，"祖德无穷，声光如在"，将这种价值和意义进行了凝练与升华，圣贤智慧，可见一斑。

在《容城孙氏族谱·谱例》中，孙奇逢回顾了十五年前与弟弟奇彦在武城官署修谱时的往事。"世系一编，图成于甲戌武城公署，启美拟冠家乘之首……一时难于汇稽，遂不曾授梓，今且十五年矣……"十五年了，可见修一部体例完备的家谱难度之大。而此时的情势是"地老天荒，林枯鼎沸，漂泊支离，未卜税稼之所"，明清鼎革，天崩地坼，只恐日后颠沛流离，不知所往，因而哪怕流寓安新，也要排除万难，对《家谱》进行全面增补。孙奇逢十五世裔孙孙居超在《容城孙氏族谱源流述》一文中对此有说明："复记入坟茔、祠宇、训词、传志、祭文、家集等诸多内容，以使族人不忘木本水源。"而这些内容各有其重要作用，孙奇逢对此说得很明确："谱坟茔，所以展拜扫之仪也。谱祠宇，所以尽蒸尝之敬也。训词有谱，若亲聆祖父之告诫，而转以训迪于儿孙也。谱传志状，实所以昭先德也。谱祭文，所以昭罔极也。而俾幼之男妇有谱，所以录其贤也。有可述而不述，以生者不应述，仿邑志例也。家有集，见书香之未绝也。集有序，见世德之未艾也。"拜扫之仪，蒸尝之敬，聆告诫，训儿孙，昭先德，昭罔极，录贤人，续书香，传世德……这些重要作用无不昭示着家谱完备的意义和价值，而以"德"字为重，敦睦宗族，教化乡里。

正是由于孙奇逢以高度的责任感和使命感担起修纂和完善家谱的大任，孙氏家谱体例完备，内容翔实，传承祖德，凝聚人心，迄今已有四百年的历史，其后容城、夏峰两地孙氏后人不枉先祖创谱苦心，历经艰难，多次续修增补，铸就了中华民族家谱文化的一个传奇。

附原文：

容城孙氏族谱全集

凡例

一、世数人，一人一谱，一谱一方，方寸之图，妇子名氏，生殁寿年悉具，一举目可考也。

一、谱为重祖睦族之义，故祭祖之礼载于谱后。

一、宗人有年远失其祖之源，而又的知为同宗者，载于本世之后，不问齿矣。

一、如族之兄弟，谱中惟以宗派布列，如长子之长子在前，次子之长子在后，又无问齿矣。而宗子元孙，世世昭然于某世之首，于宗法更合。

一、宗人有孝友节义文学之人，若有传记诗文，为三世者即序三世中。为五世者即序五世中。世次分明，以便稽考。

崇祯甲戌　夏日十世奇彦述于武城公署

容城孙氏族谱

世系记

吾家原口外小兴州人。自明永乐奉诏内徙，有讳忠者兄弟二人遂家于容城之贾家庄，田园坟墓皆在。余系之出于忠或忠之弟，皆不可考。二世三世也失其名，凡族属支派皆从此分。四世祖讳广，广生信，信生端，端六子，长廷宝公率诸弟复迁北城。生先大父运判公臣，然耕凿之事仍取办于贾家庄。嗣后大父游宦，始弃其田庐。余童时从先府君拜墓，岁每再至。今族人之在贾家庄者，渐次寥落。在费家庄者，亦无多人。聚族而居北城者，皆大父之子孙曾玄耳。迩复有家于小南头者，家于王哥庄者，皆嫡派也。

按始祖至余仅十世，而远祖失讳，遂令宗派莫究，总因无以至是。岂知族属原自一体而分，无谱则转盼成路人矣，君子伤之。所以云“三世不修谱，即谓之不孝”。况此地自石氏以十六州酬贽戎庭，一经陷溺，晴霁难期，后乎此者，兵火流移，何日无之？惨矣！不忍深言。因为世系图，俾我族属，人存一幅。庶亲支虽远，而血脉可稽；祖德无穷，而声光如在。苏老泉云“观吾谱者，使孝弟之心油然而生”。旨哉斯言乎？

戊子仲夏十世奇逢沐手敬书于渥城云宿舍
顺治五年

容城孙氏族谱

谱例

世系一编，图成于甲戌武城公署。启美拟冠于家乘之首。因族属散处，某人有子，某人有孙，一时难于汇稽，遂不曾授梓。今且十五年矣，地老天荒，林枯鼎沸，漂泊支离，未卜税驾之所。乃于图外而记，以见木本水源之合。谱坟茔，所以展拜扫之仪也。谱祠宇，所以尽蒸尝之敬也。训词有谱，若亲聆祖父之告诫，而转以训迪于儿孙也。谱传志状，实所以昭先德也。谱祭文，所以昭罔极也。而俾幼之男妇有谱，所以录其贤也。有可述而不述，以生者不应述，仿邑志例也。家有集，见书香之未绝也。集有序，见世德之未艾也。凡此皆准吾乡前辈修谱之例，而非以意起之者也。所未备者，子若孙应有任其责者，非余谱例之所敢知也。

戊子夏十世奇逢述于渥城云宿舍
顺治五年

帝师作序荐征召

在孙氏家谱众多的序言当中，孙承宗所作的《孝友堂家乘》序可谓篇幅最长，文中赞赏之辞最多，而作者爱才之心又最挚。其中最独特的一点，是在篇末强烈荐举孙奇逢出仕做官，以期明室中兴。

孙承宗，字稚绳，号恺阳，直隶保定府高阳（今河北省保定市高阳县）人，明末杰出政治家、军事家、教育家、学者，官至兵部尚书、辽东督师、东阁大学士，为天启帝师，名重当时。早在明万历三十九年（1611 年）孙奇逢兄弟四人两庐亲墓之后，孙承宗就特意写了一首长诗《赠孙孝廉启泰》，诗中开篇写道："容城城坳大如斗，今古贤豪萃作薮。静修之修忠愍忠，撑柱乾坤万不朽。行天日月地江河，出奉君王入父母。孝廉崛起两贤乡，手握天常为世纽。……"将年轻的孙奇逢与容城县的两位先贤刘因、杨继盛并提，并盛赞孙奇逢"手握天常为世纽"。

在孙承宗所作《孝友堂家乘》序中，他详尽地介绍了孙氏家族从八世祖孙臣（即孙奇逢祖父）至十世孙奇逢的嘉德懿行。容城孙臣（字汝邻，号敬所）以嘉靖乡荐，曾任河东盐运司判，为官清廉正直，为人宽博慈厚，乡里交相称颂，人们送他一个亲切的外号"孙佛儿"。孙臣的儿子、孙奇逢的父亲孙丕振（字肯轩），以博士弟子任儒学训导，主管教育，亦是乡里贤达。孙臣去世后，孙丕振兄弟六人，但他独奉寡母，而解衣于兄，课学于弟，已备孝友美德。孙奇逢四兄弟均补博士弟子。最小的弟弟孙奇彦举万历庚子京兆榜，以恩选任武城县令，在任一年多即辞官回家，原因是不擅长对上级领导阿谀奉承。兄弟四人继承先世孝友，都是世间大贤，而天下贤德忠义的士大夫都愿结交孙奇逢兄弟四人，交相称颂他们的孝友美德。孙居超在《容城孙氏族谱源流述》中说道："由于征君公弟兄四人以两庐亲墓之古礼在当时以孝友节义名重天下，一时俊杰咸与过从，师友所赠文字亦多。这些诗赋文章内容丰富，启美公将同人所赠文字辑成六种八卷：曰《哀思录》，王孙蕃序，杜胤芳、郇孔彰跋；曰《永思录》，梁见孟、鹿化麟序，杜胤芳跋；曰《先儆录》，崔庚序，杜胤芳跋；曰《复学本末》，崔庚序，杜胤芳跋；曰《诏旌记》，鹿化麟序，杜胤芳跋；曰《草堂兰谱》，鹿化麟序，杜胤芳跋。此八卷内容接受茅元仪的建议，命名为《孝友堂家乘》，有高阳孙承宗，定兴鹿善继，归安茅元仪，祁州刁包诸公为之序。”孙承宗详述了孙奇逢兄弟怎样为父母守孝至诚，他认为“孙生异在合四兄弟率诸娣姒共一孝，而后先六年，孝且终其身也”，“余谓四兄弟当同旌，而娣姒以孝成夫子之孝，当与四兄弟同称。”一家之中，只有儿子孝是远远不够的，更难得的是儿媳们团结和睦，共同促成了孙氏四兄弟的孝行。这种醇笃的孝行，在乡即为孝悌，在里则为敬爱，如今在堂亦可称之为孝友了。

儒家崇尚孝道，父母（广义来讲也包括师长）逝后庐墓三年即是孔子大力倡导的。其时间的制定是源于孩童从出生起要至少三年才能脱离父母的怀抱，而父母逝后，怎能忍心让其独自在荒郊野外呢，也要陪伴他们三年才行。孔子的弟子们就自发为孔子庐墓三年。儒家对孝道的推崇是不遗余力的，认为孝弟是天下之本。由孝道还衍生出很多神奇的故事，比如“二十四孝”的故事。孙承宗在此篇序言中就特别提到了“二十四孝”故事的第二十三则“弃官寻母”的主人公朱寿昌。

朱寿昌是宋代人，幼时被迫与母亲分离，长大后为官，颇有德政，仕途顺利，但他一直在寻访母亲，找不到母亲，他总是闷闷不乐，甚至吃不下睡不着。神宗朝，已经五十岁的朱寿昌想到母亲已经高龄，再找不到可能就再也无法相见了，于是毅然辞去官职，专程去寻找母亲，发誓找不到母亲绝不回家。历尽艰辛，终于找到已经七十多岁的母亲，母子得以团聚，并将母亲改嫁后所生的子女接走供养，视为亲弟妹。朱寿昌弃官寻母之事，远近传扬，有人将此事汇报给皇帝宋神宗，神宗大为赞赏，令其官复原职。当时王安石、苏东坡等名士为朱寿昌写诗撰文，扬其美德。

孙承宗在此篇序言中还提到“三冬堇”“七年粟”的故事，这故事的主人翁是刘殷。刘殷，字长盛，新兴（今山西忻州北）人，东汉光禄大夫刘陵的玄孙，十六国时期前赵名士。刘殷七岁丧父，守孝庐墓三年，恪尽礼制，三年中从未笑过。弱冠之年，已精通经史，工文章诗赋。州郡、朝廷屡次征召，均婉辞。后来齐王司马冏辅政时，征任大司马军谘祭酒，改任新兴太守，很有政绩。永嘉五年（311年），刘殷遇永嘉之乱，落到前赵帝刘聪手中。刘聪欣赏其才能而提拔他，历任侍中、太保、录尚书事。以高寿而终。传说刘殷父亲逝世后，他待家里长辈至孝。他的曾祖母王氏，在隆冬时想吃堇菜，但知道这个季节没有，就不说出来，只是天天吃不饱。细心的刘殷得知原因后，当时只有九岁的他就到田野恸哭说："我自幼失去父亲，如今曾祖母想吃堇菜我却达不到她老人家的心愿，希望上天垂怜。"一番哭诉之后，隆冬季节，地上竟然长出了堇菜，于是他挖回家奉养曾祖母，等曾祖母吃完再挖，堇菜也不见少。年幼的刘殷夜里梦见有人对他说："西篱下有粟米。"醒来后去挖，得到十五钟粟米，上面还有铭文："七年有一百石粟米，赐给孝子刘殷。"从这时起吃粟米，七年才吃完。七年后刘殷也就长大了，能够自食其力了。乡里父老嘉赏他以至孝感动神灵，竞相赠给他谷米丝帛等生活用品。刘殷接受后说等以后富贵了将要报答这些乡邻。这就是"三冬堇"和"七年粟"的故事。

尹吉甫和张仲是周朝人物。张仲是周宣王卿士，以孝友著称，与尹吉甫共同辅佐周宣王，中兴周王朝，史称宣王中兴。文中"其归而饮御，乃在张仲孝友"出自《诗经》的《小雅·六月》，诗歌末尾写道："文武吉甫，万邦为宪。吉甫燕喜，既多受祉。来归自镐，我行永久。饮御诸友，炰鳖脍鲤。侯谁在矣？张仲孝友。"特意点出"张仲孝友"，可见孝友之人在国家大事上的重要作用。

孙承宗认为，尹吉甫能得孝友之人为友是幸，而周天子肯以孝友之人为大臣才是国家的大幸。可惜古盛时孝友多在朝廷，而后世以孝友为家人，行多在野，这多么令人遗憾啊。他希望君臣上下交敦孝友之行，希望君视臣如子弟，臣视君如父母。从前"刘殷一门，七业俱兴，士不修操行，无得入其门"，那么现在呢？"兰谱诸君子何幸为孙生入门之操行乎？"将孙奇逢与刘殷并称，认为孙奇逢也是像刘殷那样感天动地的人物，只有操行高洁的人才能入其门。

序言的结尾，孙承宗再次强调，孝友在一家，无论多么繁荣，也只是教化一家。只有孝友在朝廷，则内和外理而天下平。"故庙堂大臣必不可不躬孝友而独以干见，庙堂必不可一日无孝友大臣而偏倚干局。即闾阎孝友负儒行者，必不可不早在朝廷，而荐拔之司必不可先文苑，而使孝友之士抑而不举。”希望笃行孝友的人才为朝廷效力；而朝廷选拔人才，不要先选能文的，而让孝友之士反而埋没了。当初孝友张仲辅佐周宣王，宣王才能中兴周室。如今皇帝也一定要用孙奇逢，或者说孙奇逢是可以出来做官为国效力的人。这就非常明确地在荐举孙奇逢了，强烈期盼孙奇逢出仕。孙承宗的眼光很准，他看重的人，像袁崇焕、马世龙、祖大寿等都有不俗的表现，可见他的话是很有分量的。而孙奇逢在明清两朝被征召十几次，也足见征君先生德才兼备。

附原文：

《孝友堂家乘》序

孙承宗

盖容城有四孙生，后先补博士弟子。而叔子举万历庚子京兆榜，季以恩选宰武城。其大父敬所公以嘉靖乡荐，历官运司，人称佛子。其父肯轩公，以博士弟子官儒。少不愿称公子，长不主一先生之言。以六兄弟独奉寡母，而解衣于兄，课学于弟，盖孝友称先嬺矣。编中《永思》《哀思》，其在斯乎？四孙生席先世孝友，为世大贤，而天下贤士大夫翕然述四孙生孝友。天子有诏旌孝廉，而忠义士大夫又不欲仲子行没于文也，一时愿交四孙生者，且有金兰之约。故所辑有书六种可读。盖四兄弟两庐尊人墓侧，后先六年，而诸娣姒同堂侍太君，又同堂为织纴。诗伤兄弟不咸，而以好合先既翕。余于四兄弟居庐觇之，因念古今孝友列在图书，盖有蓺黍承颜，击鲜就养；亦有捧檄以喜，砥节以扬；亦有陨心风树，沬泣寒泉。至若华承棣萼，叶悴荊枝，让果同衾，推肥代瘦，罔不体至性以驰芬，笃忱恂而宣范。即锡金莳玉，授胆梦灵，至于动天地，感鬼神。然而中庸之行也，采绚者或相与举清白异行，天下遂有异行之目，将无举世莫同乃见为异乎？乃余有所异孙生矣。孙生异在合四兄弟率诸娣姒共一孝，而后先六年，孝且终其身也。夫同气参错一室，交谪世岂无之，而兄兄弟弟，夫夫妇妇，集一孝而奉二人。余谓四兄弟当同旌，而娣姒以孝成夫子之孝，当与四兄弟同称。何至以孝友畎拙目乎？

汉有孝廉，举而实重策士，故固、晔不传孝友。晋史传孝友首密，只以文见耳，东堂愦悁，殊非本色。历晋来，中多以色养无主，若君食无从辞征辟。其所褒表多籍闾巷醇朴，而乡曰孝悌，里曰敬爱，亦如今之堂孝友也。独朱寿昌既官，以孝闻天下，一时士大夫如王安石、苏颂、苏轼而下争为诗美之。而寿昌有谠言，有惠政，亦孝之施矣。嗟乎！孝友不登朝廷，而青青子衿尚以艺废，岂其发三冬之堇，锡七年之粟，而不足当提衡世道之思乎？何拙目之不谂所重，而轻天下士，至烦诸君子语。何怪乎美新种种，又何怪乎魏给事、左侍御乃肯为复学语也。亦足觇孝友不可不在朝廷矣。

周家尹吉甫，文武为宪，佐天子匡王国，其归而饮御，乃在张仲孝友。夫岂侈炰鳖脍鲤之燕喜，日侯在无，亦以孝友之大臣在朝廷，调一人以调百士，故师武臣得以严翼共武服而定王国。由斯知孝友者，其古所称贯三灵苞万象者，何可一日不在朝廷乎？迄今想诗人胸蕴成周太和，而意摹天子大臣。其集我，或群或友，合诸肺胆以试佶闲大略。若视色庭帏是谓能孝，其比肩事主，不忮不竞，日与壮猷元老，如方叔辈，若各持一美以尝亲，是谓能友。然则吉甫得孝友为友，唯是天王肯以孝友为大臣，以应师武臣。

予因念古盛时孝友多在朝廷，而后世以孝友为家人，行多在野。周家颂先嫩曰：因心则友。至燕以戚戚兄弟，答以君子有孝子。其中有曰孝思，曰来孝，曰靡有不孝，又曰孝德佐四方。是时君臣上下交敦孝友之行，故君视臣如子弟，臣视君如严慈。《传》曰：忠臣以事君，孝子以事亲，其本一也。岂不然哉！风漓化薄，礼违道丧，宰世之人，孝或惩家，忠不树国，故仕以势招荣，非行立固，不若闾左尚有真心焉。

嗟乎！昔人以树篱作管手，小试禹山。嘉者曰当朝则社稷之臣，至儒素笃行者，以征伐封侯拜侍中，谁谓家人质行不大行也。刘殷一门，七业俱兴，士不修操行，无得入其门。然则兰谱诸君子何幸为孙生入门之操行乎？余谓孝友在一家，即草木欣欣，终是一家之咸若。唯孝友在朝廷，则内和外理而天下平。故庙堂大臣必不可不躬孝友而独以干见，庙堂必不可一日无孝友大臣而偏倚干局。即闾阎孝友负儒行者，必不可不早在朝廷，而荐拔之司必不可先文苑，而使孝友之士抑而不举。嗟乎！张仲孝友，周宣之所以中兴也。方今圣天子在上，至孝近王，或曰必且用孙生，又或曰孙生可出而仕矣。

孝友名家乘

茅元仪，字止生，号石民，文学家茅坤之孙。自幼喜读兵书，有很高的军事才能，兵部尚书孙承宗欣赏其才干，一直很重用他。崇祯二年因战功升任副总兵，治舟师戍守觉华岛。崇祯九年孙承宗战死，茅元仪忧愤国事，终郁郁而死。茅元仪有着高度的责任感和使命感，目睹明朝武备废弛，国防衰弱，遂汇集兵家、术数之书二千余种，历时十五年辑成《武备志》，对后世影响深远。

与孙奇逢相交甚厚的茅元仪不仅将孙奇逢收集整理的家乘合集命名为《孝友堂家乘》，还特意写了一篇序详述其始末。

孙奇逢在容城县北城村的住所"孝友堂"，是孙奇逢的好朋友鹿善继命名的。茅元仪认为，世上貌似孝友之人很多，为什么鹿善继要用"孝友"二字作为孙奇逢的堂号呢，这是因为孙奇逢是真孝真友。这可以从《孝友堂家乘》中所辑的六种著作看出来。

《哀思录》：源于孙奇逢对父亲的美好品德隐没无闻而感到哀伤，所以凡有士大夫为父亲吊唁并写诔文的，他都记下来，这就是《哀思录》的由来。孙奇逢父亲的美德因而得以记录、继承、传扬，思念亡亲但不停留在表面，而是在精神高度上纪念亡亲，传承亲德，这才是"真孝"。

《永思录》：孙奇逢二十二岁至二十八岁的六年之中，父亲、祖母、母亲相继逝世。孙奇逢与两个哥哥一个弟弟筑草庐于墓旁守孝，吃饭睡觉都在草庐之中，连续六年如一日。媳妇们在家则和睦相处，共同做针线活儿养家。因庐墓时间长，难度大，很少有人能做到真的庐墓守孝。士大夫在这一点上都很敬佩孙奇逢，也为他写了很多文章。孙奇逢读后更加不能忘其亲，不能忘其亲就不能不重视朋友们的这些作品，汇集到一起，这就是《永思录》，孙奇逢可谓既孝且友。

《复学本末》：万历三十三年六月八日，孙奇逢的父亲肯轩公以偶患心痛，猝然离世。祖母杨安人因痛失儿子，年老之人经受不住白发人送黑发人的打击，翌年二月三日逝世。万历三十六年十月九日，患呕病痼疾已三十二年的母亲陈孺人也悲痛过度，病重离世。父亲、祖母、母亲相继逝世，按古礼父母逝世要庐墓守孝三年，因而从万历三十三年，到万历三十九年，孙奇逢兄弟四人六年庐墓。接二连三痛失亲人，庐墓的艰苦生活，守孝尽礼的哀伤，使兄弟四人的学习与生活、身体状况都受到了影响。孙奇逢患了严重的胃病，每年夏秋之交都会犯，吃不下东西。孙奇逢的二哥孙奇遇（字启运）当时是县庠生，本来品学兼优，也因庐墓守孝身体不好，顾不上学习，导致成绩不合格，主管教育的官员因而将他的学籍废除。后来听闻孙奇逢兄弟的孝友节义，被深深感动，认为这是比学习成绩更加难能可贵的德行，是学子们的榜样，于是恢复了孙奇遇的学籍，这就是《复学本末》的由来，孙氏兄弟的孝友美德被乡里称颂传扬。

《诏旌纪》：后来的教育主管采访笃行，以应旌典，大家都说不如孙奇逢。如今天子旌其孝，牍满公府，颂满天下，这也是《诏旌纪》之所以能刊刻的原因。

《先孍录》：孝其亲能够推之于亲，再推之于父亲的兄弟子姓，凡有懿行美德，为防湮没无闻，特辑成《先孍录》，这是孙奇逢的孝友不局限于一家几口，能推而广之。这就是儒家一向推崇的“老吾老以及人之老，幼吾幼以及人之幼”。

《草堂兰谱》：孙奇逢的孝友还表现在特别重视志同道合的朋友，择友谨慎，所交往的朋友都是品行端正的，这些朋友所述即使只是很短小的一些文字，也不忘记不丢弃，因而有了《草堂兰谱》。

辑成上述六种著作，茅元仪对孙奇逢说：“可以合成集子啦！”孙奇逢说：“这也是我的志向，聊以备家乘。”茅元仪随即建议：“可以命名为《孝友堂家乘》。”孙奇逢说：“这可不敢，鹿伯顺以‘孝友’二字来命名我的住所，我已经是仰而愧俯而汗，一直说这是对我的训示，哪敢用来命名我的家乘而到处传播呢？”

茅元仪为说服朋友，进行了一番解说：“你不让以孝友命名家乘，那孝友之人怎么才能传之后世呢？你谦虚了，不当孝友，可使之当不孝不友吗？所谓圣人，就是孝友而已，孝友者也仅是免不孝不友而已。一念及此，你的子孙后代能忘记孝友堂吗？你的子孙也是既孝又友，敢一日忘孝友堂吗？你不敢忘孝友又怎么忍心使天下之人一日忘孝友呢？伯安王子叙宋瑞文子之别集中说到：‘人忠于其君而思以吾忠于其君者，启其良心，固有人弗及知之者非自言之，何繇及人乎？’在您这里已经自己尽到啦。凡是美行懿德，以你这样与人为善的品格，唯恐传得不远呢。伯安王子说得对，孝犹忠，这就像吃过烤肉的人才能说出烤肉的美味。我觉得吧，你自己的言行已经很启迪后人了，何况这本《草堂兰谱》是大家共同的言论呢？”这番逻辑严密的劝说，说得孙奇逢心服口服，点头遵命。于是《孝友堂家乘》一书与孙氏家谱中其他著作一起，开始了四百年传奇。

附原文：

容城孙氏族谱全集

孝友堂家乘序

茅元仪

孝友堂者，容城孙子启泰之堂也。颜之以孝友者，孙子之友鹿子伯顺也。孙子家无堂，其以堂称者，因鹿子颜其室曰堂，因而堂之也。夫孰不当孝友，而鹿子独以颜孙子之室者，以惟孙子为真孝真友也。

孙子哀其父之抱隐德而弗显也，故于士大夫之过而吊之论，行而诔之者，无不载之简，此所以有《哀思录》之刻也，孙子可谓孝矣。

孙子于其父之殁也，偕其两兄一弟筑庐于墓而居之，旦夕觐太夫人外，即饮食卧处其中三年如一日。而太夫人殁矣，扃其户，童子纳薪水于诸妇，诸妇合而织衽，而四子者家于墓勿复返，如是者又三年如一日也。士大夫哀而敬之，有所述焉。孙子受而读之，益不能忘其亲，不能忘其亲遂不敢轻蔑其所述，此所以有《永思录》之刻也，孙子可谓孝且友矣。

孙子仲兄以六年庐墓，礼崩乐坏遂并荒诗逸书，为学使者以文摈，既而闻其孝友，乃破故事以复之，此《复学本末》之所以刻也，孙子孝友信于乡矣。

后之学使者采访笃行，以应旌典，国人曰无如孙子，今天子旌其孝，牍满公府，颂满天下，此《诏旌纪》之所以刻也，孙子孝友著于朝矣。

孙子孝其亲推之于亲，之父亲之兄弟子姓，苟有懿美惧或湮焉，此《先徽录》之所以刻也，孙子孝友能锡尔类矣。

孙子孝友其取友端，端人之言虽小勿忘，故凡赠遗倡和削牍往复皆积而成帙，盖孙子不忘丽泽如此，此《草堂兰谱》之所以刻也，孙子孝友人无间言矣。

茅子曰：是当合而函之。孙子曰：此吾志也，聊以备家乘。茅子曰：当名之曰《孝友堂家乘》。孙子曰：是乌敢，鹿子之颜我室也，我仰而愧俯而汗，犹曰将以训也，其敢以名我乘而播之远乎？茅子曰：不然孝友者孰可后哉？子不当孝友也，可使之当不孝不友其能乎？夫所谓圣人者，孝友而已，孝友者亦仅免不孝不友而已。念及此，子之子孙敢忘孝友堂乎哉？即子孝矣友矣，敢一日忘孝友堂乎哉？子不敢忘孝友忍使天下之人一日忘孝友乎哉？伯安王子叙宋瑞文子之别集曰：人忠于其君而思以吾忠于其君者，启其良心，固有人弗及知之者非自言之，何繇及人乎？在先生之自尽。若可以无传，以先生之与人为善，惟恐其传之不远也。知言哉王子乎？夫孝犹忠也，食炙者方能言炙之美。吾方忘子自言之以启人，而何况人之所言乎？孙子曰：敬诺。遂录其言为序。

鹿善继知己言深

明万历二十五年（1597 年），容城县北城村十四岁的孙奇逢家里迎来一个重要的客人，英眉朗目，谈吐儒雅，气度不凡，他就是时年二十三岁的鹿善继。鹿善继从定兴江村的家来容城，有三十多里路，他往返频繁，最初是因为他的妻子是容城人，后来就更多是来拜访孙奇逢了。

十四岁的孙奇逢虽然年龄不大，学问却不小。他七岁入小学，十一岁始学文，十四岁即入邑庠，品学兼优，笃行孝友，气节凛凛，因而闻名乡里。鹿善继在往来容城的时候也听说了孙奇逢，他虽然比孙奇逢大九岁，但两人交往之后却相见恨晚，志趣相投，“以圣贤相期许，不为口耳章句之学”。这一年，在容城县城的杨忠愍祠，鹿善继与孙奇逢正式定交，从此开始了两人终生不渝的友谊。孙奇逢的父亲肯轩公看到鹿善继特别高兴，很喜欢儿子交的这个朋友，说鹿善继言行举止不同凡俗，是古之狂士（志向高远，勇于进取之士）。后来孙奇逢父母接连过世，鹿善继时往吊唁，与孙奇逢庐中论学，常常忘记了时间；孙奇逢“一年强半在江村”，让自己的子侄辈都拜鹿善继为师。正是由于相知甚深，鹿善继在《孝友堂家乘》序中头一句便说“余之交启泰深矣，家乘六种中皆有余笔”。

鹿善继指出，“父母生时肫然一念，是人自具之太始，不必从黄虞问古道也。因识天下人同有父母生时肫然一念，天下人同具之太始，不必按坟典想古风也。”肫然，惇厚一致的样子。黄虞，黄帝、虞舜的合称。坟典，三坟、五典的并称，后转为古代典籍的通称。在鹿善继看来，别人初生时都是惇厚的，自具古道古风。但后来为什么总是感觉人心不古，古道于今日都已沦落埋没了呢？这就要“反之吾心”，在自己身上找找原因了。如果自己都没能做到，又有什么资格指责社会风气不好呢？

孝友至德，看似简单，真正做到却很难。比如启泰（孙奇逢字启泰），他要做到孝，就“以廉见难”，因为太清廉了，奉养长辈、治丧守孝自然都会很难。而启泰之廉，又“以贫见难”，越贫困越需要物质财富，雪中送炭远比锦上添花来得重要。这种情况下要坚持廉洁就更难了。这就像孔子的贤徒颜回，一箪食，一瓢饮，居陋巷，别人都不堪其忧了，他却不改其乐，这才是圣贤境界。明清时期的举人可以通过各种途径出仕，或是以举人的身份参与一些政府事务，是可以做到不贫困的。“启泰之贫又以可不贫见难”，可不贫，却坚守气节，让自己还这么贫困，这真的是太难了。但勘破这一关，战胜这些难，那就无所不易了，还怕什么呢？

鹿善继将孙奇逢的品行做了最为深刻的解读，不愧为知己。侍御黄鹤岭向朝廷力荐孙奇逢，请朝廷征召他，认为孝友之人可以为政。鹿善继认为，孝友堂岂是因显达就能荣耀、因贫穷就能损害的呢！无论身处何种环境，都能坚守本志，这才是真正的气节。

人的内心有如人的面貌各不相同，但不管什么样的思想情况，都不必从黄虞问古道，不必按坟典想古风，圣贤和古书说到底其实就是要人保持赤子之心。人人都是父母所生，大家都以一颗赤子之心相交往，那就不会人心不古了。在鹿善继看来，他的好友孙奇逢正是这样一个拥有赤子之心的人。

附原文：

容城孙氏族谱全集

孝友堂家乘序

鹿善继

余之交启泰深矣，家乘六种中皆有余笔。盖尝统观之，而识人自有父母生时肫然一念，是人自具之太始，不必从黄虞问古道也。因识天下人同有父母生时肫然一念，天下人同具之太始，不必按坟典想古风也。以同此心之人，每叹人心之不可知，以为古道之不可见于今日，试反之吾心可知否？吾自具之太始曾见否？以按家乘孝友自是至德，而启泰之孝以廉见难，启泰之廉以贫见难，仲尼之贤颜回，谓人不堪其忧，此至圣勘人实境。孝廉于世法仅可不贫，而启泰之贫又以可不贫见难，办得此难无所不易。黄侍御鹤岭力荐于朝，请行辟召，固谓孝友之即为政也。而孝友堂岂以穷达加损哉！余只取当人心如面时犹有此地此人现父母生时之一念，因使凡生于父母者，各以其生时一念相往来，则太古未尝一日不在目前尔。

百岁树德，范世之功

高鐈，字荐馨，直隶保定府清苑（今河北省保定市清苑区）人，孙奇逢的弟子。明崇祯十七年（1644 年），孙奇逢与高鐈同在白洋淀避难，高鐈是时始拜师孙奇逢。清初孙奇逢流寓新安（今河北雄安新区安新县境内），高鐈每天陪伴在老师身边，论道求学，常常谈到家谱不修，人不知祖，世风日下。于是孙奇逢将自己所收藏的孙氏家谱拿给高鐈，让他在后面写一篇跋。这就是《书孝友堂家谱后》的由来。

在这篇跋中，高鐈先引用《礼记·大传》中的一句话："人道亲亲也。"人之道，都会亲近自己的亲人。"祖由此而尊，宗由此而敬，族由此而收，自仁率亲无遗亲矣。"明晓此义的人，是有道之人，是仁义之人，"吾师征君先生其人也"。经过长时间的朝夕相处，对自己的老师，高鐈十分了解，因而非常敬仰。这篇跋概括了孙氏家谱的内容，并对孙奇逢的社会影响和以身范族进而范天下范后世的意义价值做了阐述。

高鐈说自己的老师家世清贫，但能让家里和睦愉悦，能笃行孝友，六年庐墓伤双亲之逝，并且隐于举人不出仕已经四十九年了。孙奇逢的品行节义已传到江之南、天之北，人们都交口称赞他是真孝廉。等到孙奇逢出示家谱给高鐈，高鐈认真学习，"阅其历世十有二，历年二百余，存殁无虑，二百有奇。若本枝、若昭穆、若字、若官、若配、若为人后、若后人、若祠、若茔、若祭期，指诸掌矣"。孙氏家谱体例完备，内容翔实，言简意赅，既是一家之言，亦能"补国书之不逮也"。至于后先训词，教导族属，要"敦朴素而薄纷华，务孝弟而黜奸利。士不必矜名，要之贤良；农不必千钟，要之力本"。高鐈认为，这意义真远过一岁树谷，十岁树木，这是百岁树德的功勋。

从古以来，要使家族和睦，凝聚人心，作为君子都觉得很难。其实，“非合族之难，能以身范族之难也”。真正难的是以身作则，学高为师，德高为范，真正让自己的品德能范一族，才能促使家族和睦凝聚。这是很难做到的。但做到了“以身范族”，进而再“以族范身”，使一个家族的德行能范家族之人，这就更难了。修家谱是睦宗族的一个好办法，而孙奇逢是对孙氏家谱有创建与完善之功的人。

在高鐈看来，自己的老师“躬行表率，可范一家者，即可范天下，范后世”。接下来他引用《中庸》里的话，说孙先生“渊渊肫肫”，即《中庸》中所说“唯天下至诚，为能经纶天下之大经，立天下之大本，知天地之化育。夫焉有所倚？肫肫其仁，渊渊其渊，浩浩其天”。只有天下至诚才能立天下之大本，知天下之化育，除此之外还有什么需要依靠的呢！他的仁心那样诚挚敦厚，他的胸襟智慧像潭水那样深邃，他的美德品行像苍天那样宽广。而且先生日常生活中就是这么做的，跟弟子们在一起，潜移默化，熏陶影响，弟子们没有不被陶冶教化的。即使是农夫牧童，也都被其深挚醇厚的品行所感染，对先生特别信服敬仰。这就是先生其人，这就是先生的孝弟美德，这就是先生所作家谱的作用啊！

高鐈写这篇跋的时候，孙奇逢“隐于孝廉者已四十九年”。推算一下，孙奇逢十七岁中举，此时六十六岁，是年当为公元 1649 年，清顺治六年，孙奇逢流寓安新。这几年间，高鐈也寓居安新，与孙奇逢朝夕相处，了解愈多愈为敬仰。乱世之中，孙奇逢从容以对，不改本色。就在这一年的冬天，临近年关，孙奇逢洒泪告墓，携宗族乡党及跟随的门人弟子几十口踏上了南迁之路。后孙奇逢定居河南夏峰村，躬耕田园，著述讲学，“门前履满，敢云洙泗士三千”，成为我国历史上杰出的学者、思想家、教育家，真正做到了百岁树德，范世之功。

附原文：

容城孙氏族谱全集

书孝友堂家谱后

《礼》曰：人道亲亲也。祖由此而尊，宗由此而敬，族由此而收，自仁率亲无遗亲矣。明此之义者，为有道，为仁人，吾师征君先生其人也。

先生家世清贫，门以内䜣䜣愉愉，一堂笃孝友之真，六载极风木之恸，且隐于孝廉者已四十九年。所江之南，天之北，人莫不交赞为真孝廉。小子鐈从游也晚，甲申避地白洋，先生悯其蒙昧乃始示之烛杖，既而浮家入渥，更亲炙道范，欢切晨夕。每谈及家谱不修，世俗暗于本始，自高曾而上，若不知为何人者。于是出其所藏谱，命鐈跋其后，鐈废贫薄陋何知也。阅其历世十有二，历年二百余，存殁无虑，二百有奇。若本枝、若昭穆、若字、若官、若配、若为人后、若后人、若祠、若茔、若祭期，指诸掌矣。美哉！简而赅，其斯为一家言，凡以补国书之不逮也。至后先训词，使族属敦朴素而薄纷华，务孝弟而黜奸利。士不必矜名，要之贤良；农不必千钟，要之力本。真远过一岁树谷，十岁树木，允哉百岁树德也。

古者讲睦以合族，君子难之。非合族之难，能以身范族之难也。非以身范族之难，能以族范身之难也。先生躬行表率，可范一家者，即可范天下，范后世。渊渊肫肫，流于动静语默，行立坐卧者，凡在亟席负墙，罔不入大冶。相观以化，即田夫牧竖，亦饮其深情，服其醇气。是则先生之人而已矣，是则先生之孝弟而已矣，是则先生之所为谱而已矣。

门人高鐈敬跋

避地他乡犹一室

清顺治六年（1649 年）十一月十日，因田园俱供清贵族采地，孙奇逢仅留长子立雅守祖墓，携子侄门人几十口人举家南迁。现在我们感觉搬个家挺容易的，古人则要艰难得多，更重要的是古人安土重迁，但有生路，谁愿背井离乡？此前一个月，清顺治六年十月，孙奇逢的儿子望雅（字君孚，号臞仙）在先祠东廊的幽静小路上，写下一篇家谱《附言》，这篇珍贵的文字让我们得以看到三百七十年前即将远离家乡的孙氏族人那种沉重的心情，以及在如此重大与无奈的事情面前，家谱所起到的重要作用。

望雅首先回顾了家谱成书始末及时人赠序跋的情况，“家谱一书，甲戌岁余大人同五叔成于武城官署。伊时有韩参夫序之，及丁亥余大人浮家渥水复重增补，其为书殆全备也。又有高荐馨跋之，予何容于言”。家谱全备，序跋亦有，本来我是不需要再说什么了，只是还有些话不吐不快啊！这是怎么回事呢？

如今“世事惊心，散处无定，或南北移居，存亡异路，时廑殄歼干戈之惧，益深流离颠沛之悲。比之泰宁无事而书谱者，固自迥别，更为吃紧”。“世事惊心”，这四个字道出了明清鼎革对于国人所造成的巨大心理地震。而连年战乱，族人散落各处，甚至南北移居，存亡异路，这种颠沛流离的情况下修家谱相比和平无事的时候那是完全不同的，更加困难，但更有必要。

南迁之举，所关非小，孙奇逢当时已是六十六岁老翁，古人平均寿命很短，能活到七十已是高寿，所以有“人生七十古来稀”之说。明清易代之际，兵荒马乱，流离失所，更是有很多人死于非命，在这种情况下，不是十分无奈，谁肯远离家乡？所以当时商议这件事情的时候，不知有怎样的悲凉苦痛，也一定是迟迟不愿动身，否则不会拖到年关。春节是多少游子思家返乡的时刻，孙氏一家却在这个团圆的节日即将到来之际骨肉分离，背井离乡，心情可想而知。望雅用一个“议”字概括了这种情况，又用一个“凄”字凝结了这种心情。“又况自今同父母兄弟议移中州，嗣后一作他乡之客，时勤故园之凄，宗族兄弟其何以置于怀也。”从安居家乡到他乡之客，路途遥远，生计艰难，多少未知数在等着他们。这种情况下，怎样维系住一个家族是至关重要的。古时不像现在通信发达，一旦远离家乡千里之外，有生之年能不能再见面都很难说了，尤其已是垂暮之年的人。“故一时兄弟叔侄，韵雅、趣雅、澜、永兴、永徽、洤儿辈各录册收执。”大家都收好家谱，这是对故乡的牵挂，对家族的念想。以后各自避地他方，细心收藏好，时时展阅，就好像与宗族兄弟还在故乡一室之中，大家并没有远离一样。家谱，是宗族的记忆，是精神的家园。

在家乡出生长大，面对着故园故土的景象，一砖一瓦，一草一木，都那么令人难舍，抚景兴怀，望雅心里的话说也说不完。但想到有家谱可以“衍先人德业于无穷，志一宗统系于不紊”，自己也就无须再多说什么了，满腔离情，都寄寓在家谱之中。

附原文：

容城孙氏族谱

附言

家谱一书，甲戌岁余大人同五叔成于武城官署。伊时有韩参夫序之，及丁亥余大人浮家渥水复重增补，其为书殆全备也。又有高荐馨跋之，予何容于言。独念世事惊心，散处无定，或南北移居，存亡异路，时廑殄歼干戈之惧，益深流离颠沛之悲。比之泰宁无事而书谱者，固自迥别，更为吃紧。又况自今同父母兄弟议移中州，嗣后一作他乡之客，时勤故园之凄，宗族兄弟其何以置于怀也。故一时兄弟叔侄，韵雅、趣雅、澜、永兴、永徽、洤儿辈各录册收执。倘各避地他方，什袭兢兢，时时展阅，即俨然与宗族兄弟相对于故乡一室之意也。抚景兴怀，遂不能已于言。若夫衍先人德业于无穷，志一宗统系于不紊，又宁待于言。

顺治己丑冬十月望九日

十一世孙望雅谨识于先祠东廊之幽径

孙用正两修家谱明义例

清康熙五十二年（1713 年），容城孙氏十三世孙用正（原名孙用桢，字以宁，号缄斋，康熙丙子举人，任禹州、许州学正，主讲大梁书院，入忠孝祠）重修家谱，全面增补，终至大成。清乾隆十三年（1748 年），孙用正（此时为避雍正名讳已将“桢”改为“正”）已八十七岁高龄，鼓其暮气，续修家谱。一个人一生中两次主持修家谱，实属罕见。孙用正对后世子孙的命名也非常重视，特拟二十四字作为命名义例，这才有了孙氏家族命名的宗旨，“祖功宗德传之无穷”。

孙用正在两修家谱的过程中，写有五篇文字，分别是《重修家谱纪事》《原姓》《命名义例》《重修族谱纪事》《附凡例》，留下了珍贵的资料。

一、在《重修家谱纪事》中，孙用正回顾了孙氏家谱的由来，“谨按家谱一编，创于崇祯甲戌，成于顺治戊子，续修于康熙壬子，壬子距今又四十年”。算来孙氏家谱始于明万历丁未孙氏九世孙丕基作《谱引》，继而明崇祯甲戌十世孙奇逢与其弟孙奇彦刊于武城官署，成于清顺治戊子十世孙奇逢流寓安新增补完备，至十三世孙用正复增入相关图文，使孙氏家谱除早期《孝友堂家乘》六种文献外，体例愈加完备，其内容主要有：世系图、世系记、宗居、兆域、祠祀、家集、恩纶、训词、广记、传志、祭文、孝友堂家规等。到这里，历五世六十五载，孙氏族谱可谓大成。而孙用正之所以下决心全面增补，做这项繁难的工程，是因“先君中翰公每欲重修，倏然见背，而桢亦且视茫茫，发苍苍矣”。父亲一直想重修，但不幸逝世，而他自己很快也老了，一定要勉力完成父亲的遗愿。并且“私念少时犹及侍征君公膝下，上世事尚有闻者，若诸弟子不过少桢十年，则视征君公已不啻古人。若在千百年以上，仿佛近似传信传疑，矧其在数世之后者乎？因不揣谫陋，勉为修葺”。世事沧桑，孙用正幼时还能陪伴在征君先生膝下，如今比自己年轻十来岁的子弟，再看征君先生已是像古人一样了。若不及时续修家谱，年月一久，视先祖如古人，都会信以传信，疑以传疑了。“征君公固尝言之，所有未备，后人应任其责。”征君先生对后世的期望是应该努力做到的。“前人创后人承，父有作子有述，三世不修，谓之不孝。无非欲长存祖宗之精神面目，以兴子孙仁孝之思，用以敦本睦族，百世勿替，谱之所关如此，其重且大。”

二、在《原姓》一篇中，孙用正追溯了孙氏一姓的由来，“古者天子赐姓赐氏，诸侯赐族亦氏也。姓者，统其祖考之所自出，百世不变也。氏者，外其子孙之所自分，数世而一变者也。故姓虽一而子孙别而为氏者，不胜其多。然官有册籍，家有谱牒，源源委委，支分派晰，若指诸掌。秦汉以来，姓不必赐诸天子，人不必别其氏族，家各为姓，守千万年不变，似宜简而易稽”。姓、氏从古至今有一个发展变化的过程。至于孙氏，“按孙氏有三，一姬姓，一芈姓，一妫姓，余之所自出已莫得而考”。至于容城孙氏出自哪里已经考证不到了。孙氏历史上名人众多，但孙用正认为，“夫远引附会，扳祖冒宗，昔人所耻。余惟曰：始祖之出于小兴州已矣”。“孙忠，北边外小兴州人，不详其所自出，明永乐间兄弟二人徙居保定府容城县之贾家庄。”为了沾名人的光，牵强附会，将名人认作自己的祖宗，这种行为是为人所不齿的。所以孙用正明确说了，我只认自己的始祖出于小兴州，是孙忠兄弟二人，再往上考证不出，那就不说了，绝不攀祖冒宗，认某个历史名人为祖先。这里孙用正所表现出的实事求是的气节，正是身为圣贤之后的风范。

三、在《命名义例》中，孙用正首先回顾了孙氏命名的历史，为防“子孙繁衍则命名必滥，滥则必至重复”，孙氏家族自孙臣（字汝邻，号敬所，曾任河东盐运司判，因之称为运判公）以下，“首以‘丕’字排行，继以‘奇’字，再以‘雅’字，此以下则用水、木、火、土、金，相生为序，最为清晰”。然后考虑到“金”字以下，还没有定例，不知道怎么排，“子弟以为请，余因口占曰：家世金容，继居中州，堂传孝友，敬守前修，长发其祥，百代蒙庥。‘金’字以后，即以此二十四字排序，顾名思义则祖功宗德传之无穷矣。”孙用正口占二十四字，即以此为“金”字以下二十四世命名义例，详定辈序。

这二十四字，确如文末所说，“顾名思义则祖功宗德传之无穷矣”。家世金容，继居中州。河北容城与河南夏峰，两地是血脉相连的亲情，不忘故乡，方能传承祖德——堂传孝友，敬守前修。孝友堂是孙奇逢在北城村的堂号，好友鹿善继为之命名。自孙奇逢兄弟四人为父母连续庐墓守孝六年因而孝友之名远播后，孝友堂便成为孙氏家族的美德传承标志，更有《孝友堂家乘》《孝友堂家规》等传世，使子孙后代“敬守前修”。长发其祥，长久发展成福庆吉祥的样子。百代蒙庥，后世都能得到祖先美德的庇荫、保护。

父母长辈都想把最好的留给后世子孙，什么才是最好的呢？孙氏家谱的四百年传奇故事，孙氏家族的孝友节义历史功绩，用事实证明了留财不如留德的道理。

四、此次增补家谱三十四年后，清乾隆十三年（1748 年），孙用正已是八十七岁高龄。几十年间，孙氏子孙后代繁衍众多，又都散落各处，变故越来越多，逐渐就无法查找了。孙用正老人为避免前人苦心尽付东流，因而在暮年高龄进行了他人生中最后一次修谱。这次修谱之后两年，孙用正功成辞世，享年八十九岁。

在这篇《重修族谱纪事》的结尾，孙用正老人对后世谆谆叮嘱：“其有不详不备专望后人加意，俾先世精神面目得以长存，其于尊祖敬宗之义亦可稍告无罪也夫。”尊祖敬宗，先世精神面目长存，这样的财富才最珍贵。

五、在《附凡例》中，孙用正老人特意提出孙忠之弟名虽失传，但后世子孙出于孙忠还是其弟，两支后人已不可考，不应因名字失传就不入家谱，因而补上。另容城、百泉、夏峰等地公建征君祠，亦是子孙之责，须世代祭祀。再有年不及十五本来不能入谱，但若有志述，则不容减灭，可见对后世子孙有志上进者的肯定与鼓励。此篇《附凡例》较明崇祯七年（1634 年）孙奇彦在武城官署所作《凡例》更为完备，为后世续谱的纲领。

附原文：

容城孙氏族谱

重修家谱纪事

谨按家谱一编，创于崇祯甲戌，成于顺治戊子，续修于康熙壬子，壬子距今又四十年。先君中翰公每欲重修，倏然见背，而桢亦且视茫茫，发苍苍矣。私念少时犹及侍征君公膝下，上世事尚有闻者，若诸弟子不过少桢十年，则视征君公已不啻古人。若在千百年以上，仿佛近似传信传疑，矧其在数世之后者乎？因不揣谫陋，勉为修葺。有前所未备者，增补之，事在后起者，续入之。夫续可也，增补则不可。虽然用因不用创，增亦续也。因茔记，祠堂记，而增图。因扬贞妇传，而增外传。因某人迁某地，而增宗居。因征聘仕宦，而增恩纶。因传志复恐遗漏，而增广记，皆因也。征君公固尝言之，所有未备，后人应任其责。抑岂敢妄言增添者。呜呼！前人创后人承，父有作子有述，三世不修，谓之不孝。无非欲长存祖宗之精神面目，以兴子孙仁孝之思，用以敦本睦族，百世勿替，谱之所关如此，其重且大。桢实滋愧且增惧矣，不能不深有望于后起者。

康熙五十二年岁在癸巳五月晦日

十三世孙用桢沐手敬志于夏峰之四目楼中

容城孙氏族谱

原姓

古者天子赐姓赐氏，诸侯赐族亦氏也。姓者，统其祖考之所自出，百世不变也。氏者，外其子孙之所自分，数世而一变者也。故姓虽一而子孙别而为氏者，不胜其多。然官有册籍，家有谱牒，源源委委，支分派晰，若指诸掌。秦汉以来，姓不必赐诸天子，人不必别其氏族，家各为姓，守千万年不变，似宜简而易稽。然有辨其所之源者鲜矣。按孙氏有三，一姬姓，一芈姓，一妫姓，余之所自出已莫得而考，夫远引附会，扳祖冒宗，昔人所耻。余惟曰：始祖之出于小兴州已矣。孙仲者，姬姓也。其先为稷，其来为卫，武公之后，和生公子惠孙，惠孙生耳，为卫上乡，食邑于戚，生武仲，亦曰孙仲，以王父字为氏。仲生炎，曰孙昭子，自昭子六世至孙嘉，世居涿郡，晋有孙登，即其裔也。孙叔敖楚令尹，其子孙世为孙姓。孙武，陈敬仲。四世孙桓，子无宇，曾孙以齐之田鲍四族谋为乱奔吴，为吴将，其后食采于富春，自是为富春孙氏。孙忠，北边外小兴州人，不详其所自出，明永乐间兄弟二人徙居保定府容城县之贾家庄。

十三世裔孙用桢重订

容城孙氏族谱

命名义例

子孙繁衍则命名必滥，滥则必至重复。余家自运判公以下，首以“丕”字排行，继以“奇”字，再以“雅”字，此以下则用水、木、火、土、金，相生为序，最为清晰。“金”字以下，尚未有定例，子弟以为请，余因口占曰：家世金容，继居中州，堂传孝友，敬守前修，长发其祥，百代蒙庥。“金”字以后，即以此二十四字排序，顾名思义则祖功宗德传之无穷矣。

十三世用桢谨识

容城孙氏族谱

重修族谱纪事

谨按此谱续修在康熙癸巳，至今又三十四年矣。生齿愈繁，散处愈众，加以变故日滋，渐至莫可究诘，而不孝正亦且年望九旬，急思再修，而精神衰惫耳目昏聩，恐不堪任。又恐事久必敝，倘致错舛，将前人苦心尽付东流。用是鼓其暮气，勉强从事，其有不详不备专望后人加意，俾先世精神面目得以长存，其于尊祖敬宗之义亦可稍告无罪也夫。

时乾隆十三年岁次戊辰中秋日

裔孙用正原名用桢沐手敬书时年八十七岁

容城孙氏族谱

附凡例

征君公世系记，谓始祖讳忠者，兄弟二人至贾家庄。余系之出于忠与忠之弟，皆不可考，则忠弟名虽失传，所关綦重，不应削去，今补之。又云二世三世亦失其名，四世讳广，旧谱皆然。壬子修谱则改广为三世，竟以为忠之孙，未审何据，而世系记仍存原文，是时征君公犹在堂，岂自相矛盾耶？今悉尊旧谱，呜呼！先人往矣，既不能问诸地下，知我罪我俟诸后人可耳。

一、螟蛉之子不书，恐乱宗也。配改适不书，与庙绝也。

一、容城、百泉、夏峰，俱有征君公专祠，虽系公建，非一家所得私，然蒸尝世守，子孙之责，故并附入。

一、旧谱无小序，今增补，庶观者开卷了然。

一、旧谱原姓在凡例前，而谱例自为一门，觉未尽合，今以谱例从凡例，移原姓为卷首。

一、年不及十五不能入谱，亦间有入者，或系祖父之所钟爱，曾有志述，不容减灭，如十二世濂是也，不为例。

一、人自片长以上，皆撮其生平大概，为世传，其有大传俱与志述等附集家乘一门，以备参考，外传则采大传附入。

桢生也晚，又生长苏门，于上世之嘉言懿行闻见最少，故世传多有确者，以及生卒等，种种不无遗漏，凡我同宗，伏望各述所闻，补其缺略，以成全书，其所关岂浅鲜哉。

十三世裔孙用桢

斗室尺幅，一气可通

安静的夜晚，斗室之中，悬挂着一幅图表，这幅图由自己的家族系统绘制而成，世代相传。上面有自己最亲的人，有虽然年代久远但由于熟读家谱所载事迹已经很熟悉的先祖，这些亲人的精神面目就在这世系图中的一笔一画里，那温馨幸福的气氛弥漫在这间小屋，孙雨生恍然觉得与整个家族已融为一体。

孙雨生是孙氏第十四世，因为这种“斗室内，尺幅中，直觉一气可通，痛痒相关，弥漫布濩，无非太和元气”的感受很强烈很鲜明，所以在《世系图文》中，他首先否定了苏洵的观点——“始而一人，继而路人”。一个家族从先祖开始，世代繁衍，人越来越多，却越来越分散，可能几代过后，就跟陌生人一样了。孙雨生认为，“余谱世系而重有感也，苏子之言非也。”苏子说的不对。我们家如今已经四百四十多人了，一抬眼就都看到了，还都是很亲的人啊！你为什么要当陌生人看呢？除非不是父母所生，没有父母给的身体，才会这样的吧。不信的话大家都来谱一幅世系图，看着这世系图表，哪还有那么多不合情理的乖戾之心？因与祖功宗德一气相通，因而后辈子孙都能够亲善友好，和睦温馨。

由上所述可以看出，这一幅图，岂只是列名号、纪生卒、别宗派而已，它的作用可大了。

附原文：

容城孙氏族谱

世系图文

苏明允之言曰：始而一人，继而路人。余谱世系而重有感也，苏子之言非也。夫余家存没四百四十余人，一举目皆在矣。斗室内，尺幅中，直觉一气可通，痛痒相关，弥漫布濩，无非太和元气。彼竟以路人视之者，必其生于空桑，不具五官七窍，四肢百骸，而后可也，不然请试各谱一世系，未有不消其乖戾之心，生其敦睦之意者。然则此一图也，岂第列名号、纪生卒、别宗派已哉！

十四世裔孙雨生

圣贤德业传千古

清道光八年（1828 年）二月，发生了一件大事，也是当时文化界的盛事。时任御史张志廉奏请以孙奇逢从祀孔庙。十二年后，道光二十年（1840 年），孙氏十五世孙孙在果重修家谱，在《重修家谱纪事》中，他是这样记载这件事的："至征君祖恭膺圣天子崇儒旷典，从祀入庑，南皮张御史志廉公奏疏系恩纶之大者，不可以不增也。冥祝改为正月十六日，与邑之刘静修、杨椒山两夫子墓祭诞辰一例。"在家谱中，这件事情属于"恩纶之大者"，非常重要。而征君先生孙奇逢的冥祝也因此改为正月十六，与容城的另两位先贤刘静修（元初诗人、理学家刘因，字梦吉，号静修）、杨椒山（明朝忠臣杨继盛，字仲芳，号椒山）墓祭诞辰一致。可见容城三贤几百年来一直并提，并且享有时人的祭祀与敬仰，名垂千古。

在这篇《重修家谱纪事》中，孙在果回顾了孙氏家谱的由来，并记述了孙氏家谱续修过程中一个重要的现象：南北换谱。这要从征君先生孙奇逢南迁河南夏峰村说起了。清顺治六年（1649 年）十一月十日，孙奇逢留长子立雅守祖墓，携宗族乡党几十口告墓南徙，自此远离家乡容城，于顺治七年来到河南辉县，顺治九年因卫河使马光裕赠以夏峰田庐而得以定居河南辉县夏峰村，此时孙奇逢已是六十九岁老翁。此后，孙氏家族就于容城、夏峰两地而居。孙奇逢在世时，两地子侄辈时有往来。清康熙十四年（1675 年），孙奇逢以九十二岁高龄辞世。两地后人每隔几十年互相汇集家谱资料，商讨续修事宜，"订其重复，补其缺略，参互校对"，"向藏一家，惧有不虞，而南北换谱，不可一部。爰议另缮付本，藏诸宗祐，什袭兢兢，人人尽可展阅，因而各存一副，庶亲支虽远而血脉可稽，祖德无穷而声光如在，当有若征君所云云者"。孙在果强调南北换谱，不可一部，要各存一部，可见在当时书写条件极不便利的情况下，孙氏后人对家谱的重视以及为此所付出的艰辛劳动。另据此文“第自嘉庆己卯修补，缘有换谱夏峰之役，迫于成帙，多所遗漏，距今又二十余年”，说明此次重修之前，1819 年已有一次修补过程，由于资料缺失，详情已不可知。

道光二十年（1840 年）重修家谱十多年后，咸丰四年（1854 年）二月二十五日，孙氏十五世孙孙在斌于家祠栖神堂右写下一篇《重修家谱纪事》，文中也记载了一次换谱之事。“二年壬子仲冬之月，适有河南换谱名世玟者抵此，志不觉油然而生矣。”即咸丰二年（1852 年）冬天，河南夏峰村的孙氏十八世孙孙世玟千里迢迢来到容城祖籍换谱，看到孙世玟带来的家谱，一种根深蒂固的亲切感扑面而来，孙在斌续修家谱的志向不觉油然而生。只是当时家族中能做这项繁大工程的人因各种情况而难以着手进行，“时值世莹又居心丧，世琳出仕无极，金波赴省去考，有志无人，系属难办”。第二年，咸丰三年(1853 年)，又遇太平天国运动，仍然难成。直到换谱后的第三年，咸丰四年（1854 年）才终于得以“更其重复，订其错乱，凡南北移居，存亡异路，孝友节义，文学功名，及妇子名氏，生卒年月日时，无不详备”，否则“宗派未分，总因家中无谱，名氏多重，总因有谱不叙。念及此，其有愧于征君祖所云：亲支虽远而血脉可稽，祖德无穷而声光如在者，其罪岂浅鲜哉?”征君先生孙奇逢所说的这两句话“亲支虽远而血脉可稽，祖德无穷而声光如在”，孙氏后人谨记于心，孙在果在《重修家谱纪事》中也强调“庶亲支虽远而血脉可稽，祖德无穷而声光如在，当有若征君所云云者”。其他或纪事或序言中也多出现这两句，圣贤言行德业不仅范一家，更以范天下，范后世。因而孙在斌“愿后起者，早夜懔懔，衍先人德业于无穷，志一宗统系于不紊焉可耳”。咸丰二年由河南夏峰至河北容城换谱的孙世玟不仅对续修家谱做出了自己的努力，更是力承家学，《日谱》这一鸿篇巨著正是在他的精心保护与周全下才得以刊刻流传。

孙氏后人克服重重困难南北换谱，续修家谱，即使战乱之中也念念不忘，既是将家族中人记录在册，将家谱中先人德业播之于千里之外，也是孙氏后人血脉相连、走访宗亲的活动，此举四百多年来从未间断，至今仍在延续。这样的活动不仅仅使一个家族虽相隔千里而始终凝聚在一起，更是中华优秀传统文化保存、传承与弘扬的过程。

附原文：

容城孙氏族谱

重修家谱纪事

案予本生祖成轩公之言曰：三世不修谱，古谓不孝，夙蓄是志，闻先人名辙记之帙，因标其总曰《孙氏世传统系记》。盖征君伯祖创于崇祯甲戌，成于顺治戊子，越十五寒暑而始大备者，成轩公已若为之导矣。余赋质愚鲁，家贫未尝读书，何敢言修，且仅仅誊录，更无敢言修。第自嘉庆己卯修补，缘有换谱夏峰之役，迫于成帙，多所遗陋，距今又二十余年。其间若故里，若他徙，若存若殁，若寿若夭，若又生若子，若又生若孙，若又配若氏，若又嗣若子，支分派别，纷纭参错。使不及今图之，因循姑待，世远年湮，其不至莫可究诘若路人者，抑又几希。中心藏之，何日忘之。去腊商之族孙钮与琳二隽才，咸瞿然称善，爰于今正重为修辑。订其重复，补其缺略，参互校对，越十日而竣。一世数人，一人一谱，一谱一方，方寸之图，妇子名氏，生卒年月日时，举目悉具，一如前例。至征君祖恭膺圣天子崇儒旷典，从祀入庑，南皮张御史志廉公奏疏系恩纶之大者，不可以不增也。冥祝改为正月十六日，与邑之刘静修、杨椒山两夫子墓祭诞辰一例。前邑侯吕进士印单存县礼科，系谱例蒸尝世守之责，亦不可以不增也。向藏一家，惧有不虞，而南北换谱，不可一部。爰议另缮付本，藏诸宗祐，什袭兢兢，人人尽可展阅，因而各存一副，庶亲支虽远而血脉可稽，祖德无穷而声光如在，当有若征君所云云者，故虽一钞胥之役，即谓之修焉可也。

道光庚子正月二十一日

十五世孙在果沐手谨识于先楹之侧家塾中

容城孙氏族谱

重修家谱纪事

盖闻官有册籍，家有谱系，此必然之理。夫谱者，所以原始其本根，条别其枝叶，而生生之不紊也。予本生祖成轩公有言曰："三世不修谱，谓之不孝。"素识此言，即蓄此志，窃思年虽冲幼，修谱之念不可以不存，才虽浅薄，修谱之心不可以不尽。二年壬子仲冬之月，适有河南换谱名世玟者抵此，志不觉油然而生矣。无如志蓄于平时，而未遽遂于一日。时值世莹又居心丧，世琳出仕无极，金波赴省去考，有志无人，系属难办。及至三年癸丑，又当干戈扰攘之虞，有人无遇，亦属难成。逾四年甲寅贼势渐远，人心稍定，予坚矢此志，遂同堂侄钱，族孙世瑛，抵家塾中。商之世莹、金波二人，莫不瞿然称善。于是更其重复，订其错乱，凡南北移居，存亡异路，孝友节义，文学功名，及妇子名氏，生卒年月日时，无不详备。本由此而敦，族由此而睦，孝由此而兴，什袭兢兢，时时人人，尽可展阅。此虽一钞胥之役，亦可谓尽修谱之心矣。不然宗派未分，总因家中无谱，名氏多重，总因有谱不叙。念及此，其有愧于征君祖所云：亲支虽远而血脉可稽，祖德无穷而声光如在者，其罪岂浅鲜哉？愿后起者，早夜懔懔，衍先人德业于无穷，志一宗统系于不紊焉可耳。

咸丰四年甲寅二月二十五日

十五世孙在斌谨识于家祠栖神堂右

克难筹资，修祠刊谱

清顺治七年（1650 年），孙奇逢自河北容城家乡一路颠沛流离抵达河南辉县，两年后，卫河使马光裕赠以夏峰田庐，从此定居夏峰村，筑兼山堂，著述讲学，成为中国历史上卓有成就的学者、思想家、教育家。在河南辉县苏门山下的百泉湖畔，山光水色秀美风景之中，建有征君祠，以纪念这位名贤硕儒。

光绪二十二年（1896 年），孙奇逢后人孙家文在夏峰村兼山堂右写下一篇《重修家谱纪事》，文中记载了因年深日久，“百泉征君公专祠屋宇圮毁”的情况。此前的光绪十四年（1888 年），容城孙氏后人孙家礼携族孙孙金香不远千里南下夏峰村换谱。当时，孙家文就考虑到孙氏家谱自修成之后，陆续递修，未尝稍缺，但一直以来都是抄写，又要南北换谱，太不安全了，一旦发生什么意外，多少代人的心血都将付诸东流。因而孙家文与容城族亲商讨：付诸梨枣，永传不朽。旧时刻书多用梨木枣木，梨枣即指书版，家谱刊刻出来就不用担心手抄本损坏丢失了。孙家文这个想法得到了孙氏族人的一致赞同，只是当时一番商讨筹措之后，因家族中只有祭田一项收入，所出无多，一时难以达成这个心愿，只好仍用书写的方式，让容城族亲将家谱抄回去了。关于此次换谱修谱之事，在孙氏十六世孙孙铧写于光绪十四年（1888 年）的《重修家谱纪事》中有明确记载：“予以商之族侄家风，族孙世玢，以及金波、金铎、金鳌、金印、金铠、金镕、金寿等人，齐心努力，莫敢怠驰。宗派得其详明，先后得其分晰，生卒得其年月，居迁得其方名，孝友节义，知为某氏，文学功名，知为某人，书者书，校者校，不越十日而工竣，而其间详备庶不负先人苦心矣。”高赓恩在给孙氏后人崑山先生（即孙世莹，入容城乡贤祠）撰写的《庐墓碑记》碑文中提到：“子金铎，犹子金鳌、金印皆以学行有声于庠，金铠业儒，后世蒸蒸世其家，识者以为孝德之感，斯无愧征君之裔也夫。”高赓恩是天津人，清光绪二年进士，学识渊博，曾充国史馆协修，奉旨在上书房行走，任四川学政等职，又在河北易县讲学并重修双峰书院，颇有声望。他称赞金铎、金鳌、金印、金铠等人“以学行有声于庠”，也就是在县学里都是品学兼优的读书人，又有孝德，无愧征君之后。可见孙铧文中所说这些人都是很优秀的人才。孙铧此文中还记有同治年间修谱换谱之事，“按部就班，更重订错”。孙氏后人一直谨遵先人教诲，不超三代，一定续修家谱。而孙家文将家谱刊刻出来的心愿直至光绪二十二年才得以实现，所刻家谱正是孙铧所记载光绪十四年修谱的底本。

家谱刊刻的过程是艰难又辛酸的。其起因是百泉征君祠屋宇有倾圮毁塌之处，修祠与刊谱两件事合到一起，孙家文不得已，“予商族众将祠内柏树二株卖银一百一十两整，先刻家谱，除刻谱外下余若干已作修祠之资”。卖了征君祠院内两棵老柏，得了一百一十两银子，才终于将家谱刊刻出来，并将征君祠修好。不得不说，这是筹资困难无奈之际最适合的办法了。老树卖了可以再种小树，家谱若丢失损坏就很难补救了。人道亲亲，敦宗睦族，百岁树德，范世之功……家谱的价值是无价的。

如今，距离孙家文修祠刊谱已经一百多年，孙氏后人按十三世祖孙用正老人所定的“家世金容，继居中州，堂传孝友，敬守前修，长发其祥，百代蒙庥”命名义例，也已经排到了“孝”字辈二十七世。2019 年初秋，我专程来到征君先生晚年定居的夏峰村，寻访先生的足迹，瞻仰兼山堂与苏门山下百泉湖畔的征君祠。岁月沧桑，兼山堂在孙奇逢后人孙敬洲老师的用心护持之下已焕然一新，孙老师举办的兼山堂读书会也延续了当年征君先生讲学之风，夏峰文化几经周折，如今终于迎来了涅槃重生。而征君祠内，松柏已郁郁葱葱，屋宇却人迹罕至，使得花木颇有种“涧户寂无人，纷纷开且落”的孤独感。好在，这种现象不会太久了，辉县市和孟庄镇政府都越来越重视夏峰文化。征君先生的家乡——河北容城 2015 年修建孙奇逢纪念馆。2017 年，举世瞩目的雄安新区设立。2019 年，雄安新区家谱征集评选活动启动。“无文化传承，无雄安未来”的理念让我们看到了优秀传统文化的春天。

附原文：

容城孙氏族谱

重修家谱纪事

自来瓜瓞绵绵，百世繁衍，族分派别，不可错参，盖言谱也。而谱不可以不修，修更不可以不慎。予生也晚，赋质愚鲁，家贫未曾读书，然亦知慕先人之遗训，遵先人法言。本生祖成轩公有言曰：三世不修谱，古谓不孝。予固蓄是志，又念鋑兄于同治三年甲子极力齐全，体先人之心，遵先人之志，于是商之族孙金波、金鳌、金铎等，遂按部就班，更重订错。钱兄又于同治十二年癸酉，就有夏峰换谱之役，今适二昆弟名世瑞、世珠者抵此，修谱之心不觉油然生矣。复商之前次修谱之人，正重修辑，莫不详细。今族中公议，近来二十余年有谱不修，固为不孝，修谱不传，亦属不诚。予以商之族侄家风，族孙世玢，以及金波、金铎、金鳌、金印、金铠、金镕、金寿等人，齐心努力，莫敢怠驰。宗派得其详明，先后得其分晰，生卒得其年月，居迁得其方名，孝友节义，知为某氏，文学功名，知为某人，书者书，校者校，不越十日而工竣，而其间详备庶不负先人苦心矣。

光绪十四年戊子新正月

十六世孙铧谨识于家塾中

容城孙氏族谱

重修家谱纪事

善继人之志，善述人之事，为达孝者之所能为也。文性庸愚，曷敢当此，但勉励求全，以终其事焉而已。谨案九世叔祖成轩公之言曰：三世不修谱，古谓不孝，夙蓄是志，闻先人名辙记之帙，暂标其总曰《孙氏世传统系记》。惜仅得十一。有志而力未逮也。后十世祖征君公出，继先人之志，述先人之事，与胞弟武城公创于崇祯甲戌，成于顺治戊子。规模固已立矣，又有继而修之者，中翰公之孙緘斋公，于前所未备者则增补之，事在后起者则续入之，详为整理，无一不本征君公所言，有未备者，后人应任其责而出之者也。呜呼！前人之述备矣，迨其后虽陆续而修，未尝稍缺，特钞胥之役，恐有不虞耳。不如付诸梨枣，可永传而不朽。光绪戊子孟夏之月，适有容城换谱名家礼者，携族孙金香抵此，与之商酌，无不称善。但祭田所出无多，一时难以猝办，始命族侄世德，族孙金相、金鳌、金奎、金桂、族孙祖容、守容、景容等，校者校，书者书，功成暂令携去。至勒诸文，付诸梓，日后再做别图。兹因百泉征君公专祠屋宇圮毁，予商族众将祠内柏树二株卖银一百一十两整，先刻家谱，除刻谱外下余若干已作修祠之资，仍照旧谱分为六门，旁支列于六门之后，前以统贯，今以清分，似与旧谱稍异，然取便于稽考，实非敢创，知我罪我其为斯乎。

光绪二十二年岁次丙申八月

十七世孙家文谨识于夏峰兼山堂右

立言谱基业

2019年9月底，河北雄安新区启动家谱征集评选活动，印发征集评选活动明白纸，征集十代以上老家谱，评选“雄安新区十佳家谱”，计划于年底举办雄安新区中华家谱文化论坛暨家谱文化展。家谱征集阶段，雄安三县广泛发动群众，但相比三县人口基数，征集上来的家谱数量很有限。由此我想到光绪三十一年（1905年）孙氏十九世孙孙金鳌在《重修家茔二谱后复立新章序》中所说：“吾等侥幸生于有谱之家，若非先祖创作甚富，讵能遗此万古不朽之基业耶？”一百多年前，孙金鳌已经发出这样的感叹，生于有谱之家是幸运的。如今，历史的长河又经历了几番动荡，有谱之家更加稀少而珍贵。

光绪三十一年（1905年）孙氏家谱的续修正处于中华大地持续战乱之时。此前，1900年，八国联军入侵，清政府风雨飘摇，朝不保夕。在这种情况下，人心惶惶，颠沛流离，日常生活尚且艰难，何况重修家谱这样的大工程呢？而且孙氏家族分散在河北、河南两地，每次重修家谱都要两地换谱，汇辑到一起，就更加困难了。但越是在这种境况下，孙氏后人越是有着保护与传承家族文化的使命与担当。

这次修谱有两个记录，分别是十七世孙孙家风作于光绪三十一年二月十九日的《重修家谱纪事》与十九世孙孙金鳌作于光绪三十一年七月二十六日的《重修家茔二谱后复立新章序》。在《重修家谱纪事》中，孙家风将当时社会环境描述得言简意赅：“自庚子岁，凶荒兵燹，逃散流离，未尝不时刻系诸胸怀。”此处庚子岁即1900年。“凶荒兵燹，逃散流离”之时，修家谱一事仍系诸胸怀，时刻不忘。为避免“日久愈难编绎”，孙家风与族人“坚矢此意，校阅功成”，并谆谆叮咛“深望后世文人，勿忘先人之遗训，谨志宗派之不紊而已也”。

孙奇逢早年孝友节义名满天下，后来又有勇救东林、保卫容城、守御五公山的赫赫事功，晚年著作等身，桃李满天下，即被世人认为做到了“立德、立功、立言”之三不朽。其中“立言”在传承弘扬优秀传统文化的过程中起到了关键作用。孙金鳌庆幸自己生在有谱之家，就特意指出有谱的前提是“先祖创作甚富”，不是每家都能有家谱的，古代很多平民百姓家无识字之人，家谱从何修起？有识字之人，不重视孝弟礼义、敦宗睦族，家谱又缘何能修？不是谁都有资格修家谱的，就连家谱续修都要选择人才，孙金鳌说：“应选族中德才兼备之人任其责，不可信听谗言，败坏公事。勿论门次，荐选书写干才二人，再酌用辅助人员二人，共四人调理足矣。”

《重修家茔二谱后复立新章序》，顾名思义，这篇序是为重修家茔二谱而作，孙金鳌记述了重修茔谱的不易：“此次修谱后，复誊录茔谱一本，两月有余甫成，不得不勉强从事。因茔谱原系两本，分南北两地收存，北方茔谱失落多年，无从重修，乃于前年从旧书架寻出，此不幸之幸也。”

如今，随着时代的发展变化，很多古礼都已消失了。雄安新区设立后，为了新区建设，原来村庄的祖坟也都已迁出，以前一年四次上坟烧纸的习俗也改为在骨灰盒旁敬献鲜花。无论是相沿几千年的古礼，还是如今环境的巨变，最重要的是对先人的缅怀与纪念，是对先人淳朴美德的传承与弘扬。

雄安新区在大规模开工建设后，开展家谱征集评选活动，正是重视家谱在传承家庭美德、保护中华优秀传统文化、促进社会和谐进步方面的作用与价值。以“立言”之不朽而谱家族德行基业，进而谱天下、谱万世，促进社会风俗的进步。孙奇逢孝友传家，教泽一方，是孙氏后人的榜样，也是一方百姓的楷模。

附原文：

容城孙氏族谱

重修家谱纪事

先人之遗训，讵敢不遵。后世之存亡，更宜表白。自庚子岁，凶荒兵燹，逃散流离，未尝不时刻系诸胸怀。回思家谱一书，属合族之会通，原本由戊子年曾理，自先祖用桢公重修绘图，祠宇茔地，处处认真，予观之甚为不易。意欲仍旧韫椟藏诸，乃时值国朝法制变迁，圣道浸衰，恐日久愈难编绎。幸有金鳌、金印、金铠、金镕、容焕、容裕、容铨、容坦、继志、家信、世和情愿整理，任劳不辞。于是采访者有人，编修者又有人，经一旬而两谱兼成焉。鸣呼！若非神人暗助，焉能同心劳瘁，昼夜不懈其志耶？予同合族坚矢此意，校阅功成。深望后世文人，勿忘先人之遗训，谨志宗派之不紊而已也。

光绪三十一年二月十九日

十七世裔孙家风谨识于家塾中

容城孙氏族谱

重修家茔二谱后复立新章序

修谱綦重大事也。凡先人所创，序词尽训诂诰诫之目的也。未修以前，先将家、茔二谱之篇篇条约，首尾深加阅理，不可快口读过，藐视情节，不致有错误。吾等侥幸生于有谱之家，若非先祖创作甚富，讵能遗此万古不朽之基业耶？合族公议，酌定越十五年重修一次可也。但修谱之事，不必用人太多，未经过者，不知如何办理，难免鹰瞵鹗视，环集于旁。佞谀鸱张，壅塞诽谤，惟家长操权责斥。若遇庸劣族长，应选族中德才兼备之人任其责，不可信听谗言，败坏公事。勿论门次，荐选书写干才二人，再酌用辅助人员二人，共四人调理足矣。先采访远处，以至近地，然后开功立名，安位排列清楚为妥。

适余虚度六旬有四矣，愧谫陋无闻，素又久病缠身，此次修谱后，复誊录茔谱一本，两月有余甫成，不得不勉强从事。因茔谱原系两本，分南北两地收存，北方茔谱失落多年，无从重修，乃于前年从旧书架寻出，此不幸之幸也。兹序一则，申明修谱新定，准期办理，必须整齐。旧谱并无此序，谨记于新抄茔谱之后，以为后世法。

时值国家屡变新章，设法改良，以期经久而臻妥善。吾家立谱三百余年，深愿敦睦宗族，不忘水源木本之情。俾先祖德业于无穷，以兴百世下尊祖敬宗之意也。

光绪三十一年七月二十六日

十九世孙金鳌谨记于家塾

民国时期三修谱

光绪三十一年（1905 年）孙氏后人重修家谱，是清朝最后一次修家谱了。七年后，公元 1912 年，清帝退位，清朝灭亡，历史进入了中华民国时期。从 1912 年到 1949 年，在并不平静的三十多年中，孙氏后人仍然排除万难，对家谱进行了三次递修。

第一次是在中华民国九年（1920 年），由孙氏十七世孙孙家道主持。他的《重修家谱纪事》写于家祠栖神右。栖神右，即栖神堂旁边的配房，为本族子弟读书与族中议事的地方，是为家塾。栖神堂之名缘于明万历三十三年（1605 年）至万历三十九年孙奇逢兄弟四人为父母庐墓之时建于墓旁的草堂。万历三十三年六月八日，孙奇逢的父亲、孙氏九世肯轩公因偶患心痛猝然离世，不仅令全家人悲伤不已，因其厚德入人之深，乡亲邻里也都纷纷哭祭。厚德感人，这是留给子孙后代最宝贵的遗产。栖神堂就是孙奇逢兄弟四人用来缅怀纪念父亲并诵读父亲生前所留书籍、感怀父亲美德懿行的地方。就在栖神堂旁边的家塾，十七世孙孙家道记下重修家谱之事，“居迁异地，得其方名，南北名字，知其不混”，更强调“孝友节义，知为何氏，文学功名，知为某人”。孝友节义，一直都是孙氏后人念兹在兹无日或忘的先祖美德。

1937 年，抗日战争全面爆发。七七事变前夕，时局已然动荡不安，交通不畅，信息不通，河南夏峰与河北容城难以取得联系，因此民国时期第二次续修家谱（中华民国二十五年，公元 1936 年）由孙氏二十世孙孙尚容（孙奇逢第十一世孙）主持，只有夏峰孙氏族人，未能将容城孙氏族人情况汇入。这种情况民国时期孙家盛主持第三次续修家谱时（中华民国三十三年，公元 1944 年），孙尚容在《谱序》中专门提及：“前二十五六年间，拟续族谱，向容城去信多次未复，当是为道路阻，仅就此间先修，以待将来。今春容城族叔金声、兄容受，前来面商合续，即再调查合成本，付之前志偿矣，喜不自胜。”

孙尚容，字志宪，曾任河南省长秘书、河南通志采访、督署军事采访、北平故宫博物院科员、西京筹委会秘书。主要著作有《清代文字狱档案》十辑，《文字狱案》四辑，《六君子合谱》四卷，《雉发圈田考》二辑，杂著四卷。1929 年冬，孙尚容即有志修谱，当时尚供职故宫博物院，未能兼顾。六年后，1935 年春假归，便带领儿子、族侄、族孙等有才能的几人，开始亲赴合族各家，一一询问清楚四十年来的各种情况，再一一续写，半年后终于修完。孙尚容在《续修族谱序言》（写于民国二十五年，公元 1936 年）中感慨地说：“夫自吾家征君公来辉，盖三百年于此矣，子孙绳绳，尚能笃孝友堂家规，毋陨旧风，是皆祖德之所留贻也。顾深维世业文章，以今视昔，不无愧悚。甚愿后之人，皆能永守家规，并有以焕发前光，上慰先哲之灵，是则谱非徒修，抑以贤者所以自为之道云尔。”自征君孙奇逢来到河南辉县，到孙尚容修谱，已经三百年了。孝友堂是孙奇逢在河北容城的堂号，孝友堂家规为河北、河南两地孙氏后人一直遵守，从未违背，这是先祖留下的宝贵财富。孙尚容也像前人一样，谆谆叮咛后人要永守家规，以慰先哲之灵。

到民国三十三年（1944 年）第三次修谱时，抗日战争尚未全面胜利，这年春天，孙尚容的族叔孙金声和族兄孙容受于战乱之中千里迢迢从容城来到夏峰，孙尚容倍感亲切，大喜过望，“即再调查合成本，付之前志偿矣”。到秋天，“接奉容城本族族长家盛函，叙拟印族谱，嘱余作序”。孙尚容收到容城孙氏族长孙家盛的信，受其嘱托写下《谱序》以志此事。孙氏族人能够如此同心同德，相隔千里之遥亦能克服重重险阻续修家谱，敦宗睦族，是与孙氏先祖尤其是孙奇逢的德业之厚与教诲之殷分不开的，其感召力强大而持久。

在这篇《谱序》中，孙尚容将夏峰先生孙奇逢的历史功绩做了清晰的阐述：“盖先祖夏峰公于顺治七年，由容城迁此，隐居苏门，教徒夏峰，及门者多一时名公巨卿，又著有夏峰先生遗集等十四种，而学统遂传，远近皆以理学名之。”明清易代，北方学人凋零殆尽，孙奇逢排除万难，以极大的历史责任感和使命感，鼓暮气，肩道统，续文脉，躬耕著述，教授生徒，成为一代理学鸿儒。在孙尚容看来，真正的理学，必须有真道德、真节义、真文章、真事功，即儒家所倡导的“立德、立功、立言”三不朽，方不愧为理学之名。

纵观孙奇逢的一生，明天启年间，与定兴鹿正、白沟张果中组织营救被阉党迫害的东林党人，“直声震天下”。崇祯年间，保卫容城，守御五公山，事功赫赫。清初，“与海内傅青主、李二曲、顾炎武、黄梨洲、王船山，诸君子声气相通，默运潜化，使五千年之民气垂亡之时，复彭勃绵延于千万世而不敝”，中华优秀传统文化得以保存与传承。著述方面，有遗集十四种，不下三百万言。孙氏家谱的创修，据孙奇逢叔叔孙丕基在《谱引》中说，“吾侄领乡荐奇逢者出，同蓄是志，慨然欲举而修之，于是勒诸文，授诸梓，俾传不朽。”叔侄二人共同着手创制家谱，这才有了孙氏家谱的绵延不绝。孙尚容认为，孙氏后人能够有所成就，南北两地能够联于一堂，“皆我祖夏峰公之深德厚泽有以遗流之也”。

在战火纷飞的年代，无论如何艰难，孙氏后人都谨遵先祖教诲，南北两地血脉相连，秉持修谱之义，不仅承衍祖德，恪守家规，更通过修家谱保存了珍贵的传统文化，于流离分散之际凝聚了人心。在外敌入侵、中华民族经受严峻考验的时刻，这一点至关重要。

附原文：

容城孙氏族谱

重修家谱纪事

自古官有簿状，家有谱系。夫谱者，所以重祖睦族，分宗晰派，而世世若指诸掌焉。然谱不可以不修，修更不可不慎，予虽不敏，亦知本生祖成轩公之言曰：三世不修谱，古谓不孝。素记此言，久蓄是志，精心锐志，极力齐全，修谱之心不觉油然而生矣。遂同堂侄世和，商之金占、金瓯、金铠、金杰、容春、容敬、容从、继志，莫不瞿然称善。复商之前次修谱之人，亦忻然乐从，于是数人齐心努力，正重修辑，采访仔细，誊写精工，更其重复，补其遗漏，校者精，对者细，然后宗派分明，先后清晰。而且居迁异地，得其方名，南北名字，知其不混，孝友节义，知为何氏，文学功名，知为某人，及妇子名氏，生卒得其年月日时，举目悉具，莫不详细。越数旬而工竣，修成即传，遂遣二人赴南换谱，不久旋里，实有功于合族。此虽一钞胥之役，亦可谓前创后承、父作子述之继续焉耳。岂敢创修哉！后世子孙永保勿替。

中华民国九年三月初一日

十七世孙家道谨识于家祠栖神右

容城孙氏族谱

续修族谱序言

苏眉山云：观吾谱者，使其孝弟之心油然而生。是凡族谱之修，岂仅条条者文，烨烨者籍而已哉。必使收尊祖敬宗，睦族之实效，贯彻人道亲亲之宗旨，而始不愧修谱之真义。盖谱学始于古之赐姓命氏，逮周小史定世系，辨昭穆，而谱学乃著。司马迁父子约世本，修史记，因周谱，明世家，乃知姓氏之所由出。自晋散骑常侍贾弼，太保王弘，尊重谱学，始有传书。在官者有簿状，在家者有谱系，凡以谱牒为取士之典。降至五季，以及隋唐，世族乱而庶人僭，则谱学废。迨至宋明，而世家之谱学又兴，顾谱学虽晦明无定，而谱之真义固常昭焉。吾家族谱，创于明崇祯甲戌先祖征君公之手，至清顺治戊子十世族癯仙公乃成之，厥后历世踵修。继自光绪十四年戊子，迄今又四十九年矣。古人云：三世不修谱，谓之不孝。诚以前有作，而后有述，方能绵延于千百世而不敝。余每一念及，惴惴不安。民国十八年冬，有志修谱，会是时供职北平故宫博物院，未能兼顾，且有时披诵各世家望族之谱，益增恫于心。二十四年春假归，即命族侄继传、继卿及小儿继直，族孙居易等，亲赴合族各家，告以修谱之义。并询明各人，四十年来之生卒婚配，或迁移等事实，均照原谱格式，以次续登，阅半年而毕。再加详校付梓，又半年而竣。夫自吾家征君公来辉，盖三百年于此矣，子孙绳绳，尚能笃孝友堂家规，毋陨旧风，是皆祖德之所留贻也。顾深维世业文章，以今视昔，不无愧悚。甚愿后之人，皆能永守家规，并有以焕发前光，上慰先哲之灵，是则谱非徒修，抑以贤者所以自为之道云尔。

民国二十五年丙子春三月

十一世裔孙尚容谨识于承荫书室

容城孙氏族谱谱序

本年秋，接奉容城本族族长家盛函，叙拟印族谱，嘱余作序。适余在病中，未得如命，今援笔而书之。前二十五六年间，拟续族谱，向容城去信多次未复，当是为道路阻，仅就此间先修，以待将来。今春容城族叔金声、兄容受，前来面商合续，即再调查合成本，付之前志偿矣，喜不自胜。盖先祖夏峰公于顺治七年，由容城迁此，隐居苏门，教徒夏峰，及门者多一时名公巨卿，又著有夏峰先生遗集等十四种，而学统遂传，远近皆以理学名之。夫理学者，必贯有真道德、真节义、真文章，而著有真事功，方不愧为理学之名。前者于明天启年间，与定兴鹿太公、新城张果中，倾身营救左魏诸君子之难，直声震天下。后者与海内傅青主、李二曲、顾炎武、黄梨洲、王船山，诸君子声气相通，默运潜化，使五千年之民气垂亡之时，复彭勃绵延于千万世而不敝。事功之真未有过于此者，所以隐居教徒，时迫势逼，不得不然耳。厥后子孙曾玄，拾青紫登科第，相联于一堂，皆我祖夏峰公之深德厚泽有以遗流之也。族谱一编，我先祖夏峰公创之，癯仙公修之，世世又续之，前有作而后有述，为贤者之子孙可谓无愧矣。谨缀数语，以记续修之颠末，曷敢曰序。

中华民国三十三年秋末十一世裔孙尚容志宪谨识

同盟会元老慷慨陈义

中华民国二十五年（1936 年），孙奇逢第十一世孙、河南夏峰村的孙尚容（字志宪）续修家谱成，第二年，中华民国二十六年（1937 年），沧县张继、万安王尹西、新乡刘子帆与马和赓、项城黄维城等当时社会贤达纷纷为之作序。孙氏家谱这一中华优秀传统文化中宝贵的一分子，其意义和价值在这些时贤的笔下，得到了更好的记载和传播，以善一家者善天下。

沧县张继（1882—1947），这个和《枫桥夜泊》作者同名的人，生于清朝末年，卒于新中国成立前夕，是一个在乱世中很有作为的人物。曾与友人创办《国民报》《苏报》《新世纪周刊》等报刊，宣传革命。1905 年加入中国同盟会，是同盟会元老。1912 年任中华民国临时参议院参议员、中国同盟会本部交际部主任。1914 年被选为参议院议长。1927 年后任南京国民党政府司法院副院长、立法院院长、国史馆馆长等职。这样一个风云人物，对孙志宪（孙尚容，字志宪）在战乱时期殚精竭虑续修家谱非常感佩，慨然为其写下《夏峰孙氏族谱序》（此次续修家谱未能汇集容城家谱资料，因而名为《夏峰孙氏族谱序》）。

在这篇序言中，张继说“在余独念夏峰先生以书生抗胡虏，拔袂挺起，缮修战守，独完容城”，对夏峰先生孙奇逢的事功极为赞赏。“先生誓不受辱，窜身百泉草堂，坚卧抱道，守冲虏十一征终不北面，诚可谓不降其志，不辱其身。”对孙奇逢的气节更是敬重。因而他在百泉，慕名拜谒征君墓，并请章太炎书碣，砺石重刊。他认为，孙氏后人纯笃敦朴，“以是知先生之泽，永被不坠”。而这种德业遗泽，绝不仅仅限于一族一姓，是可以由家化国、众志成城的。若炎黄子孙都能像夏峰先生一样，那将国性永存，国土不削。

张继认为，孙志宪亦是贤者，“勤勤以不忘其先为志”，不负先祖，因而孙志宪辑谱告成，请他作序时，他慷慨陈义，以其重要的社会地位和强大的社会影响力对一代圣贤孙奇逢的历史功绩和孙氏家谱的意义做了高度肯定。

附原文：

容城孙氏族谱

夏峰孙氏族谱序

古者命氏锡姓，国有专司，故周官小史掌奠世系，百世本枝有条不混。汉魏六朝，以郡望门阀相高，区分流品，上其谱牒于郎令。唐宋而还，官失厥守，家自为书，斯无统承矣。

寻谱牒之为义，盖所以敬祖收族，叙昭穆，别疏近，旁及先人公德言行，芳臭气泽，使子若孙矜式绳武于千万禩。

容城孙氏者，其受姓渊源，自有世系。在余独念夏峰先生以书生抗胡虏，拔袂挺起，缮修战守，独完容城。既而天废难支，大事已去，乃虏圈地自沃，别分经界，课取粟麦，盗憎主人，视我诸昆侪如奴隶。先生誓不受辱，窜身百泉草堂，坚卧抱道，守冲虏十一征终不北面，诚可谓不降其志，不辱其身。

余昔年来止百泉，展先生丘垅，乞章太炎先生书碣，砺石重刊。景仰之思，犹未去怀，从而询先生子姓，咸能纯笃敦朴，无忝高门，以是知先生之泽，永被不坠。嗟呼！一族一姓其小小者，使国人各敬其先，宁死不忍辱。设由家化国，众志成城，是皆我炎黄帝之孝子顺孙，若夏峰先生者其选矣，国性之永存，国土之不削。

胥有赖于载籍，家谱方诸国史，实异例而同科。志宪贤者，勤勤以不忘其先为志，辑谱告成索为弁首，余慨乎其言之。

民国二十六年二月二十四日沧县张继序

起顽立懦，民德归厚

中华民国二十五年（1936 年），河南夏峰孙氏十一世孙孙尚容（字志宪）在社会动荡之中历尽艰辛成功地续修了家谱。第二年春天，好友王尹西便为之作序，“且庆夏峰先生之有后也”。

万安王尹西，别号云岩，雁塔人，毕业于保定军官学校，曾任国民革命军第 15 师 55 团团长。战火连绵，身为军人，征战四方，居无定所，但仍然于戎马倥偬之际认真研读孙氏家谱，写下序言，可见其对家谱文化的重视，对孙氏家谱的肯定。武将看问题比较犀利，战争也是最考验人心的，在王尹西看来，若没有礼法和引导，老百姓就会成为一盘散沙，即使想自新团结，也无路可行，时间久了社会风气就会浮躁淡漠，甚至不孝不义，抢劫犯罪都如家常便饭了。而老百姓都有从众心理，“应之者如蓬从风，又如洪水氾滥，奔腾澎湃而不可遏止”。所以有识之士忧国忧民，设礼法，作谱牒，祖宗有善，称道勿衰，百姓能够爱双亲，敬长辈，友同辈，存向上之心，格作恶之念，从而起顽立懦，使民德归厚。所以家谱的作用，绝不仅仅是溯世系、别长幼、纪生死。

对夏峰先生孙奇逢，对有志修谱的孙志宪，王尹西都极为敬重：“有夏峰征君者，以弱书生抗强虏，既败窜身百泉草堂，避征不出，至今传十余世。后皆淳朴，有征君风，余善孙君知民之向善，教化之外，尚有道存。明德之后，代有达人，且庆夏峰先生之有后也。”王尹西是军人，又是毕业于保定军校的高材生，深知战争的残酷，一般人是打不了仗的。可是夏峰征君先生，本是文弱书生，却不畏生死，敢于抗击强虏，抵御异族入侵，其胆魄器识都令人敬佩不已。虽扭转不了明清易代的现实，迁居百泉草堂，但统治者多次征召而不出，又坚守了气节。孙氏后人亦皆淳朴，有征君遗风。王尹西说好友孙志宪就是这样，知民之向善，以教化存道，以明德启后。

附原文：

容城孙氏族谱

续修孙氏族谱序

自古袯襫村野之人，耕凿为生，穷年兀兀，向道莫由，积久俗渐浇漓，至不顾父母之养，剽劫螫噬，甘鼎镬如饴，世衰道微，邪说暴行，应之者如蓬从风，又如洪水泛滥，奔腾澎湃而不可遏止。识者忧之，故设礼法以闲之，作谱牒以发其亲亲长长孝弟之思，祖宗有善，则称道勿衰。利其向上之心，格其作恶之念，将祖先之言行笔之于书，俾后世子孙从违取舍知所定。向善乐道，起顽立懦，而民德归厚矣。然则谱之用，又岂溯世系、别长幼、纪生死而已哉。辉邑孙君志宪，续修族谱成，嘱予为言纪其盛。孙君之先，有夏峰征君者，以弱书生抗强虏，既败窜身百泉草堂，避征不出，至今传十余世。后皆淳朴，有征君风，余善孙君知民之向善，教化之外，尚有道存。明德之后，代有达人，且庆夏峰先生之有后也。是为序。

民国二十六年春万安王尹西序于鄘南公廨

孝友家风教泽一方

刘子帆，河南新乡辉县当地的一位乡贤，与孙志宪是好友。作为孙奇逢晚年学养著述最为丰厚的居住地——河南辉县的本地人，刘子帆对夏峰先生孙奇逢不仅敬重仰慕，更有着极为深厚的感情。

在其《续修族谱序》中，刘子帆记述了一个颇为重要的信息：民国十七年（1928年），刘子帆开蒙读书的地方，乡校的校址设在孙氏祠，即孙奇逢晚年讲学授徒的夏峰村兼山堂。在这里，他得以拜瞻征君遗像，包括扶老庙堂礼器，孙氏后人又常常给他讲述征君先生轶事，令他悦绎于心，几十年来未曾忘怀。兼山堂，因孙奇逢崇高的气节、渊博的学识、巨大的社会感召力，在当时成为整个北方的学术交流中心。孙奇逢去世后，弟子们在兼山堂悬挂“斯道中天”匾额，以示夏峰学术之不朽。后来，兼山堂则作为学堂教授乡里子弟，使其育人之功不限于孙氏后人，而是教泽一方，刘子帆即为受益者之一。

对于夏峰先生孙奇逢的历史功绩，刘子帆在这篇序言的开头一言以蔽之：“夫夏峰先生，学无门户，功主慎独，其乾乾工夫至耄耋而益加密，集理学之大成，彰道统于式微，呜呼，伟矣！”刘子帆认为，夏峰先生学力邃密，源于孝友。

刘子帆在兼山堂开蒙读书，进而读孙奇逢《孝友堂家规》及其遗著，并与父老乡亲们谈夏峰先生当年孝友事迹，怎样与兄弟们一起为父母庐墓守孝，怎样身患胃病依然恪守古礼，怎样使得家庭雍穆，远近为之感化而成为风气，可见先生敦笃孝友哪怕千百年后也能令人倍受鼓舞。而孙奇逢还是担心时间久远之后子孙分散到各处，将孝友家风丢弃遗忘，于是创修家谱，嘱后世续修，为子孙思孝友、绵世泽。在刘子帆看来，松柏得天厚，才能后凋；江河发源远，才能流长。夏峰先生也像松柏与江河一样，笃于孝友，为学才能深厚，行事才能义烈。后世仰慕夏峰先生的人很多，但很少有人真正及得上他，想来一定是这务本的功夫还不到家。孙奇逢的孝友家风，不仅世泽一家，更因远近感化而福泽乡邻，教泽一方。

附原文：

容城孙氏族谱

续修族谱序

丁丑春，吾邑孙志宪先生续修族谱竣事，命余为序，自维谫陋，愧无以应，继念谱为夏峰先生创修，而余之景慕夏峰先生也有年，重以志宪先生雅命，再趣虽不能文，是亦不容已乎？夫夏峰先生，学无门户，功主慎独，其乾乾工夫至耄耋而益加密，集理学之大成，彰道统于式微，呜呼，伟矣！然此固世人之共仰而共知者也。余窃以为夏峰先生学力之邃密，其渊源所在，即此孝友二字非有异也。溯自民十七年间，余受童蒙句读于乡校，校址设孙氏祠，得拜瞻征君遗像，及其扶老庙堂礼器，其后人又时举先生轶事相告，语为之悦绎于心，今犹未忘。既而进读先生《孝友堂家规》及其遗著，益为仰慕不置，每授读之余，辄与乡父老谈先生当时孝友情事，盖先生一再率昆季庐墓，虽至病瘠而哀痛如故，家庭雍穆，远近感化，蔚然成为风气，可见先生之敦笃孝友，虽千百载下犹令人闻风兴起。先生犹恐垂世久远，枝叶分布，而孝友之或替也。乃创修族谱，立体简括，世系条贯，俾后世子孙之览是谱者，感触其孝友之思，以绵世泽于无穷。厥后爱亲敬长，善继善述，续修族谱亦世有其人。今志宪先生幼承家学，克绍箕裘，其续修斯谱也，黾勉从事。蕲其完成者，盖亦夏峰先生之心为心也欤！窃尝论之木之有松柏，得天也厚，故能后凋。水之有江河，发源也远，故其流长。惟人也天性笃厚，乃能信道真切，信之真则为之力。夏峰先生笃于孝友，迥异人人，故为学能直探堂奥，其行事亦能勇赴义烈。考先生年谱，友人问其志学始自何时，则曰自两亲见背，功名念灰，暗然一念，自证人生面目，其实从哀恸穷苦中得来云云，此非其证欤？有子曰：君子务本，本立而道生，孝弟者为仁之本。曾子善事继母以孝闻，独得一贯之传，推之虞、舜、周、文，盖莫不然，此吾所以谓夏峰先生学力之邃密，盖渊源于孝友也。嗟乎！后人之慕夏峰先生而学之者亦多矣，然鲜有及之，毋亦于大本所在有未至欤？是为序。

民国二十六年春乡后学刘子帆谨序

侠烈真儒，豪杰圣贤

在民国二十六年（1937 年）众位社会贤达为孙志宪续修家谱所作的序言中，由马和赓所作的序角度独特，让人耳目一新。

马和赓，毕业于河南高等学堂，为当时的“洋秀才”，辛亥革命后为河南首届议会议员并兼任《河南日报》编辑。1916 年《河南日报》停刊后，又担任《新中州报》总编达十二年之久。马和赓在《续修孙氏族谱序》中，详尽地叙述了“希圣希贤，亦儒亦侠”的夏峰先生对儒家思想学术与精神内核的历史性贡献。

自汉武帝推行“罢黜百家，独尊儒术”之后，儒家传统思想一直是中国封建社会的统治思想。但马和赓小时候读司马迁的《史记》却是重游侠而轻儒林，令他很疑惑。后来他外出游学，发现当世所推儒者，还真是只会振襟而谈，见义则缩颈以避，真是自欺欺人，觉得司马迁说得还真对。可是儒术是治天下的，儒家不应该是这样的啊，不该如此泯灭。于是马和赓搜览群书，想弄个究竟。这一来认真研读了自己家乡的孙夏峰先生遗著，了解了先生学行，心向往之，感叹这才是真儒啊！“先生天挺人豪，加以学力邃密，故能上接孔孟，混合朱陆，开宋元以来之新生面。独其赴义之笃，有若嗜欲，真足令后世腐儒，闻而咋舌，思之浃汗。”既有学问之醇又有节义之笃，不仅勇救东林党人，竭力义守容城，而且在其《畿辅人物考》《中州人物考》等史书中与日常生活中都不忘表彰忠贞，自己虽然一生清贫，却还总是组织帮助贫弱乡民。义之所在，则人无穷达，事无巨细，一定尽力，这就是孙奇逢，以一己之力树风声而式颓俗。

马和赓觉得夏峰先生“如日月之经天，江河之行地”，真正做到了曾子所言“士不可以不弘毅，任重而道远”。他还提到了方苞（字灵皋、凤九，号望溪）评价孙奇逢行事如侠，治学为儒。对侠与儒的看法，马和赓有自己独到而深刻的见解，认为“圣者儒侠之化，浑然而无畔岸也。贤者儒侠兼纯，卓然而著为事功也。孔曰杀身成仁，孟曰舍生取义，谓为侠烈，谁曰不然？不过圣贤之立身行事，义精仁熟，各有攸当，不似侠者之独著一节耳。”可惜孔孟而后，这种宝贵的思想就式微了。但“夏峰先生希圣希贤，亦儒亦侠，故能集诸儒之大成，历百世而弥著。虽至于今，犹令人闻风兴起。”这要是司马迁读过夏峰先生遗著，肯定就不会再轻视儒家啦！也雪一雪儒家之耻。

马和赓认为，孙奇逢这样的圣贤侠儒之风在孙氏后人中代有传承，其中孙志宪笃承家学，也是儒而又侠的人。孙志宪与马和赓是多年的好友，如今想要一篇序，马和赓征得孙志宪同意，就将此“有关于先生之学术精神，亦所以泽后人，且足以光我民族”的旧文，作为谱序了。

附原文：

容城孙氏族谱

续修孙氏族谱序

余少读《史记》，于世所谓重游侠而轻儒林者，不无疑焉。稍长游学四方，则见一时所推之儒家者流，非无文采可观，顾其为人多柔软，少劲气，居恒振襟而谈，及见义则缩颈以避，曾乡里侠者之不若，而犹以谨饰明哲，自欺欺人，私窃笑之。以谓儒者不应如是，而有感于史迁之重侠轻儒未为过也。然余又以儒术之在天下，自不容泯，顾以囿于一时所闻见，而漫谓无其人焉，是恶乎可？乃稍稍搜览群书，以究其故。及读吾乡孙夏峰先生遗著，考其学行，不禁心焉向往。喟然叹曰：儒者果有其真也！先生天挺人豪，加以学力邃密，故能上接孔孟，混合朱陆，开宋元以来之新生面。独其赴义之笃，有若嗜欲，真足令后世腐儒，闻而咋舌，思之浃汗。如倾身左魏之难，竭力容城之守，此其荦荦大者。他如表彰忠贞，嘘植枯弱，迹其步履所至，耳目所接，无大小，无幽明，苟有义所当为，则莫不竭诚从事，用树风声而式颓俗。盖其有生之日，唯义之趋，元精耿耿，浑灏流转，直如日月之经天，江河之行地，无间乎昼夜而稍衰息也。曾子曰：士不可以不弘毅，任重而道远。死而后已如先生者，洵无愧焉。方灵皋谓其行事近于侠烈，至其治身与心一准乎先儒学者，其论可谓当矣。夫子长之取乎侠者，要在修行，砥名功，见言信。赴人之危，而不爱其躯，济人之危，而羞伐其德。至如朋党宗强，比周设财，役贫豪暴，侵凌孤弱，恣欲自快，游侠亦丑之。呜呼！可以为难矣。窃尝论之真儒必有取乎侠，真侠必有合于儒，否则不足以为儒，亦不足以为侠。圣者儒侠之化，浑然而无畔岸也。贤者儒侠兼纯，卓然而著为事功也。孔曰杀身成仁，孟曰舍生取义，谓为侠烈，谁曰不然？不过圣贤之立身行事，义精仁熟，各有攸当，不似侠者之独著一节耳。孔孟既殁，学术日歧，不务其本而枝叶争执，不入其室而门户滋分，识益卑则力益弱，而儒术空疏，为世诟病，此皆由于不明儒侠之真义而使然也。夏峰先生希圣希贤，亦儒亦侠，故能集诸儒之大成，历百世而弥著。虽至于今，犹令人闻风兴起。呜呼！贤矣。惜未能史迁读先生遗书，一洒吾儒家之耻也。余持此说久矣。民国丁丑，先生十一世孙志宪君续修族谱成，既自为序，复嘱余序之。君笃承家学，亦儒而侠者，与余交莫逆，风雨鸡鸣数十年如一日也。余则持前说相质而曰：此有关于先生之学术精神，亦所以泽后人，且足以光我民族也，以为谱序可乎？君曰：可。遂为之序，借抒余之夙怀。

中华民国二十六年清和月后学马和赓谨序

善其族者善天下

项城黄维城，生于 1891 年，孙奇逢弟子黄载的后人。黄载是朱明皇室后裔，其先祖朱橚，是朱元璋第五子，开封周定王，明朝灭亡后，朱橚的后人为避难，改姓为黄，取“皇”的谐音。这种情况与孙奇逢的一个好朋友杨天放相似。杨天放本名朱国沛，也因明朝灭亡而改姓。杨天放慕孙奇逢嘉行懿德，特写《夏峰歌》以赠。朱明皇室后裔中不仅有孙奇逢的朋友，还有他的弟子，由此可见孙奇逢的影响力和感召力。黄维城毕业于保定陆军军官学校，是国民党 33 集团军执法处处长，少将军衔。虽然身为武将，黄维城对如何治理社会以利风化却很有见解，这在他于民国二十六年（1937 年）为孙志宪续修家谱所作的《孙氏族谱序》中可见一斑。

“积善之家，必有余庆。”黄维城开篇先提到辉县的孙氏在河南是望族，其家族始于夏峰先生孙征君，到民国已十余世，子孙贤，族姓大，正是征君先生所留余庆。接下来特意回顾自己家族的历史，先世祖黄载及其弟黄辅都是征君先生的弟子，从征君先生身上学到的不仅仅是道德学问，更可用以立身明世，所以孙氏家族人丁兴旺，代有贤达。黄维城与孙志宪是累世通家之谊，所以见孙志宪于乱世之中排除万难重修家谱，承先启后，以善其族者善天下，自是欣然为之作序。

在黄维城看来，一个国家是由人组成的，而人都是有本源的，这就是先祖，所以古圣先贤制礼以尊祖敬宗睦族，其重要性不言而喻。笃厚人道本源，才能维持治化。曾子、孟子等圣贤之见，《大学》等经典之言，都强调了亲亲（亲近亲人，即孝友）为经世之本。古时的理想社会之所以能化民成俗，也是有赖于家族维系的力量，善其族者善天下。

黄维城感叹，现在社会人道颓废，邪说诬民，没有好的制度体系，忧时伤世的人大多从一些细微之处找原因，却没有找到真正的根本，这怎么能让务本的有志君子共同努力呢？还是孙志宪所做的事情有远见啊！真不愧为明德之后。

附原文：

容城孙氏族谱

孙氏族谱序

辉邑孙氏为吾豫望族，自其先始祖夏峰征君聚族于斯，已历十余世，子孙贤，族姓大，亦可验余庆矣。余先世祖载公及弟辅公，曾从征君游，沐其道德学问之余，亦用以立身明世，则孙氏之振振绳绳，代有贤达，夫岂偶然？岁丙子，余服务旧京，孙君志宪以累世通家之谊，不远千里以所修谱系嘱序，展读之余，想见燕翼之贻与先世道义之厚，俯仰今昔，辄益兴感。夫国由人集，人本乎祖，是以圣人制礼以尊祖敬宗睦族为重，盖所以笃厚人道之本源者，即所以维持治化于无穷也。曾子曰：慎终追远，民德归厚。孟子曰：人人亲其亲长其长而天下平。《大学》为孔门心法，而推论治平，必以修身齐家为始基。伊古圣哲，未有不以亲亲为经世之大本者。黎民于变，肇于九族，南国向化，型自家室。二帝三王之隆冠古今，其所以化民成俗者，实赖家族维系之力，此尤家族制度裨益治功之显然者也。近世人道颓废，邪说诬民，美制良规颠覆无余，忧时者徒斤斤于条目之细，而昧厥致乱之由。舍本逐末，弥缝鲜效，安得务本之君子起而共图之乎？今孙君志宪能奋乎人欲横流之浊世，而有承先启后之贻谋，孝友为政，将以善其族者善天下，继志述事，独见远大，洵不愧为明德之后也夫！是为序。

项城黄维城谨志

死生患难考不倒

金容陈廷楷，容城本地乡贤，是北城孙氏的女婿，对孙氏家族既熟悉又亲切。民国三十三年（1944 年），容城、夏峰两地历尽艰辛南北换谱，成功地重修了家谱，其内弟孙容受请他作序，他感佩之余，写了一篇内容翔实的《重修孙氏族谱序》。

陈廷楷细细阅读《孙氏族谱》，从孙氏始祖孙忠兄弟如何落户容城，到孙氏家谱的源起与逐步完备的过程，概述了其历史源流。家谱的意义，八个字可以高度概括：尊祖敬宗，睦族系世。“而征君先生之真精神，实欲一族之中人人各亲其亲，人人各长其长，由齐家而治国，由治国而平天下。”征君先生在孙氏家谱中的作用，尤其重要，他想的远非一家一姓。韩参夫序言说征君躬行表率，高荐馨跋语谓可范天下后世。而几百年来家谱多次续修，才能不负先祖苦心，孙氏后人付出的艰辛与努力也令人敬重。

虽然每次重修家谱都不容易，工程浩大，又要南北换谱，然而 1944 年的这一次尤其艰难。一方面间隔时间较长，族人分散；另一方面就是此次修谱正值中华民族灾难深重的时期。此时卢沟桥事变已过去七年，战火却越烧越旺，中国人民还处于黎明前最黑暗的时刻。清朝灭亡，改朝换代，“自民人视之若邻家之丧鸡犬，痛痒漠不关心”。此次事变就完全不同了。作为亲历者，民间底层文人，又身处京畿地区，陈廷楷看到的情况应是当时的真实情况。一连数年，“兵火烧杀，一日数惊，人民皆受莫大之痛苦，又加以物质昂贵，生计艰难，朝不保夕”。生命与生活都无法保障，重修家谱真的是难上加难。然而此时若不勉为其难，经战火破坏太久只怕会“使祖德宗功湮没无存，而族谱亦不可收拾”。

孙奇逢曾有几句做人格言：“饥饿穷愁困不倒，声色货利浸不倒，死生患难考不倒，人之事毕矣。”此次修谱可见容城夏峰两地孙氏后人，真正做到了不坠先人功业，敬谨前修，自然能“长发其祥，百代蒙庥”。陈廷楷以自己的亲见亲闻，详述战乱之中修谱之难，以孙氏后人百折不挠的坚韧精神，有力地说明了当年孙奇逢与叔叔孙丕基创制家谱的巨大作用。“譬之木根之深者叶自茂，譬之水源之远者流自长，理势然也。”

附原文：

容城孙氏族谱

重修孙氏族谱序

余阅孙氏族谱，内有称讳忠者，自明永乐间，兄弟二人奉召内徙，家于容城之贾家庄，而知孙氏始有族。阅十世，有征君先生领乡荐讳奇逢者出，述谱例，记世系，而知孙氏之族始有谱。盖其谱经先生手订，创于崇祯甲戌，成于顺治戊子，历十五寒暑，不过粗具规模。然万历丁未间，已有九世成轩公讳丕基者，手书谱引以为之先。至十三世，又有缄斋公讳用桢者，重订附凡例与命名义例等等，以继于后。而孙氏族谱始乃大备。莫为之前，虽美不彰，莫为之后，虽盛弗传，诚哉是言乎？

考族谱之意，上而为尊祖敬宗，下而为睦族系世，固不待言，而征君先生之真精神，实欲一族之中人人各亲其亲，人人各长其长，由齐家而治国，由治国而平天下。故韩参夫序语谓十百千万之化在先生，先生以孝友名堂，躬行表率，动静语默，无一非先王之至德要道。故高荐馨跋语谓可范一家者，即可范天下，范后世，是则先生之所为谱而已矣。由此以观族谱之深意，韩高二公之序跋尽之矣。

至于世代繁衍，数传而后，有移居县属之北城、王果庄、小南头等村者，有移居定兴县之杨村等村或京东之亮马桥者，再远有移居河南辉县之夏峰等村者。孙氏之族至始祖以至于今，历世二十二三，历年五百余载。而某支迁徙某方，某族埋葬某地，某为某祖，某为某孙，历历可考，非赖谱以籍之，何可臻至。且孙氏族谱自崇祯甲戌至民国三十三年甲申，业已五周花甲又十一年，而支派宗祧，源源本本，朗若列眉，非赖后人继续重修，又何可臻此。然而此次重修，实较前次为甚难，此次历年稍远，族人生齿逾繁，散处逾众无论矣。自七年前卢沟桥事变发生，实为孙氏有谱以来未有之大劫，亦即中国自有书契以来未有之大劫。盖前次改朝换代，自民人视之若邻家之丧鸡犬，痛痒漠不关心。此次事变，兵火烧杀，一日数惊，人民皆受莫大之痛苦，又加以物质昂贵，生计艰难，朝不保夕。当此之际如不设法修补，勉为其难，势必使祖德宗功湮没无存，而族谱亦不可收拾。是以十七世现为族长讳家盛者，见及于此，召集族人金杰、金声、容铨、容春、容受、继志、继考、继证、继焜、居容会商修谱办法。复函征豫南同族意见，均以为重修族谱势在必行，遂决意以祭田租款充作付梓之需，即成其事，此次修谱亦可见金容中州之族裔，不坠先人功业，敬谨前修，日后长发其祥，百代蒙庥之云。仍必能副先人之志愿，譬之木根之深者叶自茂，譬之水源之远者流自长，理势然也。

余婿于北城孙氏，内弟容受请余为序，故述其本末复之。族谱流传不朽，固孙氏之幸，而余亦得附骥尾，岂非余之大幸乎！是为序。

民国三十三年岁次甲申金容后学陈廷楷沐手书

承衍祖德再定名

“肇祖迹于兴州，由北城以滋大；振家声自运判，至征君而逾光。”孙氏二十二世孙孙居容在他的《重修族谱序》中，对于自己家族历史做了简洁凝练的概括。孙氏有史可查的先祖是小兴州的孙忠兄弟二人，孙氏后人绝不攀祖冒宗，附会历史上孙姓名人。孙忠兄弟二人落户容城贾家庄之后，至七世孙廷宝因人口繁衍迁居至容城北城村，这就是“肇祖迹于兴州，由北城以滋大”。至八世孙臣始读书入仕，官至河东盐运司判，即运判公。十世孙奇逢，幼有大志，十七岁即考中举人，后遇乱世屡征不仕，人称征君先生。其行事为人，义字当先，勇救东林，保卫容城，守御五公山……黄宗羲评价说：“燕赵悲歌慷慨之风久湮，人谓自先生而再见。”晚年迁居河南辉县夏峰村，著述讲学。孙居容在他的《重修族谱序》中引用钱塘徐潮撰《百泉孙征君先生祠堂记》中评价孙奇逢的话“所著《理学宗传》一编，出独是之见，息群喙之争，真有见于宋明诸儒殊途同归者，而非徒依违两可之说也。诚足以继往开来，直接尼山的派”，对孙奇逢在中国学术史上的地位做了客观的描述。从“海内高其义”到所居成聚，河南夏峰村因孙奇逢而成为北方学术交流中心，因而孙居容自豪地说：“当明清之际，与黄宗羲、李颙并称三儒，再与顾亭林、王船山声气相通，定理学之准，为世儒宗。”这就是“振家声自运判，至征君而逾光”。

祖功宗德，代有承衍。容城乡贤陈廷楷在他的《重修孙氏族谱序》中提到民国三十三年（1944 年）重修家谱“实较前次为甚难”，一方面间隔时间较长，族人分散；另一方面就是此时卢沟桥事变发生已七年，人民颠沛流离生计艰难，朝不保夕，孙氏族人克服艰难险阻重修家谱，“是以十七世现为族长讳家盛者，见及于此，召集族人金杰、金声、容铨、容春、容受、继志、继考、继证、继焜、居容会商修谱办法”。这里记录的孙氏族贤都是修家谱的重要人物。其中孙金声和孙容受亲赴夏峰换谱，在夏峰孙尚容 1944 年所作《谱序》中有明确记载：“今春容城族叔金声、兄容受，前来面商合续……”

孙金声，生于光绪三十二年（1906 年），逝于公元 2002 年。他的一生曲折坎坷又丰富多彩，于乱世之中一直秉承孙奇逢的治学理念“以慎独为宗，以体认天理为要，以日用伦常为实际，以深造自得为途径”，学识醇笃，德行朴厚，深受村民敬重。晚年，他将自己经历过的很多事情和珍贵的历史文化信息带到了当代，使后世子孙与村民们听闻那些事情不像古事那样遥远而模糊。

孙居容生于民国九年（1920 年），当时参与修谱的孙容从是孙居容的祖父。1944 年孙居容参与修谱时只有二十四岁，是修谱诸贤中最年轻的一位。可以想见孙居容从小就深受家族文化影响，具备了深厚的传统文化素养，才能年纪轻轻就加入到修谱的工作中。

优秀传统文化因其强大的精神内核有着内在的生命力，到孙金声和孙居容主持重修家谱时，已是公元 1985 年。这是中华人民共和国成立后孙氏族人第一次重修家谱，很多资料都在“文革”中被毁，重新修葺，倍加艰难。孙居容曾任教师三十多年，至退休辑有《北城村史》《县志民俗志提纲》等。对优秀传统文化的珍视和家族使命感使得孙居容迎难而上，成为续修家谱承上启下的关键性人物，没有他和孙金声的历史性衔接，孙氏族谱可能走不到今天。孙氏族人在孙金声和孙居容主持下，四处核查登记，又远赴夏峰，所到之处都得宗属协助，合族努力，终于顺利完成。

此次修谱之时，正值容城编修县志并筹建英烈及三贤纪念馆。这种新形势和新气象，“无非以利风化”，而续修族谱，不仅仅是一家一姓的事情。家庭是社会的细胞，家庭美德的重要性不言而喻，以一家而化全国，进而化天下后世，是精神文明建设的重要途径。

这种家庭美德，在孙氏族人的命名中也有着非常充分的体现。早在清康熙五十二年（1713 年），孙氏十三世孙孙用正在其《命名义例》中口占二十四字作为后世子孙命名顺序：“家世金容，继居中州，堂传孝友，敬守前修，长发其祥，百代蒙庥。”家世金容，不忘本源；堂传孝友，传承美德。只有这样，才能长发其祥，百代蒙庥——长久发展成福庆吉祥的样子，后世百代都能得到祖先美德的庇荫保护。

1985 年这次重修家谱，孙居容考虑到自十三世祖孙用正定命名义例，其后无续，已三百年，因而借修谱之机，增“子嗣繁衍，承先启后，毓彦培英，炳焕春秋，祖楷永尚，景瑞宏猷，秀显维宗，冀豫同舟”。共三十二字，在“庥”字辈以后“以资顺延于无穷而志族裔世系于不紊”。这三十二字，同样是家庭美德的一种传承，不仅是家族繁荣，承先启后，更要培养人才，敦宗睦族，不忘河北、河南两地的血脉亲情，不负孙氏先祖创谱之苦心，同舟共济，承衍祖德。

附原文：

容城孙氏族谱

重修族谱序

吾族有谱，由来已久。至族谱之宗旨，及征君公之行事，就中大端，倾身营救左魏诸君，独完容城之守。特是当明清之际，与黄宗羲、李颙并称三儒，再与顾亭林、王船山声气相通，定理学之准，为世儒宗。所著《理学宗传》一编，出独是之见，息群喙之争，真有见于宋明诸儒殊途同归者，而非徒依违两可之说也。诚足以继往开来，直接尼山的派，他如表彰忠贞、嘘植枯弱、敦笃孝友等懿行兹不赘叙，盖已详诸前辈之序跋和其所著各集中，然欲使符族谱宗旨，且不枉负先祖创谱之意，唯要以不断续修而已。

考余族谱，自创成帙，上溯至明朝万历三十五年（1607 年），九世祖丕基公为谱引，到同朝崇祯七年（1634 年），成于十世祖征君公。据谱审悉，肇祖迹于兴州，由北城以滋大；振家声自运判，至征君而逾光。族谱一书，迄今已传三百五十余年，其间续修凡十有一次，此上之末与茔谱等并续，时为民国三十三年（1944 年）。是时遍地烽火，民不聊生，颠沛流离，朝不保夕，而余等为承先祖遗志，使孙氏后裔不暗本始，历尽艰险，勉成是役，奈以诸多困难憾未付梓。

翌年（1945 年）日寇降服，祖国光复。甫庆胜利未几，讵料内战又起，至民国三十八年（1949 年），大陆解放，同年十月一日新中国诞生，始告安定。然继之以屡次政治运动，颇多干扰，尤其十年浩劫，作为我族史籍之族谱，以及征君公等之著作，运判公之真容，北城、夏峰之孙氏先祠，容城等地所有征君之专祠等，皆被殄歼，当此之际，续谱一事实无可能。

一九七六年“动乱”结束，国政渐趋稳定，十一届三中全会之后，底达政通人和，祖国日臻昌盛，民心舒畅，生活水平提高，举国上下莫不振奋。为挽颓风，又在全国大讲精神文明，随之经济繁荣，百业俱兴，各地皆然，处处一派升平。

际兹正视史籍，适容城编修县志，并筹建英烈及三贤纪念馆。此系新形势下出现之新气象，究其所以然者，无非以利风化。窃思续修族谱，使后世子孙得各亲其亲，长其长，岂仅囿于族氏？推而广之，以化全国，进而天下后世，不亦莫大文明。因念我谱不修，以历四十二年，夙志续修，兴致遂起。爰即商与族曾祖金声公，叔继桐、继焜欣然赞成。于春初开始，先就近到合族逐户登记，再往小南头，后又采访于涞水之义安、定兴之辛告等地。同时函知豫辉宗侄中正等，予作准备。比及秋末，曾亲赴夏峰等村，进行登记。所到之处，都得宗属协助，于小南头有继宽叔。辛告则有族高祖世永公，曾祖金声、金祯、金祥，祖容奇。于义安有祖容起。到夏峰、李固等地，则有曾祖金屋公，叔继禄、继林、继豫，弟居岭、居生，侄中美、中凯、中正、中勤、中明等等，比较顺利。无如以二十世纪上半叶，兵连祸结，殆无宁日。于国鼎新，地方安谧，而社会体制已易，相继人事丕变，不少族中人家散处各地，抑不详其住址者多矣，给续谱增多困难，不得不迁延时日。幸经竭尽所能，费尽周折，历数月登记完毕，既而汇总校正成集。若此庶几用为承述之继，得毋以赎有负贤者之子孙于万一耳。

此次续谱犹有不足，一是不能并续茔谱等，因原茔虽有，而圻垅多已夷平，其后所逝皆葬义园。二是族人繁衍逾众，多年不传，兼有社会影响，有些人宗族观念淡漠，辈序竟有不循，即遵而名多重复，限于时日未及纠正。容有不备，深望后起以匡不逮，行将付印，谨志续修颠末，曷敢言序。

一九八五年十二月二十五日

二十二世裔孙居容谨志

四四年续修之茔谱等，于十年浩劫中殄歼于辉县上官庄孙严容家。

居容又志

容城孙氏族谱

再附命名义例

我族命名义例，自十三世祖用正公为之先，其后无续。历尽三百年矣。际兹修谱之机，经研究决定，于“庥”字之下，增“子嗣繁衍，承先启后，毓彦培英，炳焕春秋，祖楷永尚，景瑞宏猷，秀显维宗，冀豫同舟”。共三十二字。以资顺延于无穷而志族裔世系于不紊。

二十二世居容谨识

原籍之谜

距今六百多年前，容城县贾家庄，有孙忠兄弟二人远道而来，落户乐安里五甲，自此生齿繁衍，至七世孙廷宝，移居北城村，十世而有大儒孙奇逢。

那么容城孙氏始祖孙忠兄弟二人这远道而来，究竟是从哪里来的呢？孙氏二十二世孙孙居超在《容城孙氏族谱源流述》中对此有说明："河北一带的族谱，大多创修较晚，多数姓氏，肇祖于明初的小兴州移民。"明嘉靖年间著名谏臣、容城三贤之一杨继盛临刑之前在自著年谱中也有详述："予家原口外小兴州人。国初以州常被虏患，遂将民尽徙入内地。远祖之在小兴州者不可考。祖杨百源徙保定府容城县，入乐安里籍，居城东北河照村。"

文中口外即指古北口外。明末清初著名思想家顾炎武有《古北口》一诗："白发黄冠老道流，自言家世小兴州。一从移向山南住，吹角孤城二百秋。"也佐证了这一地理位置。据《孙氏族谱》记载，容城孙氏原籍"口外小兴州"，可是小兴州具体在哪里？历史长河悠悠流淌，单靠移民后裔口口相传早已不知确切地点，甚至版本众多，有的说在山西洪洞大槐树下，有的说在曲沃，容城孙氏二十二世孙孙居容为此专门做了考证，写下《小兴州考》。文中除《孙氏族谱》中所说容城孙氏原籍"口外小兴州"，还提到"《广纪》又叙有明洪武三十四年（实建文三年，1401 年）容城孙氏开基始祖孙忠筑克献陵卫军"。关于献陵卫，孙居超做了补充说明："献陵本明仁宗朱高炽陵寝，洪武间尚不应有是称。据《明英宗睿皇帝实录卷之二十》载，正统元年改武成左卫为献陵卫，以护陵寝。是知武成左卫乃其旧，谨按族谱'洪武三十四年筑克献陵卫军'者，以'军票系万历元年'给据之故也。"

那么孙忠兄弟二人又是怎样由献陵卫而迁至容城的呢？孙奇逢在《日谱》中有记载："吾家口外小兴州城郭人。永乐靖难，借力戎廷而酬赉焉，奉召内徙，受廛于容之贾家庄。越七世，曾祖始迁北城。以上世为农。曾祖教余祖敬所公读书，登嘉靖辛酉乡试。后遂世为儒。"此次移民源于永乐年间奉召内徙，所以孙居容在文中说："遂尽迁卫军于内地，孙忠即其一也，爰持执照，奉召内徙，携带家眷，首迁于容城县贾家庄（贾光），落户乐安里五甲，容城之有我孙氏也自此始。"

为了弄明白小兴州到底在哪里，孙居容查阅了大量的资料，《辞海地理分册》（历史地理）、《中国历史地图集》（金元明清版）、《中国古今地名大辞典》（兴州条）、《中国历史大事年表》（古代卷）等，并将所查到的相关内容综合起来，从而获知：金承安五年（1200 年）将前辽置"北安州"治所"兴化"（今河北滦平北）改为"宜兴州"。而滦平在当时即被称为"兴州"，又称"大兴州"。至泰和三年（1203 年）"宜兴州"降为"宜兴县"，也称"小兴州"，小兴州之名应基于此。传到元致和年间（1328 年）又将"兴州"缩为"兴安县"，到明洪武十三年（1380 年），改旧"大都督府"为"五军都督府"，下设左、右、中、前、后五卫。"兴安县"改为"兴州卫"，同期"宜兴县"更为"宜兴所"，仍然称"小兴州"，直到永乐初年，移卫入内地，原来的卫所就废掉了，但遗址尚存。这样来看，小兴州旧址应该是长城古北口外东北约五十五公里，在承德西约六十公里，于滦平北十三公里，离原京承公路的大屯乡往西北去四公里之"兴州"，是上述四地之聚交点，现为滦平县所辖"兴州"乡政府治所所在地。

文中孙居容还提到一则往事用来佐证：20 世纪 80 年代中期，其从弟景儒任中国人民解放军某团政委，率部驻防该地，到任之初，一听地名"兴州"二字，便想起从兄孙居容所说的"肇祖迹于兴州，由北城以兹大"。于是留心踏看其地域，并复印其地图，正和孙居容所考证者相符。因而孙居容说可以确证"小兴州"即今长城古北口外滦平县北之兴州乡政府治所之所在地。

无独有偶，清光绪年间官至新疆布政使的王树枏，亦祖籍小兴州，在其《陶庐老人随年录》中他对小兴州也进行了考证："余家世谱断自始迁之祖天禄公。明永乐初，自小兴州迁于保定之雄县东洋村。万历时，由东洋再迁新城东十五里邓家庄，绵衍至今三百年余矣。保定、河间二府大半居人皆自小兴州迁往者，然小兴州上往往加洪洞二字。余家世谱亦然。今遍考山西洪洞县实无小兴州地名，盖当时洪洞与小兴州人并迁直隶，而始迁之祖又鲜读书世家，故混载为一地，不复区别也。考诸前史志，小兴州在今承德府直古北口外九十里。汉为鲜卑，唐为奚，辽为利民县，属北安州，金亦为利民县，属兴州。元为兴安县，仍属兴州，故称此为小兴州以别之。”这段内容所说小兴州位置与孙居容所考大体相合。

王树枬身居高位，掌握的信息资源更为丰富，治学严谨，著有《新疆图志》等，所考应是正确的。

附原文：

容城孙氏族谱

小兴州考

久闻容城一带居民，其祖先多是来自小兴州。据查吾《孙氏族谱》，容城孙氏原籍“口外小兴州”，《广纪》又叙有明洪武三十四年（实建文三年，1401 年）容城孙氏开基始祖孙忠筑克献陵卫军。征君公曰“永乐靖难，借力戎廷而酬赀焉”。遂尽迁卫军于内地，孙忠即其一也，爰持执照，奉召内徙，携带家眷，首迁于容城县贾家庄（贾光），落户乐安里五甲，容城之有我孙氏也自此始。至今已历五百九十余年。始祖籍小兴州，上世不可考，远引扳附，冒祖认宗，自古为人所耻，惟遵十三世先祖用桢所云“始祖之出于小兴州而矣”。征君公谓“小兴州今成一片黄沙白草，杳不可问”。其旧址安在？现系何名？俗传不一，或曰山西洪洞，或曰系曲沃等，未征文献，向无确证，皆为人云亦云耳。

为溯本源，遂查《辞海地理分册》（历史地理）、《中国历史地图集》（金元明清版）、《中国古今地名大辞典》（兴州条）、《中国历史大事年表》（古代卷）等资料，参酌综合获知：有金承安五年（1200 年）将前辽置“北安州”之治所——“兴化”（今滦平北）改为“宜兴州”。同时今之滦平当时称“兴州”，又称“大兴州”。至泰和三年（1203 年）“宜兴州”降为“宜兴县”，也称“小兴州”，其名之来亦基于此。传到有元致和年间（1328 年）又将“兴州”（今滦平）缩为“兴安县”，嗣至元末明初仍旧。有明洪武二年（1369 年），常遇春大败元兵于此。迨洪武十三年（1380 年），改旧“大都督府”为“五军都督府”，下设左、右、中、前、后五卫。“兴安县”改为“兴州卫”，同期“宜兴县”更为“宜兴所”，犹称“小兴州”，直到永乐初年，移卫入内地，故城即废，遗址尚存。

根据前述，小兴州旧址该是长城古北口外去东北约五十五公里，在承德西约六十公里，于滦平北十三公里，离原京承公路之大屯往西北去四公里之“兴州”，是上述四地之聚交点，现为滦平县辖“兴州”乡（大屯）政府治所之所在地。

事多机缘，兴州属地，是为历代国家驻守要塞，解放以后，二十世纪八十年代中期，从弟景儒适其任中国人民解放军某团政委，率部驻防该地。到任之初，一听地名“兴州”二字，旋即想到“肇祖迹于兴州，由北城以兹大”，继而意识此地莫非家谱所载之“小兴州”，自是留心，不仅抽暇亲自踏看其地域，且复印其地图，待其归里，出与我看。正和吾所考证者相符。顿时浮想联翩，啊！于今六百年来，我弟有幸身临故籍，吾则考查其历代沿革年份，殊途同归，确证“小兴州”即今长城古北口外滦平县北之兴州乡政府治所之所在地，毫无疑义，爰纪其事，以订讹传。

（附小兴州地图）

一九九六年四月三十日二十二世裔孙居容

于一九八八年九月三日续有“小兴州考”一文，暂附于本册三十与三十一页之间，原姓之前，置何处为宜，待后续谱参酌。九六年重写此文，并附地图。

居容志

献陵本明仁宗朱高炽陵寝，洪武间尚不应有是称。据《明英宗睿皇帝实录卷之二十》载，正统元年改武成左卫为献陵卫，以护陵寝。是知武成左卫乃其旧，谨按族谱“洪武三十四年筑克献陵卫军”者，以“军票系万历元年”给据之故也。

居超谨识

丁酉清明后三日时雄安甫立

堪范后世，有裨国家

1995年开春的一天，在容城县北城村孙氏家族族长孙家盛的后人家里，一位年近八旬的老人正与本家一起翻箱倒柜地寻找，翻腾良久，终于找到一本已被虫蠹蛀蚀很严重的册子。这本布满灰尘残缺不全的册子却让老人如获至宝，欣喜若狂，拿到手里细细翻阅检视，它正是自己要找的原始资料，不禁连呼："万幸万幸！"

这位老人，名叫孙居容，是容城孙氏二十二世裔孙。他要找的资料，是比任何金银珠宝都更贵重的孙氏族谱原始资料。

1944年，年轻的孙居容曾参与族长孙家盛主持的续修家谱工作。1985年，孙居容又和孙金声一起主持重修家谱，但感觉续谱一向偏重世系记，存史与教化之意比较欠缺。至1995年，虽然他已年近八旬，且有宿疾，精力不济，但仍希望在有生之年尽心竭力，"搜集有关吾族变迁之重要资料，充实族中古今前贤之业绩，使其能以优良传统，同新社会高尚之风气，启迪后人，庶乎保存历史文献，以资今后编修史志者采撷，且弥偏重世系记之缺憾"。

这个心愿，孙居容先告知年逾九十而健在的族曾祖孙金声，继而写信给寓居京师的叔叔孙继焜、在成都工作的弟弟孙居平等人，大家都极为赞成。因而于1995年开春，便着手进行续修。首先给河南辉县的族叔继豫，侄子中正、中顺去信，并分别给散落各地的孙氏宗亲写信，待各地将所登资料陆续寄至北城村，"继而先将世系记部分援例序入册中，次即连同宗居、兆域、祠祀、训词、家集、恩纶、广记等汇总纳入编次，校订成一帙《容城孙氏族谱全集》，以谱吾族，用资借鉴古今"。

这部《容城孙氏族谱全集》将孙氏家族中古今前贤业绩尽量收录，以达到"因革损益，与古为新，使利于现实社会，推崇良好风教”的作用。如：

八世孙臣，字汝邻，号敬所，曾任沭阳县令，河东盐运司判，人称运判公，为官清慎。回乡后善待邻里，为人热忱，被乡亲们亲切地称为“孙佛儿”，可见其德望之高。孙臣还在北城村宝藏寺立“宝藏学社”与同仁讲习，以文会友，对家乡的教育事业做出了贡献。

十世孙奇逢，字启泰，号钟元，明清两朝征召十多次而不就，人称征君先生。晚年迁居河南辉县夏峰村，后世又称夏峰先生。与黄宗羲、李颙合称“清初三大儒”，被誉为“北学宗师”。明朝末年，孙奇逢勇救东林、守卫容城、守御五公山……事功赫赫；清初，他南迁河南夏峰村，躬耕著述，教授生徒，为赓续文脉、教化一方百姓做了很多实事。申涵光称其“始于豪杰，终以圣贤”。道光八年从祀孔庙。与刘因、杨继盛合称“容城三贤”，深受后世敬仰。

十世孙奇彦，字启美，号思皇，曾任山东武城县令，人称武城公。因不会对上级逢迎，只一年多便解职回乡，两手空空，清正廉洁。崇祯甲戌，孙氏家谱在孙奇彦当时所在的武城官署刊成，孙奇彦为孙氏家谱作《凡例》。乙丙年间，孙奇逢勇救被魏忠贤阉党迫害的东林党人，孙奇彦亦为之奔走营救，带着孙奇逢写给孙承宗的信千里走边关，凛凛正气令人敬重。

二十一世孙继炤，字景明，号光远，历任京津保等地中学教员、教务主任、铁中校长及大学教师等。他谨遵先祖征君先生“慎独”遗训，一生严于律己，治学严谨，尤重品德教育，以先贤之教规范学生言行。他怜贫惜弱，接济了很多贫困学子。抗战期间，为拒绝日伪的任命，曾连夜携家出走，隐居祖籍容城，即使生计艰难，宁可断炊仍不改初衷。孙继炤以文弱书生而秉性刚毅，淡泊名利矢忠正义。

二十一世孙继儒，字雅轩，南京中央政治大学政经系毕业。初任陕西省禁烟委员会委员、督察专员，督察陕南、汉中、南郑、石泉等县，后任绥靖公署总务处庶务科长兼文书股长。与孙继炤一样，孙继儒也“急人危难，为祖国革命暗自迎送掩护地下工作人员，培育并输送到延安抗大学习，而后成为国家栋梁之材”。

孙氏历代贤德之士崇尚气节，为官则清廉爱民，在野则德高望重，堪范后世，有裨国家，与社会主义精神文明建设的主旋律相契合，挖掘保存他们的事迹及思想对当前弘扬中华优秀传统文化、传承中华民族传统家庭美德都有着重要意义。在《容城孙氏族谱全集》即将付印的时候，孙居容特意写下这篇《续修族谱记》。

附原文：

续修族谱记

族谱是记载宗族世系及族人重要人物事迹之书。本族之谱系由世系记、宗居、兆域、祠祀、训词、家集、恩纶、广记等八章汇编成一，名为《容城孙氏族谱全集》。

族谱之作，究其本意，是明血统，别辈分，序上下尊卑关系，以维系宗法制度之方法。尝规定家族中之祭祀、婚姻、家塾、庆吊、送终等事物。虽论家族之事，然史料丰富，诸如人口迁移、家规家训、族人之诗文传记等，故至今多受各方面研究者之重视，国家对此亦很注重，并收而藏之，正为此也。

当世纂修族谱家史，固与以往有别。大旨要明本族世系之变迁，记世代族人生活之情况，启发后昆，告往知来。其已非旧旨维系宗法之制，而重在体现新时代之风情，突出存史与教化之功能。有鉴于此，爰想吾族续谱，一向偏重世系记，实疏存史与教化之意，趁我还在，虽年近八旬，且有宿疾，精力不济，势所必然，但誓勉为其难，尽心竭力，搜集有关吾族变迁之重要资料，充实族中古今前贤之业绩，使其能以优良传统，同新社会高尚之风气，启迪后人，庶乎保存历史文献，以资今后编修史志者采撷，且弥偏重世系记之缺憾。随虑十年动乱之际，已将截止于四四年所辑之资料，除世系记一编犹存外，其余皆被殄歼，失者又将若何？不禁黯然。寻思良久，倏然忆及四四年续谱，时正为族长之孙族曾祖金广一家，索性前往搜寻，抵后言明情由，立即翻腾，终见有一蠹册，蛀蚀已甚，残缺不全，检视书文，果不其然，但系原始资料，只缺止于四四年者，然亦不禁欣幸。旋即翻阅，经细整理，虽不如失者齐全，但亦聊以胜无，使不失传，用继承述，得赎有辜贤者后裔之疚于万一矣。

上述情节，先告知年逾九十而健在之族曾祖金声公，继而函知寓京之叔继焜、供职成都之弟居平等，莫不赞成，并予勉励支持，一时兴致遂起，就于九五年开春，着手进行。首函豫辉族叔继豫，侄中正、中顺，并要求其将于前清乾隆年间，漏登麻小营那支，一并登记。再有涞水之叔继明、定兴之祖容奇、小南头叔继忠等，费心代为访登。近年各地将所登之资料陆续寄至北城，继而先将世系记部分援例序入册中，次即连同宗居、兆域、祠祀、训词、家集、恩纶、广记等汇总纳入编次，校订成一帙《容城孙氏族谱全集》，以谱吾族，用资借鉴古今。因革损益，与古为新，使利于现实社会，推崇良好风教。如八世先祖运判公讳臣，十世先祖征君公，武城公讳奇彦者，祖孙世代为官清白，以迄二十一世之继焻、继儒，急人危难，为祖国革命暗自迎送掩护地下工作人员，培育并输送到延安抗大学习，而后成为国家栋梁之材。高风亮节，尤其个人一尘不染，两袖清风，堪范后世，有裨国家，为当前社会主义精神文明建设服务，促成健康发展，实所切望。行将付印，谨志续修颠末，是为之记。

公元一九九八年十一月二十五日

二十二世裔孙居容谨识

固本培根，文化自信

清康熙十二年（1673 年），一代圣贤硕儒孙奇逢已九十岁高龄，此时的他儿孙绕膝、五世同堂，这时候他老人家最想跟后辈说些什么呢？四月初二日，他特意对儿孙辈谆谆叮咛：“我们家原本是口外小兴州人，明永乐年间奉召内徙，来到容城贾家庄，过了七世，因人口繁衍，才迁到北城村……”他已数不清这是第多少次跟儿孙后辈讲家世渊源、德业根基，在他看来，一个人不管到了哪里，都不能忘了自己的根，更不能忘记一个家族的精神内核。“宇宙元一家人，况祖宗与儿孙精气，皆不相隔也。”早在三百多年前，孙奇逢就已有这样的认知，整个宇宙就是一个家，这个“家”又由若干小家组成，而承担起维系、承继、繁荣、延续家族使命的，是家谱文化。

容城孙氏家谱，始于明万历三十五年（1607 年），孙奇逢的叔叔写下“谱引”，介绍了修家谱的缘起与意义，叔侄二人着手开始修纂《孙氏世传统系记》；创于明崇祯七年（1634 年），家谱在孙奇逢的弟弟孙奇彦当时所在的武城官署刊成；成于清顺治五年（1648 年），孙奇逢流寓新安时对家谱进行重订增补，使孙氏家谱得以体例完备。其后孙氏历世谨遵先祖教诲，多有续修，至公元 1998 年孙氏二十二世孙孙居容对家谱进行全面增补完稿，递修成集，共历十四世，主要递修十七次。孙氏后人克服重重困难南北换谱，续修家谱，即使战乱之中也念念不忘，既是将家族中人记录在册、孙氏后人血脉相连走访宗亲的活动，更是将家谱中先人德业播之于千里之外，此举四百多年来从未间断，至今仍在延续。

“求木之长者，必固其根本；欲流之远者，必浚其泉源。”中华优秀传统文化是世界历史长河中的明珠，是中华民族的精神命脉，其坚韧的生命力和强大的凝聚力是我们在世界文化激荡中站稳脚跟的坚实根基。而家谱文化是中华优秀传统文化的重要组成部分，中华民族几千年来在正史与方志之外，家谱可以说是鼎足而立的极其重要的文史宝库，是中华民族优秀传统文化中的瑰宝。

孙奇逢深刻认识到家谱的社会意义和传世价值，他不仅重视自己家族的家谱文化建设，更是将这种影响扩大到一方乡土，让更多的乡贤开始重视家谱。清顺治十二年（1655 年），孙奇逢七十二岁这年，四月二十八日的《日谱》中，他在《郭氏家谱序》中对郭公望说："公望虑先辈世系或洇，子孙枝繁有紊，目欲汇从前遗文教泽而归于一，以寄如在之思，急思修明家谱，与余商定其规模次第，此可以知公望矣。自道丧教衰斯义不明，而兴孝兴弟，所以难耳。是举也，苏门先生旧有《家乘》一编，公望继述其意，而增益其未构，以表率一方，人有同然之心，相观而善，公望实启之。"他强调，"谱之义，事关仁孝"，"以表率一方，人有同然之心，相观而善"，可见家谱对敦宗睦族、明德范世的重要作用。第二天，二十九日，孙奇逢又在《汪氏家谱序》中对汪若千说："若千因言系出江右，自大父始居汉阴，未有显官焜耀当世。余曰：穷达异局显微，同源学人正于此处握定耳。苏门先生有言录所传闻，不敢一语失真，以上诬先人，下诬后裔，正如写真家务求肖貌，一毫不似，便是他人。虽美容观，能不内怍。斯言也，余尝以告人，甚不可务为粉饰，以罔其祖父于地下，不意其言之符也。若千他日学成，定当名闻于世。三千里外获此良友，故其序谱也，唯欲以一家之仁孝，兴一乡，兴一国，兴天下，此固若千意中事。谱之立也，岂曰小补之哉？"孙奇逢针对汪若千的疑虑旗帜鲜明地指出："穷达异局显微，同源学人正于此处握定耳。"并不是只有达官贵人才能修家谱，更不可"一语失真""务为粉饰"，家谱的作用在"以一家之仁孝，兴一乡，兴一国，兴天下"。是否富贵不重要，仁孝兴邦才是最重要的。

孙奇逢的努力取得了显著成效。自崇祯七年（1634 年）孙奇逢的朋友、宛平布衣韩位为孙氏族谱写下《容城孙氏世系录序》，其后几百年间，伴随着孙奇逢一代圣贤地位的确立和孙氏后人传承祖德、累世续修家谱的努力，孙氏家谱一直保持着强大的生命力和社会影响力，社会贤达纷纷为之作序。平民布衣、朝廷重臣、朋友姻亲、弟子后学直到民国时期的文官武将等，这些不同时代的贤哲都有其深厚的学识、醇笃的人格魅力和广泛的社会影响，他们敬佩孙奇逢"立德、立功、立言”三不朽的人生，所作序言从多个角度阐述了孙氏家谱的历史意义和功绩，从而使孙氏家谱所倡导的孝友家风传播甚广，泽被一方。

四百年来，容城孙氏家谱经历了诸多磨难。无论在和平时期还是在战火纷飞的年代，无论如何烦琐艰难，孙氏后人都谨遵先祖教诲，南北两地血脉相连，秉持修谱之义，不仅承衍祖德，恪守家规，更重大的意义还在于通过修家谱保存了珍贵的传统文化，于流离分散之际极大地凝聚了人心，使优秀传统文化得以继续传承。在外敌入侵、中华民族经受严峻考验的时刻，这一点至关重要。孙奇逢十三世裔孙孙居超老家在容城县北城村，目前客居北京，他说：“在北京这十来年搬过多次家，每次搬家我都会把家谱整理在书包里，搬家当天背在身上，片刻不离手，直到搬完，都安排好才会离身，确保万无一失。我特能体会影视剧中因战乱灾荒人们去避难，什么都不要，却要背着祖宗牌位的情节，这个在以前还真不是虚构的镜头。”现在，孙氏后人按十三世祖孙用正老人所定的“家世金容，继居中州，堂传孝友，敬守前修，长发其祥，百代蒙庥”命名义例，也已经排到了“孝”字辈二十七世。孙奇逢以“立言”之不朽而谱家族德行基业，进而谱天下，谱万世，促进社会风俗的进步，孝友传家，教泽一方，是孙氏后人的榜样，也是一方百姓的楷模。

2016 年，中纪委网站推出专文《河北容城孙奇逢：身型家范 堂传孝友数百年》，充分肯定孙奇逢的身型家范，倡导清正醇厚、笃行仁义、孝友传家的孙氏家风。

家谱，这一中华传统文化的瑰宝，正以其强大的凝聚力和感召力，在传承家庭美德、保护中华优秀传统文化、促进社会和谐进步方面发挥着重要作用。家谱文化是涵养社会主义核心价值观的重要源泉，固本培根，传统文化才能枝繁叶茂，从而更好地提升文化自信。